« ET JE SERAI TOUJOURS AVEC TOI »

DU MÊME AUTEUR

Chez le même éditeur

La Femme manquée, roman, 2000
Baigneuse nue sur un rocher, roman, 2001
Helena Vannek, roman, 2002
Le Conseiller du roi, roman, 2003
Les Fausses Innocences, roman, 2005
Les Mystères de sainte Freya, roman, 2007
Tu ne jugeras point, roman, 2009
Les Eaux amères, roman, 2011
Loin des mosquées, roman, 2012
Le Bon Coupable, roman, 2013
Dans la gueule de la bête, roman, 2014
De regrettables incidents, roman, 2015

Chez d'autres éditeurs

La Reine des Spagnes, récit, L'Harmattan, Paris, 1995
La Malédiction de l'abbé Choiron, récit, L'Harmattan, Paris, 1998, et Weyrich, Neufchâteau, 2011
De la salade !, récit, Memor, Bruxelles, 2000
La Femme de saint Pierre, nouvelles, Labor, Bruxelles, 2004
Le Commandant Bill, roman, Mijade, Namur, 2008
Les Lunettes de John Lennon, roman, Mijade, Namur, 2010

ARMEL JOB

« ET JE SERAI TOUJOURS AVEC TOI »

roman

Robert
Laffont

ISBN 978-2-221-19140-8

« Le passé n'est jamais mort, il n'est même pas le passé. »

William Faulkner,
Requiem pour une nonne

1

André

On ne sait jamais ce que la vie nous réserve.

En 1995, ma mère était veuve depuis un an quand elle rencontra Branko Hrastov. Mon père était mort d'un cancer à l'âge de cinquante et un ans. Quelques mois plus tôt, il avait ressenti de violents maux de tête, qu'il avait d'abord attribués à ses soucis professionnels. Quand les nausées, et ensuite les vomissements, l'amenèrent consulter, il était trop tard. Peut-être qu'il aurait été trop tard de toute façon. Les chirurgiens lui ouvrirent le crâne et lui enlevèrent une tumeur pour le principe. Une autre réapparut, puis une autre, toujours plus envahissante. C'était comme du chiendent.

Ma mère était beaucoup plus jeune que mon père. Elle n'avait pas quarante ans. À Wermont, il y avait sans doute quelques jolies femmes à cette époque. Ma mère les surclassait toutes. Elle, c'était une beauté. Pour en juger, cependant, il fallait aller à l'église. À la maison, le plus souvent, elle était en jeans, un pull à col roulé, les cheveux tirés par une tresse dans la nuque.

Ma mère était très croyante. Tous les dimanches, elle se rendait à l'office de onze heures. Personne n'aurait pu la manquer : elle était toujours en retard. De quelques minutes seulement, pas plus. Un léger décalage sur l'horaire officiel, auquel elle se tenait avec une extrême ponctualité. On aurait dit qu'elle attendait que l'assistance ait le temps de s'installer, que la procession d'entrée du prêtre et des enfants de chœur soit terminée, en sorte que chacun jouisse, assis et à son aise, de son entrée à elle. Dès que l'orgue avait émis la dernière note du morceau d'ouverture, ses pas l'annonçaient dans la nef collatérale de gauche, par où se produisait à coup sûr son apparition. Les talons hauts qu'elle chaussait pour la circonstance martelaient allègrement le carrelage. Elle portait une robe vive, très ajustée, jambes et bras nus par beau temps, sinon sanglée dans un petit trois-quarts, voire une doudoune, et, hiver comme été, un foulard noué sous le menton, qui laissait flotter sur son front les longues franges de ses cheveux clairs.

À mi-parcours du bas-côté, elle faisait une station devant le piédouche accroché au mur, sur lequel était exposée une Vierge noire à la romane, entourée d'une herse pour les cierges. Cette Vierge avait fait l'objet d'un important pèlerinage autrefois, ce qui expliquait les dimensions extraordinaires de l'église, quasi une basilique, alors que Wermont ne comptait guère plus de six mille âmes. Ma mère se penchait, le dos à l'assemblée, allumait un cierge, puis se redressait, la taille cambrée, se signait et allait jusqu'au transept, où il restait toujours une chaise libre, vu que tout le monde savait que c'était la sienne. Le chanoine, qui officiait, marquait lui-même une pause, afin de lui glisser un sourire en coulisse.

Petit, elle m'entraînait à la remorque de son bras tendu, comme elle l'avait fait antérieurement pour mon frère aîné, et quelque temps, simultanément pour les deux, à l'aide de ses deux bras. À partir de sept ans – l'âge de raison selon le catéchisme –, elle nous envoyait seuls à l'église, et à l'heure, avant que les cloches sonnent. Nous faisions partie du public, comme tout le monde, dans les premiers rangs, avec les autres gosses qui se dévissaient le cou quand elle arrivait. Il n'y avait que nous deux qui ne regardions pas.

Il n'existe pratiquement aucune photo d'elle dans ces années-là. D'abord, parce que, à la maison, c'est elle qui prenait les photos. L'appareil, un petit Olympus en métal gris, lui appartenait, mon père ne l'utilisait jamais.

À l'époque, on ne mitraillait pas comme aujourd'hui, chaque cliché consommait de la pellicule. Elle l'économisait, nous photographiait aux grandes occasions, devant le sapin de Noël, derrière le panier d'œufs colorés à Pâques, à côté de saint Nicolas et du père Fouettard. Forcément, elle ne figurait pas au tableau. Quelquefois, mon frère s'était emparé de l'Olympus. Quand elle se voyait sur les tirages papier ou sur les diapositives qu'elle rapportait de chez le photographe, elle les détruisait sans pitié. « Ce n'est pas possible, une tête pareille ! » bougonnait-elle.

La seule photo que je possède d'elle date de l'été 1995 précisément, l'année de Branko Hrastov, peu de temps avant qu'il ne s'empare d'elle.

Nous sommes tous les deux à une table de terrasse, sous un parasol, à Bruxelles, au quartier Léopold. Un photographe de rue est passé, tandis que nous prenions un café avant d'attraper notre train. Il avait déjà fait la photo, il a demandé si cela nous intéressait de la recevoir par la poste dans les deux jours. Ma mère a sorti sans discuter le billet de cent francs qu'il demandait, elle a donné notre adresse.

« Vous êtes des Ardennes ? En visite à Bruxelles ?

— Mon fils est à l'université. Il a réussi brillamment. »

En fait, j'étais passé par la petite porte, n'ayant strictement aucun goût pour les études commerciales que j'avais entreprises et que j'allais bientôt laisser tomber. Ma mère tenait à assister à la proclamation des résultats. La salle académique, les profs alignés comme des pingouins, bref, le folklore universitaire l'avait impressionnée au point que, si j'avais échoué, elle aurait sans doute déclaré tout autant que j'avais raté « brillamment ». Un jour à immortaliser par une photo.

« Votre fils ?

— Oui. »

Il semblait étonné. Elle avait l'air bien jeune, sûrement, pour avoir un grand flandrin de fils comme moi.

J'ai la photo sous les yeux, déchirée en deux, mais recollée avec un bout de scotch transparent, qui semble nous séparer l'un de l'autre. Instinctivement, ma mère tourne la tête vers l'objectif, interloquée, les sourcils arqués, les pupilles aux commissures des yeux, comme si déjà elle était prête à accueillir l'inattendu qui allait bientôt surgir dans sa vie et mettre un terme immédiat au deuil dans lequel elle s'était recluse depuis un an.

Jusque-là, elle aurait été la dernière veuve de Wermont probablement à porter le noir, à l'avoir gardé si longtemps. La toilette sombre qu'on lui voit sur la photo n'évoque cependant guère le deuil. Elle fait ressortir son teint de nacre, uni et doux, qu'elle gardait soigneusement du soleil. Quand on a l'élégance naturelle, peu importe la couleur de l'habit sans doute. Il y a bien des tulipes noires.

Devant l'expression vestimentaire de son veuvage, les gens avaient d'abord marqué de l'étonnement mais, rapidement, ils s'étaient inclinés avec complaisance. « Cette pauvre Mme Broncart », murmurait-on en hochant la tête, en particulier dans les travées de l'église Saint-Martin où elle se produisait désormais dans le tailleur anthracite qu'elle portait à Bruxelles, complété par de longs bas de soie noirs. Pourtant, si elle avait tourné la page de mon père en quelques semaines, comme ils auraient pu s'y attendre d'une femme si jeune encore, personne, à coup sûr, ne lui en aurait fait grief.

Mon père était un original, pas méchant, mais qui ne faisait rien comme tout le monde. Le genre de personnage dont le reste de la planète espère en secret que sa bizarrerie lui retombe un jour sur le nez, de manière à confirmer le bien-fondé du conformisme général. Sa disparition si brutale, dans la force de l'âge, et d'une affection au cerveau, lui qui se flattait de se remuer les méninges plus que personne, cela ressemblait drôlement à l'arroseur arrosé. On en aurait souri, s'il n'y avait eu le respect dû à la mort.

Comme ma mère, contre toute attente, ne se départait pas de son deuil, les gens s'étaient résolus à la ranger dans la catégorie des veuves inconsolables, une raison sociale totalement démodée, mais historiquement attestée par les plus anciens, et qu'ils étaient tout prêts à respecter au titre d'espèce protégée. À l'été 1995, ce qui les aurait dérangés, – ils ne perdaient rien pour attendre –, ç'aurait été finalement qu'elle renonce tout d'un coup à la mise en scène de la douleur qui lui allait tellement bien. Une vertu si rare n'avait pu être préservée que dans leur modeste localité de Wermont et, du fait même, elle rejaillissait sur eux.

Car ils n'auraient pas été jusqu'à imaginer que ma mère pût réellement souffrir de la mort de mon père. On savait quel genre de mariage ils avaient fait. On en avait assez ricané en son temps. Mes parents étaient passés par une agence matrimoniale.

Mon père était un homme qui avait le sens pratique. Il avait abandonné l'école, très jeune. Aucun goût pour les études. Il les méprisait même. Il voulait travailler, édifier, produire quelque chose, fût-ce n'importe quoi.

Qu'on puisse prêter attention aux discours des intellectuels, par exemple, des individus qui ne connaissent rien à la vraie vie, ça le dépassait. Un soir, je me souviens, dans une rétrospective télévisée de Mai 68 et des années qui suivirent, on nous avait resservi Sartre sur son bidon, haranguant les ouvriers de chez Renault. Mon père s'était arraché de son fauteuil, il avait éteint immédiatement l'appareil en lui assenant sur le sommet un coup du plat de la main, comme s'il voulait renfoncer dans le néant l'être de ce m'as-tu-vu de la pensée. Le napperon de macramé que ma mère avait crocheté pour coiffer le poste s'était empêtré dans le bracelet de sa montre et avait effectué un vol plané jusqu'à l'autre bout du salon.

« Jacques, enfin, calme-toi !

— Excuse-moi, mais c'est insupportable ! devant des ouvriers ! Qu'est-ce qu'il a jamais fait de ses dix doigts, ce baratineur ? »

Mon père, lui, pouvait se vanter de les avoir utilisés, ses dix doigts. Alors que les brasseries locales fermaient l'une après l'autre, il en avait fondé une nouvelle. Il avait réduit la production de bière de ménage, qui ne faisait plus vivre personne, pour créer une bière spéciale – une des premières du genre devenu si commun aujourd'hui. C'était la fameuse Crochepatte, une blonde à triple fermentation, titrant huit degrés, avec un arôme inattendu de fleur d'oranger. Tous les samedis, pendant plus de dix ans, il avait parcouru les marchés, où il dressait un étal pour la faire connaître. Après quoi, entré dans la trentaine, il s'était avisé qu'il avait omis un détail essentiel : on ne fonde pas une brasserie pour une génération. Or il n'était pas marié, il n'avait pas eu le temps de se mettre en quête d'une femme en s'y prenant comme tout le monde.

L'agence à laquelle il s'était adressé était tenue par une Polonaise, Mme Nowakowa, spécialisée dans les filles polonaises. Leur faire franchir le rideau de fer, à l'époque, ce n'était pas du tout cuit. Mme Nowakowa s'était assuré la collaboration d'une congrégation de bonnes sœurs qui avait des communautés non seulement en Pologne, mais un peu partout en Europe. Les postulantes au mariage étaient censées venir faire une retraite en Belgique. Elles logeaient au couvent, passaient le plus clair de leur temps à des exercices de dévotion, et le reste à rencontrer l'épouseur que leur sélectionnait Mme Nowakowa.

L'épouseur les promenait, les invitait au restaurant, leur faisait visiter les supermarchés, où il leur offrait de menus cadeaux, de même que les navigateurs portugais, autrefois, amadouaient les sauvages avec de la pacotille.

Au bout de trois ou quatre rencontres, si la jeune personne trouvait le candidat à son goût, Mme Nowakowa lui suggérait avec délicatesse, mais avec la conviction de l'expérience et de la sagesse, d'abandonner la réserve virginale (garantie dans le cahier des charges de l'agence) pour un ballon d'essai intime. Sans cela, comment les futurs époux auraient-ils su s'ils pouvaient réellement, selon le précepte biblique, ne former qu'une seule chair pour le reste de leurs jours ? La retraite se terminait par une confession générale dans le tuyau de l'oreille à demi sourde et somnolente du vieil aumônier du couvent. Ainsi passait au bleu cet accroc à la morale catholique qui, selon Mme Nowakowa, expliquait l'exceptionnel taux de réussite de ses mariages.

J'ignore si mes parents s'imposèrent ce test, dont j'appris l'existence bien des années plus tard, chez les jésuites, par les confidences indiscrètes d'un camarade de dortoir, dont la naissance était imputable aux services de Mme Nowakowa, comme le lui avaient appris les lettres d'amour de ses parents. Toujours est-il que mon père, Broncart Jacques, épousa Konopczanka Teresa, le 10 juin 1973, et que mon frère Tadeusz débarqua huit mois plus tard, officiellement prématuré. Un an et demi après, je complétai les effectifs familiaux.

Quelles que soient les relations entre les parents, les enfants les trouvent normales, puisqu'ils n'en connaissent pas d'autres. C'est ainsi qu'il y a tant de familles où les enfants ne songent pas à s'étonner que le père traite la mère comme la bonne à tout faire. Une idée qui ne serait jamais venue à mon père. Avec ma mère, il était la délicatesse même, il faisait ses quatre volontés.

Dans un couple, il y en a presque toujours un des deux qui aime plus que l'autre. Chez nous, c'était lui. Cela sautait aux yeux du premier venu.

Ma mère accueillait ses attentions avec un sourire en coin, sans tourner la tête, comme un dû. Elle n'aurait jamais pris les devants d'un geste d'affection. C'est le risque dans ce genre d'union qui, d'une certaine façon, relève de la transaction commerciale. Lorsque la demande est supérieure à l'offre, le coût augmente. Mon père avait absolument besoin d'une femme. Partant, ma mère avait conscience de la valeur qu'elle représentait. Elle touchait les dividendes. Sans excès, bien entendu, comme un placement à long terme. Elle semblait toujours un peu distante. Jamais de conflits. La coexistence pacifique Est-Ouest, à l'échelle du foyer.

Un moment, elle avait peut-être même songé à renforcer son camp, en y attirant Tadeusz. Quand il était tout petit, en effet, elle lui parlait polonais, une langue que mon père ne comprenait pas, qui l'excluait du bloc maternel.

Moi non plus, je ne comprenais pas. À moi, elle n'a jamais parlé que français, elle avait renoncé à sa langue, peut-être parce qu'elle était déjà plus accoutumée au français quand je suis né, peut-être parce qu'elle avait assez d'un allié, qu'elle était pour l'équilibre des forces.

Peut-être aussi, bien qu'il me soit pénible de l'admettre, parce que je représentais une déception pour elle : elle avait espéré une fille comme deuxième enfant, étant donné qu'elle n'en voulait pas davantage. Elle me l'a assez répété par la suite, en passant à regret ses doigts fins dans mes cheveux rêches. Elle l'aurait appelée Agnieszka, Agnès. À une époque, j'aurais tout donné pour être Agnieszka et non André. Ensuite, je me suis escrimé toute mon adolescence à déloger cette Agnès qui ne voulait plus décrocher, et j'en ai voulu à ma mère.

Au bout de quelques années, Tadeusz a refusé de lui répondre en polonais, après qu'un jour, elle lui eut parlé ainsi devant ses copains qui, ensuite, s'étaient mis à lui causer charabia pour se payer sa tête. Ma mère n'a pas insisté. Elle passait tout à Tadeusz.

Tout cela pour donner un aperçu de l'ambiance familiale : un mari sur le qui-vive, un aîné en rébellion, un cadet au rancart et, au milieu de l'espace, ma mère qui glissait imperturbable, élégante comme une patineuse sur glace.

Pour qu'elle fonde, la glace, il fallut la maladie de mon père. Brusquement, la personne à ménager, ce ne fut plus ma mère. Il y eut un changement de régime. Par la grâce du cancer, mon père prit enfin possession de la première place.

Le jour fatal du diagnostic, ma mère l'avait accompagné à l'hôpital pour rencontrer le spécialiste qui devait lui communiquer les résultats des examens. Elle était montée dans la voiture, un peu contrariée, parce qu'elle avait dû reporter un rendez-vous chez sa coiffeuse. La secrétaire du médecin avait recommandé que quelqu'un vienne avec le patient. C'était lui le plus embarrassé. Il voulait même qu'elle le laisse aller seul, un mal de tête n'allait pas l'empêcher de conduire, tout de même !

Au retour, ma mère était au volant. Elle n'était plus la même. Elle ne prit pas la peine de fixer un autre rendez-vous avec la coiffeuse. Elle avait honte. Elle laissa pousser ses cheveux jusqu'aux épaules, ce qui lui donnait une allure de plus en plus juvénile, tandis qu'inversement, mon père dépérissait à vue d'œil, comme s'il tenait à devenir un vieillard en un temps record, en sorte de mourir avec le physique adéquat. Les os de son visage perçaient sous sa peau, son nez semblait avoir grandi. Il était devenu un grand bec, de part et d'autre de ses yeux, qui avaient pris la fixité latérale du regard des oiseaux prisonniers.

Ma mère ne l'a plus lâché d'un pouce. Elle veillait à ce qu'il soit bien, le questionnait sans relâche, lui donnait de petits baisers à tout moment, comme si elle venait de tomber en amour. S'il s'inquiétait d'elle, elle le rabrouait. Le monde à l'envers.

Peut-être mesurait-elle la peine que sa froideur lui avait infligée si longtemps ? Trop souvent, on remet à plus tard d'aimer ses proches. On prétend d'abord apurer les inévitables rancœurs que l'existence accumule entre les êtres. Il fallait vite rattraper le temps perdu. Le remords la poussait dans le dos, mais peut-être aussi l'amour, tout simplement.

À cause de son mariage humiliant, elle n'avait vu en mon père qu'une sorte d'acquéreur. Un jour, elle m'avait dit qu'elle valait exactement quinze mille trois cent cinquante francs, la somme que mon père avait versée à Mme Nowakowa. Elle avait trouvé le reçu au fond d'un tiroir. Elle apercevait enfin l'homme qu'il était, pas seulement le mari qui l'aimait sincèrement, mais l'être humain sous cette fonction accessoire, à nu devant le destin.

Mon père passa d'abord par une période d'abattement. Il restait prostré de longues heures à son bureau, devant ses livres comptables, comme s'il réfléchissait à un bilan impossible à établir. Une nuit, après son ultime rechute, il descendit à la brasserie et se mit à briser des bouteilles de Crochepatte par dizaines, jusqu'à ce que ma mère, réveillée par le bris, ne vienne le rechercher et ne le recueille contre elle, sur ses genoux, comme une pietà, tandis que sa chemise de nuit trempait dans la bière.

Après cette dernière protestation, mon père retrouva la sérénité des gens qui ont un projet simple à mener à bien. Le sien était de tout régler avant de mourir.

La brasserie devait continuer avec ma mère, qui l'y assistait depuis longtemps. Tadeusz s'occuperait du brassage, et moi qui, des deux, passais pour le cerveau, je ferais des études commerciales dans la perspective de lancer la Crochepatte sur le marché international, comme il en avait toujours rêvé.

Il ne restait que son avenir à lui, auquel il réfléchissait le plus froidement possible. Ma mère aurait souhaité qu'il rencontre un prêtre, mais il avait pour le clergé la même estime que pour Sartre : des tire-au-flanc qui se tournaient les pouces entre deux rabâchages.

Il avait acheté un baladeur. Il installait le casque sur son crâne rasé, avec de la ouate à certains endroits du serre-tête, fermait les yeux et écoutait la musique d'opéra qu'il aimait. Sa tête devenait un temple où Pavarotti le prenait par la main vers la suite, mieux, sans doute, que n'importe quel soutanosaure.

Quelque temps avant la fin, le Père Thomas, maître brasseur de l'abbaye de Rochefort, vint le voir, alors que j'étais dans sa chambre au CHU. Il le connaissait pour l'avoir rencontré dans des réunions de brasseurs. La trappiste du Père Thomas était la préférée de mon père, qui la mettait juste un peu au-dessous de la Crochepatte.

Avant de tirer la bière, le Père Thomas avait été un authentique play-boy, il avait mené une sincère vie de bâton de chaise. Il prétendait que pas un pécheur n'arrivait à sa cheville. C'est dire si les imprécations de mon père contre les curés étaient pour l'horrifier. Je les laissai s'entretenir.

Quand je revins dans la chambre, le Père Thomas pressait mon père dans ses bras, contre son gros ventre.

« Allons, allons, Thomas... Je vais réaliser le rêve de tout brasseur.

— Ah oui ?

— Je serai bientôt en bière. »

Les yeux du moine ne purent contenir plus longtemps leurs larmes.

Mon père estimait qu'il avait fait tout ce que pouvait faire un homme raisonnable évaluant toutes les hypothèses au seuil de l'inconnu. Il ne restait qu'une chose qui le chagrinait : la tristesse de ma mère. Il se mit à l'assurer qu'il ne la quitterait jamais. « Même mort, je serai toujours avec toi », répétait-il.

Cependant, bien que ce fût elle, la croyante, sa foi semblait décliner de jour en jour. Alors – par quelle folie, par quelle pitié ? – mon père lui fit la promesse absurde qui devait ravager sa vie. Il lui jura qu'une fois trépassé, il lui ferait parvenir un signe, afin qu'elle sache qu'il était en paix, dans l'ombre, à ses côtés, et qu'elle pouvait continuer à vivre pleinement, sans regret.

2

Tadeusz

Autant commencer par dire que j'ai toujours été le fils préféré de maman. André, elle ne l'a jamais aimé. Elle l'admirait, elle en était fière mais, ça, ce n'est pas de l'affection. Ça pourrait bien être une façon de maintenir l'autre à distance. André était tellement intelligent, et elle, l'intelligence lui faisait peur.

Ce qu'elle voulait, c'était du sentiment. Elle était incroyablement fleur bleue. Personne ne s'en apercevait, sauf moi. Papa était trop occupé. Il pensait qu'à son égard, il avait fait tout ce qu'il avait à faire quand il s'était montré parfaitement soumis. Jamais la moindre résistance. En fait, c'était sa façon de se débarrasser d'elle, pour se consacrer à la brasserie, dont les perpétuels ennuis étaient les seuls motifs d'excitation de son existence.

Elle le savait. Ses prévenances glissaient sur elle comme une brosse à reluire. Ce qu'elle aurait voulu, ce n'était ni sa délicatesse ni même son amour. Comme toutes les personnes sentimentales, elle n'aspirait qu'à une chose : la tendresse. La tendresse ou plutôt l'attendrissement et même, plus précisément encore, le moment de l'attendrissement, quand le cœur s'emballe, que la volonté perd pied, que l'âme se liquéfie. Une ivresse sans égale pour les êtres romantiques.

Pour y goûter, encore faut-il une occasion, un être faible et démuni, un enfant qui pleure, un chien – pourquoi pas ? – qui lève ses yeux tristes en gémissant. Peu importe, pourvu que monte à la tête la liqueur exquise des émois, par lesquels on se donne le prétexte des autres pour s'aimer soi-même.

J'imagine bien maman après son mariage. Seule, loin de sa famille, de son pays, de son univers. La brasserie se trouvait à la limite de Wermont, au-delà des trottoirs, le long des premiers accotements herbeux de la campagne. C'était un ancien moulin qui avait encore sa roue en bois occupée à pourrir au sous-sol. Papa l'avait acheté au dernier meunier parce qu'il pensait tirer parti de l'eau du bief, qui pénétrait jusqu'à l'intérieur du bâtiment. L'endroit était creux, humide, mouillé par deux étangs inutiles, sauf à produire de la brume en toutes saisons. Cette grenouillère, papa la trouvait romantique, il venait quelquefois y méditer le soir.

Il était lui-même un étranger à Wermont. Enchaîné à son travail du matin au soir. Bonnema, sa mère, qui était venue vivre avec lui jusqu'à son mariage, était retournée chez tante Irène, dans le Hainaut. Elle ne voulait pas gêner les jeunes mariés, la jeune mariée en particulier, une étrangère contre laquelle elle n'avait rien, mais qui aurait rajouté une couche à ce qu'elle considérait comme son propre exil en Ardenne. Elle n'avait jamais pu se faire à cette région, à ses habitants, qu'elle taxait de froideur. À ses yeux, la Meuse représentait la frontière infranchissable de la chaleur humaine.

Le jour où elle est arrivée à la brasserie, une fois sa valise défaite et rangée au-dessus de la garde-robe de la chambre à coucher, maman a dû se mordre les doigts, puis les lèvres, pour ne pas pleurer sur son sort. Mais comment l'aurait-elle pu ? N'avait-elle pas décidé ce mariage de son plein gré ? La liberté, une vie plus facile, un avenir rayonnant, c'est ce qu'elle voulait, non ? C'était censé se trouver dans la pochette-surprise qu'elle avait tirée. Si ça ne s'y trouvait pas tout à fait, il ne lui restait qu'à faire contre mauvaise fortune bon cœur, à apprendre la cuisine que son mari aimait à l'aide des fiches que Bonnema lui avait préparées, à touiller le moût à la brasserie dans la vapeur des cuves qui lui poissait la peau et les cheveux, dans l'attente du jour où, enfin, l'horizon s'éclaircirait.

Le soir, elle s'enfermait dans la salle de bains à moitié aménagée. Papa avait commencé à carreler les murs en vue de son arrivée mais, une fois qu'elle avait été là, il n'avait jamais pris le temps de terminer. C'est Branko qui a tout mené à bien en deux coups de cuiller à pot, un samedi matin, en ajoutant même une frise de faïences représentant des dauphins.

Elle attachait au robinet un filet rempli d'écorces de citron qui parfumaient l'eau et lui faisaient oublier l'odeur fade du brassin. Elle s'enfonçait jusqu'au menton, fermait les yeux et passait les mains sur son ventre, qui s'alourdissait de jour en jour et se déboîtait de son alvéole.

« Pauvre petit ventre, qui étais si rond, si menu, si beau, te voilà transformé en bosse de chameau, si ce n'est pas malheureux ! »

Maman était tout à fait capable de s'adresser à son ventre. Plus d'une fois, je l'ai surprise qui parlait à son doigt, quand elle se coupait en épluchant les légumes, le plaignant comme une malheureuse victime du devoir. Son cœur en pâte de guimauve était sans cesse à la recherche d'un objet pour se chavirer. Faute de mieux, elle se démembrait.

Quel bonheur quand je suis arrivé ! Prématuré par chance, faible à souhait, fragile, exilé trop tôt dans un monde inhospitalier. Exactement sa situation ! Comme elle a pu s'aimer en m'aimant !

Comme de juste, j'étais difficile, je pleurais sans arrêt avec une prédilection prononcée pour la nuit. Elle me prenait contre elle dans le lit conjugal, si bien que papa devait se résigner à dormir en bas, sur le canapé du salon. Elle me berçait en polonais. J'ai babillé cette langue quelques années, semble-t-il, jusqu'à ce qu'elle s'inquiète de mes défauts de prononciation en français. Je zozotais, je mouillais les *l*. De là, sans doute, qu'aujourd'hui encore, il m'arrive de m'entortiller la langue, quand je m'énerve dans la conversation.

À trois ans, André s'exprimait mieux que moi qui avais presque deux années d'avance sur lui. Il a tout de suite entamé sa carrière de grosse tête de la famille. Dès lors, les jeux étaient faits, la place d'enfant modèle a été prise, il ne me restait que celle de fils prodigue, pour ne pas dire raté.

Le polonais, je l'ai oublié. Parfois, le matin, juste avant que j'ouvre les yeux, dans ma demi-torpeur, un mot crève la surface, débris d'une épave ancienne, qui s'échoue sur une plage déserte, sans qu'on puisse préciser à quoi il pouvait bien servir. Peut-être est-ce avec ce premier abandon que j'ai contracté pour longtemps la détestable habitude de laisser tomber tout ce que j'entreprenais.

Je n'ai pas fait d'études ou plutôt j'ai tâté de toutes, du classique – où André moissonnait les lauriers – au professionnel, sans m'accrocher à aucune. J'ai changé trois fois de collège, des deux premiers de mon plein gré, renvoyé du troisième pour une raison fumeuse, dont la fumée malencontreusement sentait un peu le cannabis. C'était au mois de mai 1994. Je venais d'avoir vingt ans.

Impossible de m'inscrire ailleurs avant la rentrée. Papa a décidé que je travaillerais avec lui en attendant. Justement, il se sentait fatigué, esquinté à la fin par des années à trimer pour sa bière. Il avait besoin d'aide. Il ne m'en voulait pas. Lui non plus n'avait pas de diplôme – de peau d'âne, comme il disait. Avec de pareilles idées sur l'éducation, c'était aussi sa faute si je ne fichais rien, d'après maman.

Après ce renvoi, elle m'a lâché la bride. Elle aurait tant voulu que je sois son enfant à elle seule, son clone masculin, qui l'aurait vengée des avanies de son sexe et aurait vécu à sa place la vie idéale qui avait filé entre ses doigts. C'était plutôt râpé. Elle aurait pu se consoler avec André, qui avançait si royalement dans la vie, mais ça ne lui venait pas à l'esprit.

Heureusement, quelques jours après mes débuts à la brasserie – où, bien souvent depuis l'enfance, j'avais déjà travaillé par plaisir –, papa a appris sa maladie. Aussitôt maman m'a largué pour se jeter sur lui. En bonne santé, il lui était presque indifférent. Souffrant, elle s'est mise à l'aimer, comme une collégienne s'éprend d'un professeur, la veille des vacances. Un homme si vaillant, tout à coup voué à disparaître, quoi de plus attendrissant ? S'il avait guéri, je me demande si elle n'aurait pas été déçue. Il est mort dans ses bras, vaincu par le mal sans doute, mais un peu aussi pour lui faire plaisir, car il avait découvert au bout du compte que c'était par sa faiblesse qu'il l'avait enfin séduite.

Je n'ai jamais repris l'école. Je suis resté à la brasserie, d'abord avec papa, de plus en plus souvent absent pour les traitements obligés du protocole thérapeutique, puis seul avec maman. Papa a eu le temps de me montrer les opérations qu'il se réservait, comment effectuer le houblonnage, en incorporant les épices qui font le secret de la Crochepatte, comment conduire la fermentation et tout le reste jusqu'à la mise en bouteilles.

Maman continuait la saccharification, dont elle s'était toujours occupée. Puis, surtout, elle essayait de se débrouiller avec la paperasserie. Quand il était là, André l'aidait, vu qu'il comprenait tout au premier coup d'œil. Il avait commencé ses études d'économie à Bruxelles. Notre plan d'avenir, désormais, c'était moi dans la soute à charbon, et lui au gouvernail.

Cependant, au bout de la première année, André a annoncé qu'il arrêtait l'économie. Il voulait reprendre autre chose dans une autre faculté. Il avait essayé l'économie pour respecter la volonté de papa. C'était au-dessus de ses forces. « Ce n'est pas aux morts de décider de la vie des vivants. » Une belle phrase, comme il a toujours su en inventer.

Du coup, je me retrouvais définitivement seul avec maman, un terrible nœud à l'estomac.

C'est alors que Branko est arrivé.

C'était un soir aux premiers jours d'octobre, après une journée à rappeler les hirondelles, comme l'Ardenne peut en servir par remords, au terme d'un été pourri. Maman et moi, nous étions à table à la cuisine. Nous avions laissé la porte de dehors ouverte pour profiter des rayons du soleil couchant. André était reparti à l'université, à Bruxelles. Tout à coup, une silhouette s'est encadrée dans l'embrasure.

La cuisine est à l'arrière du corps de logis, qui est disposé en équerre par rapport à la brasserie. L'homme n'avait pas sonné à la porte d'entrée, il avait contourné la maison, et il était là, brusquement devant nous, avec la lumière rasante en halo autour de lui, comme une apparition.

« Excusez-moi, je cherche un téléphone. »

Une prononciation étrangère. Il avait dit « *cherché* », « *téléphaune* ».

« Je suis en panne. Mon auto est là, sur la route. »

Il faisait un signe vers l'extérieur, mais pas vraiment dans la bonne direction.

« Quel genre de panne ? ai-je demandé.

— "*Battérie*", je crois. »

Je me suis levé, j'ai quitté la table.

« Je peux voir ? »

Je l'ai accompagné jusqu'à la voiture. À l'angle de la maison, il a esquissé un geste de la main vers Zorba, qui était couché sur le pavé. Le chien a remué la queue comme pour une vieille connaissance. Alors qu'il se serait déchaîné à la vue d'une souris dans la cour, il n'avait pas émis le plus petit jappement quand Branko était passé.

Sur la porte, à contre-jour, je n'avais pas pu vraiment distinguer ses traits. C'était ce qu'on appelle un bel homme : menton, nez, front unanimement volontaires, barbe drue comme un semis qui lève, cheveux noirs, lisses. Le teint de pêche des Méditerranéens. Pas de rides. Une petite cicatrice seulement au coin de l'œil droit, comme une larme figée. On lui aurait donné une trentaine d'années : il en avait pratiquement cinquante. Quand il parlait, ses yeux étaient presque toujours teintés d'ironie ; dès qu'on ne s'occupait plus de lui, ils perdaient tout éclat.

La voiture, une Golf d'avant le déluge, encore vaguement rouge, les bas de caisse cloqués par la rouille, stationnait au bord du fossé. Je pensais raccorder la batterie à celle du Sprinter mais, au premier coup d'œil sous le capot, j'ai compris que c'était peine perdue : l'alternateur n'avait plus de courroie.

« On peut appeler une dépanneuse. Ça va coûter dans les deux à trois mille francs.

— Je ne peux pas donner. »

Une grimace d'impuissance a plissé ses lèvres, tandis que ses yeux s'accrochaient à sa guimbarde comme pour lui demander pardon. Les deux mille francs, il est vrai, un ferrailleur ne les aurait pas donnés pour la carcasse entière.

« Dans ce cas, on peut essayer de dénicher une courroie. Ce soir, ce n'est pas possible. Tout sera fermé. Demain. Je vous emmènerai si vous voulez.

— D'accord. »

Pour lui, l'affaire était entendue. Il était content, il ne lui restait qu'à patienter.

« Qu'est-ce que vous allez faire en attendant ?

— Je dors dans l'auto.

— Ah… Bien. »

J'étais prêt à m'éloigner, mais j'ai eu scrupule à le laisser là, au bord du chemin.

« Vous avez mangé ?

— Ça va, garçon, merci.

— Venez prendre un café, au moins. »

En le voyant revenir, Zorba s'est donné la peine de se lever, il s'est approché et a avancé le museau pour lui lécher la main. Les chiens, paraît-il, ont un instinct infaillible, ils sentent ce que nous ne voyons pas, comme Argos, le chien d'Ulysse, qui reconnut son maître après vingt ans d'absence, malgré ses oripeaux de mendiant.

Maman était occupée à la vaisselle. Elle n'avait laissé sur la table qu'une tasse sur une soucoupe pour le café que je prends le soir.

« Monsieur ne peut pas repartir. Tu peux lui servir du café ?

— Bien sûr. Asseyez-vous. »

Sans la moindre hésitation, Branko s'est installé, non pas devant la tasse, mais à l'autre côté de la table, à la place de papa. Personne ne se mettait là depuis son décès. Ce n'était pas que maman l'ait interdit, mais cela restait sa place, un endroit où quelque chose de sa présence subsistait, à quoi nous ne voulions pas toucher.

Elle allait se récrier : « Pas là, monsieur, s'il vous plaît ! », elle a amorcé un mouvement du bras, mais elle a ramené ses doigts sur sa bouche et est restée muette. Branko lui souriait, expectatif, l'air de vouloir s'assurer qu'il n'avait pas commis de gaffe.

Je me suis assis devant ma tasse. Maman y a versé le café qu'elle tenait toujours au chaud dans le thermos, puis elle a servi Branko.

« Vous avez mangé ?

— Ne vous dérangez pas. »

Elle lui a apporté du pain et du jambon.

« Mieux vaut le boulanger que le pharmacien. »

Il y avait longtemps qu'elle n'avait pas utilisé cette sentence *made in Poland* sans doute, avec laquelle, dans ses derniers temps, elle encourageait papa à se nourrir.

Branko a opiné de bonne grâce, il a beurré copieusement son pain, mais avant de l'entamer, il s'est signé lentement, avec recueillement, les yeux fermés. Maman était très pieuse, elle n'aurait manqué la messe du dimanche sous aucun prétexte, elle se signait à tour de bras à l'église et, à la maison, en cas d'orage, par exemple, dans l'espace entre l'éclair et le tonnerre. Mais pas avant les repas. Elle l'avait peut-être fait autrefois, avant de renoncer à cause de papa. Les bondieuseries en tout genre lui donnaient de l'urticaire et auraient gâché son repas. Non qu'il ait été sans religion, mais parce que, en cette matière, toutes les démonstrations n'étaient pour lui que des singeries.

« D'où venez-vous ?

— Je suis croate. »

Il a levé ses yeux ironiques afin de juger de l'effet que ça nous faisait. On était en 1995, en pleine guerre de Bosnie. Les nouvelles tombaient chaque jour plus terribles les unes que les autres. Une bombe venait de faire un carnage sur un marché de Sarajevo. Les télévisions déversaient l'horreur à jet continu avec l'avertissement : « Certaines images peuvent impressionner les personnes sensibles. » Même les insensibles, qui avaient assez d'estomac pour ne pas changer de chaîne, n'y comprenaient plus rien. La guerre brassait les Bosniaques, les Serbes, les Croates, les avions de l'Otan dans une mêlée confuse, où Dieu Lui-même sans doute aurait eu du mal à reconnaître les Siens.

Je crois que, comme moi, maman a reçu un coup au cœur. Cet inconnu, grand, sûr de lui, elle s'est aperçue soudain qu'il aurait pu tout aussi bien s'être échappé de l'écran d'un de ces reportages qui montraient les combattants dans leurs uniformes paramilitaires, armés jusqu'aux dents, contents de ravir la vie à leurs semblables. Elle a eu peur, mais Branko aussitôt lui a administré un antidote souverain.

« Je viens de Medjugorgje.

— Medjugorgje ?

— Oui. »

À peine si une auréole ne s'était pas allumée derrière son crâne.

« Vous avez vu la Vierge ? a demandé maman.

— Moi, non ! »

Il a ri de si bon cœur que son cœur ne pouvait qu'être bon.

« Bien sûr… Je veux dire ; vous avez assisté aux apparitions ?

— J'ai fait un pèlerinage du 15 août.

— Et alors ?

— Vicka, la fille qui voit, a dit : “La *Gospa* demande la paix.”

— Ah… bien sûr.

— Je suis parti, à cause de la guerre. Plus qu'un an déjà. J'ai travaillé, mais je n'ai plus de travail. Je cherche.

— Vous êtes seul ? Pas de famille ?

— Seul. »

Il s'est assombri, a mangé consciencieusement, bu son café, s'est essuyé les lèvres et a remercié. En passant à côté de moi pour sortir, il a ajouté : « Alors, à demain. »

Maman a enlevé la tasse, elle a passé un coup de torchon, puis s'est assise à sa place, en face de celle de papa. Au bout d'un moment, elle s'est retournée vers moi.

« Va voir ce qu'il fait, s'il te plaît. »

Je n'avais pas envie de retourner à la voiture. Je suis monté à l'étage. De la fenêtre de la chambre d'André, on peut voir la route. Branko était dans la Golf, il avait descendu le siège en position allongée. Je le distinguais mal. J'ai cherché les jumelles d'André, mais je ne les ai pas trouvées. Je suis redescendu.

« Il dort dans sa voiture.

— Je vais préparer la chambre d'André. Va le chercher. »

Le lendemain, nous sommes allés au comptoir automobile Bouillon à Neufbourg. Le magasinier a dû déterrer un vieux répertoire pour trouver le numéro de référence de la courroie. Ce modèle, il ne l'avait plus, peut-être même que personne n'en avait plus. Il allait demander chez l'importateur VW à tout hasard, et chez un casseur. Il a dit qu'il me téléphonerait.

En attendant, qu'est-ce que j'allais faire de Branko ? Dans la voiture, il m'a demandé s'il y avait une entreprise dans les environs. À part Guyaux, qui embauchait des journaliers, il n'y avait rien. Je l'ai déposé devant les bureaux. À mon grand soulagement, il m'a laissé repartir.

« Je me débrouillerai. Pas de problème. »

Le soir, alors que j'étais occupé à charger le Sprinter, il est réapparu tout aussi soudainement que la veille.

« Alors ?

— Alors, pas de travail tout de suite. La semaine prochaine. La courroie ?

— Pas de nouvelles. »

Il a empoigné une caisse de bière et m'a aidé à terminer le chargement. Je l'ai invité à rentrer à la maison, mais il a voulu aller fumer une cigarette. Il s'est éloigné en suivant le bief vers les étangs.

À sept heures, au moment de souper, maman est sortie l'appeler. Elle l'a aperçu de loin, le dos tourné, assis sur la poutre de la grosse vanne, où papa souvent se reposait. Il regardait l'horizon et il sifflait. Il sifflait le chœur des pèlerins du *Tannhäuser* de Wagner.

C'était l'air préféré de papa, d'après ce qu'elle m'a dit.

3

André

Ma première rencontre avec Branko Hrastov date du samedi 14 octobre 1995. Je ne peux pas me tromper, c'était la veille de l'anniversaire de ma mère.

J'avais repris mes études à Bruxelles, en première année de sciences mathématiques. L'univers des nombres est le seul qui m'ait jamais vraiment convenu. C'est un monde d'où l'hésitation, le doute, l'erreur sont exclus. Le mal n'y a pas cours, auquel j'allais bientôt me trouver si cruellement confronté. Dans la plupart des autres disciplines, il est présent comme le ver dans le fruit. En économie, pour ne pas la citer, les théories de Friedman, en vogue à l'époque, programmaient froidement le malheur de milliers de pauvres gens, sous prétexte d'un choc salutaire avant que la main invisible du marché ne sème la prospérité à foison. Ce mélange de niaiserie et de cynisme, je n'avais pas pu le supporter plus longtemps.

Tadeusz est venu me chercher à la gare dans l'après-midi avec le Sprinter, qu'il utilisait de préférence à la Volvo, histoire de faire la publicité de la Crochepatte. Les flancs et l'arrière étaient illustrés d'une fille qui tenait un verre de bière à hauteur de son décolleté, et qui s'exclamait : « La Crochepatte, elle m'épate ! » Sur le flanc gauche, la fille était blonde, sur le droit, brune, et rousse à l'arrière. L'ambition de Tadeusz – il me l'avait confiée quand j'étais encore en économie –, c'était d'avoir un jour une Européenne, une Africaine et une Asiatique sur la carrosserie.

Quand je lui ai demandé : « Quoi de neuf ? », après un machinal « Rien », il a ajouté qu'un type était tombé en panne l'avant-veille devant la maison, qu'il attendait une pièce de rechange pour sa voiture. Le comptoir automobile avait fini par la dénicher. L'employé avait téléphoné qu'il la recevrait lundi. Le type, ma mère avait insisté pour l'héberger.

En arrivant, j'ai découvert la Golf à demi versée dans le fossé. Lui, je ne l'ai pas vu avant le soir. Il se rendait utile à la brasserie, où Tadeusz le rejoignit dès notre arrivée.

Je suis allé jusqu'à la cuisine, avec Zorba qui gambadait autour de moi tandis que je contournais la maison. Quand j'ai ouvert la porte, ma mère était accroupie devant le four ouvert de la cuisinière à bois, d'où s'échappait le fumet typique d'ail et de menthe du gigot à la meunière, une spécialité du Hainaut, qui se prépare la veille. Mon père aimait la trouver sur la table du dimanche à midi. Elle a refermé le four, s'est redressée et, un bref moment, nous sommes restés immobiles et muets, à distance, face à face. En musique, il y a ce genre de suspension – la pause, le soupir –, comme si les instruments s'immobilisaient pour ramasser leurs forces avant de reprendre sur un autre mode. Et c'est bien vrai qu'à cet instant, le cours de notre existence s'est arrêté, pour reprendre apparemment semblable, mais dans une tout autre tonalité. Dès qu'elle s'est approchée en essuyant ses mains sur les pans de son tablier, j'ai senti que ma mère n'était plus la même femme.

Je redoutais mon retour à la maison. Au mois d'août, lorsque j'avais annoncé que j'abandonnais l'économie, elle n'avait même pas ouvert la bouche pour répliquer. Simplement, elle s'était saisie de la photo où nous étions tous les deux au quartier Léopold à Bruxelles, qui était posée contre le portrait de mon père sur le buffet, en attendant qu'elle la fasse encadrer, et elle l'avait déchirée en deux. Elle l'avait jetée dans le panier en osier où finissaient les journaux et les publicités. Tadeusz avait proposé qu'on reprenne la discussion calmement, alors qu'elle n'avait même pas commencé, mais elle l'avait fait taire. Le lendemain, elle était comme avant, si on veut, avec un voile triste sur le timbre de la voix seulement, qui s'ajoutait au noir de ses vêtements et le ravivait en quelque sorte.

« Ah, André, enfin te voilà ! »

Envolé, le voile ! Elle a passé sa main derrière ma nuque et m'a attiré pour m'embrasser. Au lieu de l'habituel baiser sec de ses lèvres pincées, elle m'a étreint tendrement, en appuyant sa joue si douce contre la mienne. Elle y a laissé un effluve du parfum de violette qu'elle portait autrefois, avant la mort de mon père.

Elle m'a servi le café. À la maison, il y avait toujours du café prêt dans un thermos à piston, parce que mon père, et ensuite Tadeusz, n'imaginaient pas entrer dans la cuisine – fût-ce dix fois par jour – sans avaler une gorgée de jus bien noir. Elle m'a demandé comment ça allait, ma nouvelle orientation, les cours, comme si elle ne m'en voulait plus mais, en fait, elle n'écoutait que d'une oreille, elle avait bien autre chose en tête.

« Ton frère t'a dit ?

— À quel sujet ?

— L'homme qui est ici.

— J'ai vu la voiture.

— Nous n'avons pas pu le laisser dehors.

— Ce sera réparé lundi.

— Je l'ai fait dormir dans ta chambre, ça t'embête ? »

Ces paroles, sans la moindre agitation, presque humblement, même. Si j'avais seulement sourcillé, je suis sûr qu'elle aurait demandé à Branko de plier bagage. Mais comment aurais-je pu ? Cette soumission, qui déjà devenait sa nouvelle façon d'être, rendait impossible toute résistance à ses souhaits, si on ne voulait pas passer pour l'agresseur d'une pauvre femme sans défense.

Dans ma chambre, il y avait deux lits. Tadeusz et moi, nous y avions dormi tous les deux très longtemps. J'aurais pu proposer que Tadeusz vienne dormir chez moi et que Branko loge dans sa chambre. Un arrangement tout simple à prendre avec mon frère, si Branko ne l'avait pas accompagné quand il est rentré à la cuisine.

« Alors, c'est toi l'intellectuel ? J'ai squatté ta chambre. Cette nuit, je dors dans l'auto. Je veux. »

Il disait cela en s'adressant à ma mère. C'est moi qui ai refusé. Évidemment, malgré mes regards appuyés, l'idée de la permutation n'a jamais traversé la caboche de Tadeusz.

Quand on est passés à table, Branko s'est assis à la place de mon père comme si c'était la chose la plus naturelle du monde. Ma mère a haussé les sourcils dans ma direction pour l'excuser. Fatalement, dès qu'on est à quatre pour une table carrée, il faut bien que tous les côtés soient occupés. C'est mathématique.

« Moi aussi, j'aimais les mathématiques avant.

— Vous êtes mathématicien ?

— Non, je suis... vétérinaire. »

Entre ma question et sa réponse s'était glissé un instant de flottement, comme s'il avait réfléchi à une profession qu'il allait avancer à titre de simple suggestion, tout disposé à l'abandonner si on l'avait prise pour une plaisanterie, ou si on s'en était seulement étonnés. Nos hochements de tête plutôt admiratifs ont dû le rassurer.

En Ardenne, le vétérinaire n'est pas le doux praticien en blouse blanche, équipé d'une lampe frontale, qui fait tirer la langue au chien-chien et au canari, c'est une armoire à glace qui débarque en bottes dans les fermes, qui ouvre en deux coups de scalpel le flanc d'une vache et y plonge les bras jusqu'au coude, pour en extirper l'obligatoire cul-depoulain de la race blanc bleu. Au savoir-faire, il ajoute la force et la fatigue, qui sont les deux vertus cardinales du campagnard.

« Plutôt, j'étais vétérinaire. Ici, je ne peux pas. »

L'air désolé que cet empêchement lui provoquait n'aurait pas pu l'ancrer plus profondément dans la profession qu'il avait annoncée.

Ma mère a servi la soupe de pois cassés épaissie avec du lard et des croûtons, notre repas traditionnel du samedi soir. Quand elle s'est assise, Branko a fait un grand signe de croix. Elle s'est signée après lui, mais en raccourci, sans aller jusqu'aux épaules, la tête basse et les yeux tournés vers moi, un peu embarrassée.

Son repas avalé, Tadeusz est sorti « faire un tour », selon l'expression consacrée depuis la mort de mon père, c'est-à-dire qu'il allait s'envoyer quelques Crochepatte dans les bistrots des environs qui en servaient. Obligation commerciale, d'après lui. Il a emmené Branko. Moi, il ne m'emmenait jamais. Il préférait avoir les mains libres au cas où il lèverait une fille. Quelquefois, il ne rentrait que dans la matinée du dimanche.

Je suis monté à ma chambre. Sur le lit occupé par Branko se trouvait un sac, un grand fourre-tout de toile bleue, pas fermé, d'où dépassaient quelques t-shirts soigneusement pliés. Du bout des doigts, je les ai soulevés. En dessous, des caleçons américains, deux jeans, un nécessaire de toilette et, tout au fond, une chemise plastique contenant des documents. Celui qui était apparent au-dessus portait des tampons officiels rouges de l'Office des étrangers.

J'ai avancé la main pour m'en emparer mais, du coup, j'ai pensé aux tiroirs du bureau où se trouvaient mes papiers à moi, des revues, des lettres, un journal intime que j'avais tenu de quinze à dix-sept ans et même un herbier d'une période de mélancolie bucolique, dans lequel chaque fleur séchée était légendée d'un poème forcément à l'eau de rose.

Les mains soudainement moites, j'ai ouvert les tiroirs et, au premier coup d'œil, j'ai été certain qu'on les avait visités. Quand Branko m'avait apostrophé avec sa formule – « Alors, c'est toi l'intellectuel ! » – j'avais cru à un trait d'humour amical, alors que c'était peut-être de l'ironie. Il avait déjà fouiné dans ma vie. Ah, si j'avais pu lui coincer les doigts dans un des tiroirs ! À partir de cette minute-là, toute la haine que je devais lui porter s'est mise à germer en moi.

Le matin, j'ai déjeuné seul avec ma mère. Pour son anniversaire, je lui ai offert les truffes de chocolat Galler qu'elle aimait. Tadeusz et Branko, rentrés de leur virée aux aurores, sont descendus à dix heures. Tout en piochant dans la boîte de chocolats, Tadeusz a prétendu que la surprise qu'il avait commandée n'était pas arrivée. Il avait jusqu'au lendemain, quand il se rendrait au comptoir automobile, pour transformer la surprise en pot de fleurs et son mensonge en vérité.

À dix heures et demie, ma mère a dénoué son tablier de cuisine et est allée s'apprêter pour la messe. Pour être exactement en retard à Saint-Martin, l'heure de départ était dix heures quarante-cinq.

À quarante-quatre, elle a paru, précédée du claquement aigu de ses hauts talons sur le carreau du corridor. On s'est tournés vers la porte et, quand elle l'a ouverte, la tête qu'on a faite, ça devait être du genre éberlué des voyants de Medjugorgje, pour citer tout de suite un endroit dont j'allais bientôt entendre parler.

Ma mère, en effet, avait quitté le deuil. Une transfiguration ! Elle portait un de ses petits tailleurs d'avant, le blanc crème, le plus opposé à ses vêtements noirs. Le col sans revers de la veste s'ouvrait sur un chemisier à dentelles ; la jupe, courte, une jupe de jeune fille, était très légèrement fendue sur un côté. À la main, elle tenait un foulard crème, lui aussi, avec des motifs bleus.

« Eh bien, voilà, a-t-elle dit sans autre commentaire, je suppose que personne ne m'accompagne ? »

Cela ne pouvait être destiné qu'à Branko, elle savait très bien que la dernière fois que Tadeusz et moi avions mis les pieds à l'église, c'était pour l'inévitable messe de minuit de la Noël. Mais Branko n'a pas répondu plus que nous.

Assis à la table, devant sa tasse de café, alors qu'il s'était montré renfrogné depuis son arrivée à la cuisine, soudain, il la dévorait des yeux. C'était compréhensible, j'en conviens, s'agissant d'un individu du genre masculin normalement constitué, en présence d'une femme encore épargnée par les ravages du temps, parée pour plaire. Ce regard, pourtant, du fait qu'il se posait sur ma mère, me remplit de dégoût.

Une mère, pour son fils, a quelque chose de sacré, qui la retire du milieu des femmes. Un fils ne peut accepter que sa mère reste celle qu'elle était sans doute avant qu'il n'apparaisse lui-même, un simple être humain voué, comme tous les êtres humains, à la solitude, en quête d'un regard, d'une parole, d'un geste de compassion. Peut-être est-ce cela que je n'ai jamais pu admettre, que ma mère fût un être humain comme les autres.

Je suis reparti à la fin de l'après-midi, après avoir vidé les tiroirs de mon bureau. J'étais certain que je ne reverrais plus jamais Branko. Il avait repris sa mine maussade et, comme ma mère détestait l'odeur du tabac, il était sorti pour fumer près des étangs. Je n'ai pas voulu le saluer.

Un peu plus tard, à la Toussaint, Tadeusz me raconta dans quelles circonstances Branko avait surgi chez nous, pourquoi son irruption avait tellement bouleversé ma mère. Il y avait de quoi, si on se souvient que mon père s'était hasardé à lui promettre de se manifester après sa mort.

Branko était arrivé au terme de l'année de deuil traditionnel pour un mari. Il s'était introduit comme un familier de la maison. Un inconnu aurait sonné à la porte d'entrée. C'était nous seulement dans la famille, qui avions l'habitude de rejoindre la cuisine par l'extérieur, un usage qui remontait à la grand-mère du Hainaut, contrée où l'on peut tout salir dans une maison sauf le corridor. Pourquoi Zorba, toujours sur le qui-vive, n'avait-il pas aboyé ? Il avait laissé passer Branko comme s'il le connaissait. Comme ma mère, Branko était slave, ce qui les rapprochait, même si les Polonais et les Croates n'ont pas grand-chose en commun, à part la religion catholique. Mais là, précisément, le Ciel y était allé d'une averse de présages : le soleil en auréole autour de la tête de Branko sur le seuil de la porte, ses signes de croix à bras raccourcis, sa présence à l'une des apparitions de Medjugorgje, un 15 août, jour de la fête de la Vierge, mais aussi jour anniversaire de la mort de mon père ! Et enfin, le clou du spectacle pour ma mère : la scène de l'étang où il s'était assis sur la vanne, comme le faisait mon père, et avait sifflé un air de *Tannhäuser.*

Les morts peuvent-ils s'adresser aux vivants ? Une fois notre crâne évidé de la cervelle, telle une noix de son fruit, que reste-t-il de la pensée ? Elle sortait du cerveau comme la musique du violon. La musique n'est pas le violon sans doute mais, sans violon, pas de musique.

À moins que l'air que nous jouions ne soit repris par un autre instrument ? Dieu, s'Il existe, se chargerait-Il de notre modeste partition ? C'est, pour l'âme, sa seule chance de salut. Cette espérance taraude le cœur des hommes depuis la nuit des temps.

Supposé que l'âme soit bel et bien immortelle, il serait néanmoins étonnant qu'elle s'amuse à nous visiter en faisant tourner les guéridons, qu'elle se mette à parler à grand renfort de coups de pied sur le plancher. Mon père n'avait jamais pu croire à ce genre de sornettes. C'était un homme raisonnable. Les pieds, il les avait sur terre ; léviter, ce n'aurait pas été son genre. Il méprisait la philosophie, les doctrines, les théories. Alors le spiritisme ! Pas besoin d'insister.

S'il avait promis à ma mère de se manifester quand il serait mort, c'était pour la consoler, parce que son chagrin lui faisait de la peine. Il avait dû réfléchir qu'il ne s'avançait guère en lui donnant cet espoir. Les morts, en effet, se montrent fréquemment à nous : dans nos rêves.

Moi-même, j'ai longtemps rêvé de lui après sa mort. C'était souvent le même songe. Je le voyais, penché sur une cuve, à la brasserie, mécontent du brassin. Je savais parfaitement qu'il était mort. C'est lui qui n'avait pas l'air de s'en rendre compte. J'aurais voulu lui dire : « Mais enfin, papa, qu'est-ce que tu fabriques ici ? Tu es mort. Retourne dans ton cercueil, s'il te plaît. » Mais je n'osais pas. Je craignais de le heurter.

Sûrement, comme beaucoup de gens, mon père avait fait la même expérience, avec son propre père, par exemple, mort dans un accident de moto, alors qu'il était enfant. Par conséquent, il pensait bien que ma mère rêverait de lui d'une manière ou d'une autre. Même s'il n'avait plus aucune espèce d'existence, le sommeil en procurerait l'illusion à ma mère, cela suffirait à adoucir sa peine et il aurait tenu sa promesse.

Évidemment, ce qui s'était passé avec Branko, cela relevait d'un tout autre scénario. Si vraiment cet homme était le messager posthume de mon père, il fallait admettre d'abord que c'était à son insu. Comment, en effet, Branko aurait-il pu connaître mon père ? Donc, l'âme de mon père l'aurait suggestionné inconsciemment. Un hypnotiseur est bien capable d'ordonner au sujet sous influence qu'il lui apporte des fleurs le lendemain, ce que l'hypnotisé accomplira ponctuellement sans pouvoir lui-même en donner la raison.

« Vous êtes gentil de m'offrir ce bouquet, dira l'hypnotiseur, mais pourquoi ?

— Je ne sais pas, j'en avais envie.

— Mais vous savez bien que je n'aime pas les glaïeuls.

— Oui, mais ils sont si beaux, j'ai pensé que vous changeriez d'avis. »

Dans cette hypothèse, toutefois, pourquoi mon père aurait-il choisi Branko pour lui servir de porte-parole ? Pourquoi cet individu qui m'avait immédiatement inspiré une instinctive aversion, ce fouineur qui avait fourragé dans mon bureau, pourquoi cet intrus qui allait s'incruster chez nous, au lieu de s'envoler comme un bon messager céleste, une fois sa mission accomplie ?

Pourquoi ?... Pourquoi ?... Dès qu'on s'aventure sur le terrain du paranormal, on trébuche d'une question sur une autre. La seule explication qu'on ne songe plus à examiner, c'est l'explication naturelle. L'arrivée de Branko n'avait peut-être rien de particulièrement étrange.

Pour commencer, il avait pu se présenter à la porte d'entrée. La sonnette ne marchait qu'une fois sur deux. Elle figurait sur la liste des innombrables réparations que mon père se promettait d'effectuer dès qu'il aurait une minute, autant dire jamais. Il fallait pratiquement écraser le bouton. S'il avait essayé sans succès, Branko avait tout naturellement fait le tour de la maison. En tant que vétérinaire, il savait comment amadouer un chien, certainement. Il était allé s'asseoir sur le linteau de la vanne, comme papa. Et alors ? Si on voulait s'asseoir près des étangs, il n'y avait guère d'autre endroit où se poser. Croate de Medjugorgje, qu'est-ce que cela prouvait ? L'Église elle-même n'a jamais reconnu les apparitions. Les prétendus voyants sont tout aussi bien victimes d'hallucinations. Bel envoyé qui serait issu du berceau d'une supercherie !

Admettons que cela faisait beaucoup d'explications d'un étroit rationalisme. Parfois, les esprits forts sont obligés de mobiliser tant d'arguments contre le mystère que leur plaidoyer devient plus embarrassant que le mystère lui-même.

Il y avait tout de même un élément de l'affaire qui me paraissait des plus curieux, c'est que ma mère eût reconnu, dans l'air que sifflait Branko, un morceau que mon père aurait affectionné.

Mon père aimait l'opéra. C'est même lui qui m'avait appris à l'aimer à mon tour. Tadeusz trouvait cette musique complètement ringarde. Ma mère la supportait, tandis que mon père et moi nous nous plaisions souvent à l'écouter le soir, au salon.

Il y a donc une chose que je croyais savoir. C'est que jamais mon père n'aurait siffloté ou chantonné le chœur des pèlerins de *Tannhäuser.* Il détestait Wagner, dont les opéras, selon lui, étaient à la musique ce que la choucroute est à la gastronomie.

4

Tadeusz

Le samedi soir, j'ai emmené Branko à L'Embuscade. Il m'avait aidé toute la journée à la brasserie, difficile de lui fausser compagnie pour la soirée. À l'époque, je visitais un tas de cafés dans la région. Je poussais même jusqu'à Liège, jusqu'à Luxembourg ou à Thionville, partout où l'on débitait de la Crochepatte. Si la maison venait de l'adopter, je pouvais m'y rendre plusieurs samedis consécutifs.

Je payais des tournées, une dizaine par soirée en règle générale, parfois plus. Moi-même, j'étais incapable d'absorber ces flots de bière. Je m'arrangeais avec le tenancier. Quand j'arrivais, je lui confiais discrètement une ou deux grandes bouteilles de Crochepatte de table à un degré, qu'il planquait sous le comptoir. C'est ce que je buvais. Même couleur, même mousse mais, heureusement, pas même effet ! J'avais la réputation de tenir le coup comme personne. Au point qu'on a prétendu que je me pochardais en digne Polonais que j'étais, pour une moitié, du moins. Pur mensonge !

Mon café préféré, toutefois, était L'Embuscade, à Neufbourg. C'était un des plus anciens clients de papa, je pouvais me dispenser d'y retaper les habitués. J'y allais pour le plaisir. Souvent, après avoir visité deux ou trois bistrots, je venais y finir la soirée. Je n'étais plus qu'à dix kilomètres de Wermont, je pouvais m'accorder une vraie bière.

L'Embuscade ne ressemblait à aucun autre établissement. Les autres bars, qui ouvraient sporadiquement à Neufbourg, jetaient l'éponge après avoir vivoté un an ou deux. L'Embuscade suffisait amplement aux vingt mille habitants d'une petite ville bourgeoise. Son fondateur, le grand-père d'Elsa, la patronne, l'avait aménagé d'après un cabaret de Bâle, où il avait servi comme garçon pendant la Grande Guerre. On devait passer par un sas tendu de velours rouge pour entrer dans une grande salle carrée. Sur le carrelage à damier noir et blanc étaient disposées des tables rondes avec des plateaux de marbre, entourées de chaises cannées. Au-dessus, des lustres en verroterie, accrochés à un plafond entièrement stuqué. Des têtes d'angelots émergeaient du plâtre, qui semblaient veiller sur les consommateurs. Contre le mur du fond, le bar, monumental comme un autel et, au-dessus, sur toute la longueur, un tableau qui représentait un chasseur en culottes de montagnard suisse, agenouillé derrière un buisson, fusil debout, crosse sur le sol.

Le modèle du chasseur, c'était le grand-père d'Elsa lui-même. En 1914, tout le monde à Neufbourg avait cru qu'il était passé en Hollande pour rejoindre l'armée sur l'Yser. En réalité, il avait pris la direction opposée. Il était resté peinard chez les Suisses jusqu'en 1918. À son retour, il avait expliqué qu'il était allé leur prêter main-forte, convaincu que les Allemands piétineraient la neutralité helvétique comme ils avaient piétiné la nôtre. D'où le tableau allégorique où il était à l'affût et l'enseigne de L'Embuscade, qu'il avait choisie innocemment, ignorant à l'évidence ce qu'était un embusqué. Les mots ont parfois l'ironie cruelle.

À la droite du bar, une entrée en arcade donnait accès à une arrière-salle où les amateurs pouvaient danser. Parquet « blinquant », chaises contre les murs, lumière d'appliques roses, juke-box des sixties, consacré aux crooners de ces années-là. La musique parvenait jusqu'à la salle sans gêner la conversation.

Car le bon déroulement d'une étape à L'Embuscade comportait obligatoirement une première station parlante à une table de la salle. Même s'il s'y trouvait des gens que je connaissais, moi, je m'asseyais d'abord seul. Je commandais d'un geste de la main, sans avoir besoin de préciser. Elsa m'apportait une Crochepatte avec *Le Courrier de l'Ardenne* du jour ou de la veille, après minuit. J'y jetais un œil distrait pendant que l'autre faisait le tour des occupants aux environs. S'il n'y avait personne à mon goût, une fois ma bière avalée, je pouvais toujours refermer le journal et changer de crémerie. Mais j'en étais rarement réduit à cette extrémité. Le plus souvent, je repérai au moins une relation avec qui tailler des bavettes, à défaut – comme je l'espérais – d'une fille seule, voire en bande pourvu qu'elle ait l'air de s'ennuyer.

Dans ce cas, je faisais signe à Elsa d'aller l'amorcer à l'aide d'une Crochepatte à mes frais. Dès que la bière était devant elle, je me levais, j'allais me présenter, avec le prétexte honorable que j'étais le brasseur et non un vulgaire dragueur de mines mélancoliques. On me faisait une place. C'était parti pour un échantillon de gringue en douceur, après quoi, si elle voulait bien, on se transférait dans l'arrière-salle.

Quand je repense à ces manœuvres provinciales, j'en mesure bien le ridicule, en comparaison des méthodes expéditives des écumeurs de boîtes de nuit. Pourtant, je n'ai pas connu beaucoup d'heures plus grisantes dans ma vie.

Lorsque j'emmenais la fille vers la piste, mon cœur partait à la galopade, comme s'il avait voulu me précéder et, à l'instant où je la prenais dans mes bras, j'avais l'impression de me défaire de moi-même.

J'étais un piètre danseur. Je ne pouvais me risquer que dans les slows langoureux. Pour aimer la danse elle-même, il faut une sorte de consentement à son propre corps. Je ne l'ai jamais eu. Je me suis toujours méfié de cette machine maladroite, brutale, rebelle à tout. Ce qui me plaisait dans la danse, ce n'était pas mon propre corps, c'était le corps de la femme.

La danse rompt l'embargo qui frappe autrement la chair féminine. Un bref moratoire, pendant lequel on peut toucher.

Ce que je pouvais frémir quand, en passant mon bras au creux de sa taille, je sentais du bout de mes doigts le tissu de sa robe déraper légèrement sur sa doublure de satin ! Je respirais son parfum, son bras flottait sur mon épaule, une mèche de ses cheveux frôlait ma joue, elle pressait innocemment la coque de son sein contre ma poche de poitrine.

Pour moi, la seule sensualité qui ait jamais valu, c'est celle de cette proximité délicate. Plus, c'est trop. Cela me suffisait. Je pouvais fermer les yeux.

Qu'est-ce qu'ils y connaissent les yeux après tout ? Est-ce que les paupières ne descendent pas automatiquement quand on s'approche du bonheur ? Les yeux sont juste bons à allumer l'incendie. Tout ce que les mateurs gagnent, c'est du dépit, comme mon frère, André, certainement, qui n'aurait pas adressé la parole à une fille sans piquer un fard, mais qui se rinçait l'œil dans *Playboy*. En farfouillant dans les tiroirs de son bureau, quand je cherchais les jumelles le jour de l'arrivée de Branko, j'étais tombé sur quelques numéros qu'il cachait en dessous de son herbier.

Et lui, Branko, avec les femmes comment s'y prenait-il ? J'allais en avoir un aperçu immédiatement, ce samedi-là.

On s'est installés à une table, d'où je comptais procéder à mon habituel tour d'horizon. Mais je n'en ai guère eu le loisir. À peine les Crochepatte livrées, une vieille connaissance a débuché de l'encoignure sombre à gauche du comptoir, sous la partie du tableau qui représentait les taillis. Je ne l'avais pas vue en arrivant, mais j'aurais pu la reconnaître tout de suite, rien qu'à la dégaine, à son gabarit longiligne serré dans une étroite salopette en jean. Elle arborait son habituelle chemise canadienne toujours aussi impossible à boutonner plus haut que la bavette. Ses gros godillots genre militaire jusqu'à mi-jarret n'ôtaient rien à la souplesse de sa démarche. Une vraie panthère, avec le poil ras, noir et luisant de la bête en guise de chevelure. Je l'avais rencontrée au même endroit, juste un an plus tôt, harnachée déjà de la même façon.

« Salut, Tadeusz ! Je peux ? »

Elle a tiré une chaise et s'est assise sans vraiment me regarder, en montrant ses dents blanches à Branko.

« Tu me présentes ?

— Branko, Suzanne.

— Branko ?

— Branko est yougoslave.

— Croate, a-t-il précisé aussitôt.

— Ah… Qu'est-ce que tu fais ici, Branko ?

— Je cherche du travail.

— Je pense même qu'il va en trouver pas loin de toi.

— Chez Guyaux ?

— C'est ça. En tout cas, Guyaux lui a dit de repasser lundi en fin de journée.

— Tu es forestier, Branko ?

— Non, je suis… vétérinaire.

— Guyaux engage un vétérinaire ?

— Non. Je coupe les sapins. »

Guyaux, j'aurais dû le préciser, c'était le sapin de Noël ardennais à son apogée. Sur le plateau autour de Neufbourg, la campagne n'était qu'une mer de jeunes épicéas, de la pouponnière à la maturité. Depuis toujours, l'altitude, le climat, le sol prédisposaient la région à produire le plus bel arbre de Noël du monde. Le problème, c'est que personne ne s'en était aperçu avant Guyaux. On s'en tenait bêtement au seigle et aux patates. Avec lui, le sapin d'Ardenne a commencé à s'exporter aux quatre coins du monde, suivi de nos jours du Nordmann qui a l'avantage de garder ses aiguilles même dans les salons les plus surchauffés.

Dès les premiers jours de novembre, Guyaux embauchait des hommes pour couper les spécimens prêts pour le départ, qui sont colletés d'un petit ruban rouge. Il faut les ramasser, les emballer, les stocker, les charger sur les semi-remorques. À l'époque déjà, les bobos verts s'étaient émus de ces abattages féroces, ils réclamaient des sujets intacts, livrés avec leur motte de terre, quitte à dépouiller l'humus si congruent de Neufbourg pour l'expédier au Japon. Autre opération qui réclamait plus de main-d'œuvre encore.

Les deux ou trois dizaines de journaliers qui maniaient la débroussailleuse, la bêche, les filets d'empaquetage, convergeaient à midi vers un hangar à côté de la villa de Guyaux. C'est là que, toute la matinée, Suzanne préparait la tambouille. Elle la distribuait dans les gamelles à grands coups de cuiller à pot, un tablier blanc sur sa salopette en jean, la chemise canadienne bâillant plus que jamais, rapport aux vapeurs des bains-marie, ravie de voir saliver ce défilé de mâles qui, on l'imagine, lui adressaient des compliments taillés à la serpe.

En dehors de ses heures de service, elle vivait à L'Embuscade. Elsa lui louait une chambre de bonne pour la saison. Peut-être même qu'elle la lui donnait en échange de quelques heures de plonge, car c'était un réduit minuscule, où l'on risquait de se cogner à tout moment aux poutres de la charpente. Dès qu'on franchissait la porte, on n'avait d'autre choix que de s'allonger dans le lit disproportionné, construit sur place sûrement pour une servante au relief alpin cher au grand-père d'Elsa.

Ce cagibi, on l'a compris, Suzanne me l'avait fait visiter l'année précédente.

Mais elle ne s'était pas déplacée à notre table pour raviver nos souvenirs. Tandis que ses longs doigts roulaient adroitement une cigarette, ses yeux parcouraient Branko, à la façon des gens qui portent des lunettes, quand ils zieutent par-dessus. Elle a expédié au plafond une bouffée épaisse à tuer les mouches, puis elle a repris en tutoyant Branko, vu qu'elle faisait partie de ces gens qui tutoieraient le pape.

« Tu étais véto à la campagne en Croatie ?

— Je n'étais pas en Croatie.

— Tu n'as pas dit que tu étais croate ?

— C'est très compliqué chez moi. J'étais en Herzégovine, dans une région croate.

— Ah… Tu as fait la guerre contre les Serbes ?

— Non.

— Tu n'as pas fait la guerre ?

— Tout le monde a fait la guerre.

— Contre qui alors ?

— Je l'ai dit, en Herzégovine.

— Tu avais une kalachnikov ?

— Je ne veux pas parler de ça. »

Il a bu une longue gorgée, a reposé son verre, puis il a croisé les bras et s'est calé le dos contre le dossier de sa chaise, la tête ostensiblement tournée vers les autres tables de la salle.

J'ai essayé de changer de sujet.

« Et toi, qu'est-ce que tu deviens, Suzanne ? Pour la saison chez Guyaux ?

— C'est ça.

— Et avant, qu'est-ce que tu as fait ?

— Champagne, vendanges.

— Toujours "*on the road*", je vois.

— Comme tu le dis. »

Je l'intéressais autant qu'une vieille peluche captive une chatte qui vient de débusquer une souris en chair et en os. Elle ne pensait plus qu'à gripper Branko.

« Ça fait drôle de penser qu'il y a cette guerre en Europe, juste à côté de nous. Incroyable qu'on n'y prenne pas plus attention. On regarde ça à la télé, comme si c'était un western. Alors que pour vous, là-bas, c'est l'enfer, non ? »

Avec effort, Branko a ramené ses yeux vers elle. Dans son regard, il n'y avait plus la moindre trace de l'ironie qui s'y logeait habituellement quand il adressait la parole à quelqu'un, mais seulement le voile sombre qui y descendait quand il se repliait sur lui-même.

« Oui, l'enfer.

— Encore que vous, les combattants, vous êtes plongés dans l'action. Vous n'avez pas le temps de faire du sentiment, je suppose. Mais il y a tous ces gens qui subissent seulement, les vieux, les enfants, les femmes. Tous ces villages incendiés, c'est affreux... Il paraît que les femmes sont violées systématiquement. C'est vrai ?

— Ça arrive…

— Ça arrive ! Dis donc ! Délicat avec ça ! La classe ! Pourquoi les hommes violent-ils les femmes, Branko ?

— Je ne sais pas.

— Comment, tu ne sais pas ? Mais tu devrais le savoir. Tu es vétérinaire, hein ?

— Oui.

— Dans ce cas, tu connais les bêtes ?

— Un peu.

— Ça devrait suffire, j'en suis sûre. Parce que les hommes, quand ils font la guerre, ils redeviennent des animaux, tout simplement, tu as dû le remarquer.

— Si vous le dites.

— Je le dis parce que c'est vrai, tout simplement. Ils s'engagent peut-être pour la patrie, pour la liberté, pour Dieu, mais quand ils ont le fusil à la main, ils oublient tous ces prétextes. Ils veulent seulement tuer les autres mâles, pour rester seuls sur le terrain. Tu sais très bien dans quel but, n'est-ce pas, Branko ? Pour avoir les femelles ! Pour les posséder toutes ! C'est pour ça qu'ils en sautent un maximum : ils les marquent, il faut que les autres mâles sachent bien qu'elles sont à eux, qu'ils sont les plus forts, qu'ils ont les meilleures armes au bout de leurs bras et au fond de leur culotte.

— Excusez-moi. »

Branko s'est levé brusquement. Il s'est dirigé vers les toilettes. Elle a tamponné son mégot dans le cendrier, l'air tout à fait contente d'elle-même.

« Tout de même, Suzanne, tu pourrais te dispenser…

— Me dispenser de quoi ?

— Ce type, tu l'as agressé.

— J'explique seulement ce qui se passe en ce moment chez ces gens-là.

— À ta façon.

— Oui, à ma façon. À la façon d'une femme. Ah, évidemment, ça vous en bouche un coin quand on laisse parler les femmes. Vous préférez les défilés, la fanfare, la parade des gladiateurs ! Les hommes ont horreur qu'on leur dise leurs quatre vérités. Pourquoi est-ce qu'il se barre dès que je parle de viol, tu crois ?

— Qu'est-ce que tu vas chercher ? On ne sait strictement rien de lui.

— Je te dis que ce type, s'il a fait la guerre, il a fait tout ce qui va avec.

— Bon, comme tu veux. Mais fiche-lui la paix, c'est pas nos oignons, après tout. On danse ?

— Non, merci. »

Elle m'a planté là. Quelqu'un aussitôt l'a hélée à une table du fond. Elle s'y est dirigée de sa foulée élastique.

Ce qu'elle avait insinué à propos de Branko, je n'y ai pas cru un instant. C'était juste son habituel discours féministe, qu'elle m'avait déjà servi l'année avant. Elle en avait toujours plein la bouche, de la tyrannie des mâles. N'empêche qu'en présence de Branko d'un côté, le soi-disant guerrier violeur, et de moi, de l'autre, qui ne faisais pas le poids, elle avait aussi sec manifesté un faible pour le mâle dominant.

Quand Branko est revenu, je lui ai demandé de l'excuser. Je la connaissais, ce n'était pas une mauvaise fille, un peu sauvage seulement. Il a répondu que ça n'avait pas d'importance. Puis, après un temps : « Ce qu'elle a dit est vrai, Tadeusz, il y a eu beaucoup de viols… »

Je n'ai pas insisté. Il parlait en général, il ne s'agissait pas de lui. De toute façon, j'ai horreur des confidences. J'ai honte pour celui qui s'y laisse aller. On ment toujours quand on s'épanche, ou, du moins, on arrange la vérité. Moi, le premier.

Je l'ai branché sur Guyaux, la saga du sapin de Noël. Il faisait semblant de m'écouter. En même temps, je surveillais Suzanne du coin de l'œil. Elle s'était fourrée dans un groupe de trois ou quatre gros bras qui riaient fort : des journaliers fraîchement débarqués, qui logeaient dans des caravanes au camping Beau Rivage. Après un esclaffement plus bruyant que les autres, elle s'est dirigée vers l'arrière-salle avec un type qu'elle dépassait d'une tête, ce qui lui a permis de me décocher à l'aise une petite œillade étincelante de crânerie. Elle y est restée le temps de trois ou quatre slows. C'est quand elle est revenue que les choses ont tourné au vinaigre.

Par le bout des doigts, elle entraînait à sa remorque le petit trapu, béat d'avoir fait une touche inespérée. La salle entière les considérait avec amusement, sauf Branko qui faisait tourner la tranche de son carton à bière entre le pouce et l'index sur le marbre de la table. Elle est passée derrière nous en le lorgnant, a fait quelques pas, s'est arrêtée et a donné sèchement son congé à son cavalier en lui balançant : « Maintenant, ça suffit, minus ! » Elle a pivoté sur elle-même, plus féline que jamais, est revenue avec un sourire canaille dans le dos de Branko et, soudain, lui a plaqué les deux mains sur les yeux. En une seconde, elle était par terre et moi, je me demandais ce qui venait d'arriver !

Ensuite, je me suis repassé la séquence, je ne sais combien de fois, comme à la télé, après une phase surprise dans un match de foot. Au ralenti, Branko lui saisissait les bras, il se dépliait de son siège comme un ressort tout en lui projetant le dossier au milieu du corps, ce qui l'avait arrachée du sol et l'avait fait retomber tout d'une pièce, le menton entre les barreaux de la chaise.

Aussitôt, il s'est penché, lui a tendu la main pour la relever. Il répétait : « Désolé, désolé ! » comme si ce qui était arrivé était indépendant de sa volonté, une sorte de réflexe conditionné à ce qu'il avait pris pour une attaque. Elle a maugréé : « Ça va, ça va, connard ! » en repoussant son aide. Les consommateurs contemplaient le spectacle, certains s'étaient levés mais, contrairement au scénario des séries B, aucun preux chevalier ne s'est offert à défendre le sexe faible.

Le dimanche, Branko est resté sombre toute la journée. Il n'y a que pour maman qu'il s'est fendu d'un peu d'amabilité.

J'avais totalement oublié l'anniversaire de maman. Un jour important pour elle. Un an de plus, à partir du milieu de la vie, je le sais maintenant, ça sonne comme un avertissement. On se dit qu'il ne faut pas perdre le temps qui reste. La fameuse peau de chagrin. Maman a renoncé à ses vêtements de deuil, ce jour-là justement. Ce n'est pas par hasard, je l'ai bien compris. Dans son petit ensemble clair, elle est partie à la messe, avec dix ans de moins, légère comme une jeune fille.

Après le repas, Branko est allé près des étangs, où il est resté jusqu'au soir. Comme la présence d'André mettait la famille au complet, il ne voulait pas déranger.

Le lendemain, je suis parti seul chez Bouillon, un peu avant midi. J'ai laissé Branko à la brasserie. Depuis le matin, j'attendais une livraison de malt. Branko, de meilleure humeur, a proposé de rester pour réceptionner.

Chez Bouillon, le magasinier m'a montré fièrement la courroie. Il l'avait dénichée auprès d'un ferrailleur. Il a ajouté en rigolant : « Si elle ne va pas, il est preneur de ta limousine. »

Il n'a pas voulu que je paie. Je lui ai remis le pack de six Crochepatte sur lequel il comptait en douce, en échange de sa générosité. J'en ai toujours en réserve dans le Sprinter.

Avant de rentrer, j'ai encore acheté un foulard de soie pour maman. Je l'ai trouvée dans le bas moulin, en train de bavarder avec Branko, qui avait empilé les sacs de malt. Quand je lui ai donné le foulard, Branko semblait aussi heureux que moi en voyant comme son visage s'était illuminé.

Elle a déplié le tissu à la lumière du jour, elle s'est retournée vers moi avec une reconnaissance presque enfantine : « Ça valait la peine d'attendre, Tadeusz ! »

Elle m'a serré dans ses bras, étroitement, comme elle ne l'avait plus fait depuis la mort de papa.

Ça me gênait en présence de Branko. Pour me débiner, j'ai dit que j'allais reposer la courroie. Il m'a passé les clés de la VW.

En cherchant la poignée d'ouverture du capot sous le tableau de bord, j'ai aperçu un bout de caoutchouc en dessous du siège. Je l'ai attrapé. C'était la courroie endommagée, qu'on perd sur la route en cas de rupture et qu'on ne retrouve jamais. Elle n'était nullement effilochée par l'usure, mais tranchée nette, comme d'un coup de couteau.

5

André

La veille de la Toussaint, c'était un mardi, je suis rentré de Bruxelles à la maison. L'année précédente, ma mère avait insisté pour que nous allions tous les trois à Saint-Martin, entendre les vêpres, l'office dédié aux défunts. L'église, habituellement trop grande pour Wermont, était remplie de gens qu'on n'y voyait qu'à cette occasion. Ils venaient pour la « recommandation », la lecture au prône de la liste des morts que les familles recommandent à la prière des fidèles. Ma mère avait pris soin d'y faire inscrire mon père.

Son nom, Broncart Jacques, fut prononcé après plus d'une demi-heure, conformément à l'ordre chronologique des décès qui commençait aux soldats de la Première Guerre. Eux étaient inscrits à perpétuité. Sinon, le plus gros des trépassés, pour lesquels il fallait renouveler annuellement la demande, datait des années soixante et suivantes. C'était les parents des gens présents à l'église.

Les grands-parents, qui avaient été recommandés en leur temps par ceux qui les avaient rejoints dans la mort, disparaissaient heureusement du catalogue qui, même ainsi, était déjà interminable. En quelque sorte, ils étaient morts pour de bon, absorbés par la foule anonyme de ceux qui nous ont précédés, auxquels plus personne ne pense. C'est la seconde mort, la véritable, celle de l'oubli éternel.

Mon père appartenait toujours aux disparus pas encore disparus tout à fait, ceux dont les visages errent dans notre pensée, et dont le nombre ne cesse de grandir avec les années.

Lorsque son nom résonna brièvement sous la voûte de Saint-Martin, encaqué par le débit précipité du chanoine entre deux autres morts, je dus me moucher pour cacher mes larmes. Je me tournai vers ma mère assise entre mon frère et moi, et je vis qu'elle-même s'était penchée sur Tadeusz et lui avait pris la main.

Après l'office, nous nous étions rendus au cimetière. Les pots de chrysanthèmes blancs le recouvraient comme un désert envahi par la floraison après une pluie inespérée. Notre tombe, toute fraîche, était installée dans la section nouvellement aménagée contre le mur d'enceinte, au-delà des caveaux des anciennes familles de Wermont, qui rivalisent de monumentalité. C'est une simple dalle de marbre noir sur laquelle ne figurait alors que le nom de mon père, au-dessus de l'épitaphe qu'il avait choisie.

Et je serai toujours avec toi.

Si cette citation biblique donnait bien la parole à Dieu, ou s'il s'en était emparé afin de s'adresser lui-même, soit à Dieu, soit à ma mère, c'est ce qu'il n'avait pas précisé.

Comme ma mère détestait les chrysanthèmes, Tadeusz avait apporté, la veille, un bouquet de fleurs variées, normalement destinées à un vase, couchées sur la pierre, faute de récipient. Ainsi disposées, elles semblaient elles aussi fauchées par la mort.

Ma mère s'était signée plusieurs fois, avant de donner le signal de départ en murmurant : « Il faudra venir chaque année maintenant. » Raison pour laquelle j'avais fait l'effort de rentrer à la maison.

Quand, pour le principe, j'ai demandé : « Quoi de neuf ? » à Tadeusz, qui m'attendait dans le Sprinter sur le parking de la gare, l'obligatoire « Rien » a immédiatement cédé la place à l'événement : il venait de lancer une nouvelle bière !

« Une bière de luxe, huit degrés, bouteille de 75 cl, col en papier argenté, style champagne ! Devine comment je l'ai appelée ? La Double Croche ! Génial, non ? »

De la gare à la maison, il n'a été question que de la Double Croche et de son ingrédient ultrasecret : le chanvre.

« Comme ça, on pourra se shooter doublement…

— Mais non, ballot ! Ce n'est pas du cannabis, c'est le bon vieux chanvre pour le textile, les cordages ! Celui-là, il en faudrait un hectare pour se rouler un joint. Mais l'arôme, je ne te dis que ça ! Personne n'arrivera à l'identifier. »

Il entrevoyait déjà sa propre production sur une parcelle derrière les étangs. Il avait commandé des graines en Allemagne. Cette bière – qui s'en souvient encore ? – eut son heure de gloire, avant qu'il s'en dégoûte et renonce à la fabriquer.

Quand on est arrivés à la maison, la première chose sur quoi mes yeux sont tombés, c'est la Golf. Elle n'était plus le long du fossé, mais dans la cour, rangée devant le perron du moulin.

« Qu'est-ce qu'elle fiche là, la bagnole ?

— C'est l'auto de Branko, tu ne la reconnais pas ?

— Ne me dis pas que ce parasite est encore là !

— Parasite ? Ho ! doucement ! Moi, je dirais plutôt exilé ou réfractaire, un type qui n'aime pas la guerre, en tout cas.

— Si ça te chante. Et alors, il est en visite ?

— Il loge chez nous. Tu ne savais pas ? »

Aujourd'hui que les gens s'appellent à tout bout de champ, qu'ils s'envoient des sms avec leur smartphone, des mails, des photos pour un oui ou pour un non, cela paraît incroyable sans doute qu'on ait pu, il y a vingt ans seulement, rester un mois entier entre proches sans se donner signe de vie. Pourtant, c'était ainsi. Des portables, il n'y en avait pratiquement pas, je n'avais pas le téléphone dans ma chambre d'étudiant, et je n'étais pas assez éloigné de ma mère et de mon frère pour que nous entamions des échanges épistolaires.

Tadeusz m'a donc appris que, le jour où la Golf avait été réparée, quand Branko avait voulu faire ses adieux à ma mère, elle lui avait proposé de s'installer chez nous. Pas dans ma chambre et pas pour toujours, Dieu merci ! Le temps qu'il travaillerait chez Guyaux où il venait de se faire embaucher pour la saison des sapins.

Il logeait dans la partie désaffectée du moulin. Malgré son projet de transformer tout le bâtiment pour la brasserie, mon père avait dû renoncer à démanteler la meule, qui occupait le premier étage avec son énorme machinerie. Il avait installé ses locaux dans les annexes, auxquelles il créait des prolongements d'année en année. Dans la bluterie même se trouvait une chambre, la chambre du meunier, où le meunier dormait dans les moments où il y avait trop à moudre, quand le moulin fonctionnait jour et nuit, et qu'il ne pouvait l'abandonner. C'est là que Branko avait pris ses quartiers.

Quand on était gosses, Tadeusz et moi, on y jouait souvent. La cambuse entière était faite de grosses tranches de bois, le plafond compris. Le plancher craquait affreusement. Une porte condamnée par une barre métallique avait autrefois donné accès à l'étage du corps de logis. On s'imaginait qu'on était dans le carré des officiers d'un bateau de corsaires, avec son coffre au trésor.

Est-ce à cause de ces jeux d'enfants ? La pensée m'est venue que la chambre du meunier avait finalement échu pour de vrai à un flibustier.

Contrairement à ce que la Golf m'avait fait penser, Branko n'était pas là. Un jeune de Wermont qui travaillait chez Guyaux passait le prendre à moto chaque matin. Ma mère aussi était occupée à la brasserie, je suis allé l'embrasser, puis j'ai passé la fin de la journée, seul à la maison.

J'allais de pièce en pièce, me demandant ce qui se tramait entre leurs murs quand je n'étais pas là. J'ai ouvert la porte de la chambre de mes parents. Les draps du lit étaient impeccablement tirés. La vue des deux oreillers serrés l'un contre l'autre m'a donné un coup au cœur.

Branko est arrivé à la cuisine pour le repas du soir, vêtu d'un jean et d'un sweat-shirt propres, les cheveux humides, luisants. Il utilisait la douche de la brasserie. Il s'est assis à la place de mon père, apparemment devenue la sienne. Il était d'une amabilité un peu forcée, il me posait des questions. Je répondais n'importe quoi.

Je guettais les gestes de ma mère, ses regards. Et, bien sûr, je la trouvais trop souriante, trop attentive, trop effacée surtout, alors qu'avec mon père, elle avait toujours occupé tout l'espace, d'abord par son indifférence, puis, à la fin, tout autant par ses attentions. On aurait dit qu'elle se mettait désormais en retrait, qu'elle était heureuse d'occuper enfin la position qui était la sienne.

Après le repas, Branko s'est éclipsé, mais d'une façon si évidemment discrète que j'ai senti que ce n'était pas son habitude. Tadeusz s'est vissé à la télé et ma mère a disparu dans la buanderie pour s'occuper de mon linge. Bref, les splendeurs et servitudes de la soirée familiale.

Le lendemain, Branko bossait en heures supplémentaires chez Guyaux. Tadeusz n'a pas pu s'empêcher de bricoler toute la matinée dans la brasserie, où il m'a entraîné. Les jours fériés en pleine semaine, ça le perturbait.

Dès que j'ai pu le faire dévier de la Double Croche, je l'ai questionné sur Branko. Comme je le pensais bien, il passait ses soirées à la cuisine. Il prétendait aider ma mère à la vaisselle – elle n'a jamais voulu un lave-vaisselle ni même une gazinière, elle préférait son fourneau à bois – et ainsi, d'une chose à l'autre, il s'attardait avec elle une heure ou deux.

« Et ça ne te dérange pas ?

— Pourquoi veux-tu que ça me dérange ? Branko est seul, loin de son pays. Il a besoin d'un peu de chaleur humaine, c'est tout.

— Tu parles ! Un peu de chaleur féminine, oui !

— Peut-être bien… Pourquoi pas ?

— Tu ne vois pas que cet individu, qui sort d'on ne sait où, est en train de mettre le grappin sur maman ?

— Lui, mettre le grappin sur maman ? Et si je te disais, moi, que, depuis le début, c'est maman qui m'a tout l'air d'essayer de le lui mettre, ton grappin ?

— Je ne peux pas croire que maman oublie papa, comme ça, d'un coup.

— Qui te dit qu'elle l'oublie ? Tout cela se passe entre papa et elle d'une certaine façon, si tu veux mon avis. »

C'est alors qu'il m'a raconté les détails troublants concernant le jour de l'arrivée de Branko et le lendemain, quand il avait sifflé le chœur des pèlerins de *Tannhäuser*, près des étangs. Une accumulation de hasards, il était bien d'accord, ce qui n'empêchait que je pouvais comprendre qu'une femme comme ma mère, la sensibilité à fleur de peau, ait pu y voir un signe que lui adressait l'homme qu'elle avait aimé.

« Un signe de quoi ?

— Le signe qu'elle peut continuer à vivre. La vie ne s'arrête pas parce que quelqu'un est mort. Le mort lui-même n'aurait jamais une exigence pareille. Tu le sais aussi bien que moi : papa voulait que tu étudies l'économie, tu l'as abandonnée, non ? »

C'est ce qu'on appelle river le clou. Pour cela, Tadeusz a toujours été le plus fort.

L'après-midi, nous sommes allés à Saint-Martin. J'espérais sans trop y croire que, pour la circonstance, ma mère reprendrait tout de même ses vêtements de deuil. Mais elle est descendue de sa chambre dans une légère robe d'été qu'elle n'avait pas voulu porter quand c'était la saison. Elle est allée jusqu'à la penderie du corridor, d'où elle a retiré une redingote verte dont je n'avais pas le moindre souvenir. Elle l'a boutonnée en pivotant légèrement le buste à gauche, à droite, les yeux baissés pour voir si elle tombait bien, puis elle a noué un foulard de soie tout neuf sur ses cheveux. Un coup d'œil à la glace, et elle s'est tournée vers la porte de la cuisine qu'elle avait laissée ouverte, les bras écartés le long du corps, pour nous faire admirer le résultat.

« Ton foulard va magnifiquement avec ce manteau, Tadeusz ! »

Tadeusz a souri comme un vieux beau content de faire plaisir à sa jeune maîtresse. C'est bien vrai qu'elle était ravissante dans cette tenue : elle était si mince, si jeune, si démodée. Je lui en voulais de cette élégance déplacée et, en même temps, en la voyant là sous mes yeux, mon cœur fondait.

L'année précédente, on était parvenus à la faire partir en avance. Cette fois, Tadeusz voulait absolument qu'on y aille avec le Sprinter, si bien qu'elle a traîné à choisir ses chaussures, prétextant qu'avec le fourgon, on serait toujours bien à temps. De cette façon, on s'est retrouvés dans le porche avec ses trois minutes habituelles de retard.

Elle a fait sa légendaire entrée, a trouvé sa chaise providentiellement inoccupée, tandis que Tadeusz et moi, nous restions debout, une épaule appuyée de chaque côté d'un pilier. Du coup, la recommandation nous a paru plus longue que jamais. Quand le nom de mon père est sorti au bout de la chaîne interminable des morts, au lieu de l'émotion qui m'avait saisi la première fois, je n'ai éprouvé que du soulagement.

Nous avons quitté l'église parmi les derniers, derrière ma mère, comme ses gardes du corps. Arrivés sur le parvis, on a constaté qu'il tombait des cordes. Serrés les uns contre les autres, les parapluies s'éloignaient à toutes jambes vers le cimetière. La pluie ne faisait pas partie du programme de ma mère.

« Bon, les garçons, on rentre. »

Pas possible ! Est-ce qu'on n'était pas là pour la visite au cimetière ?

« Tu ne vois pas ce qui tombe, André ? On sera trempés jusqu'à l'os. Allez, on y va.

— Mais papa ?

— Papa n'a pas besoin de ça, je t'assure. »

Tadeusz s'était déjà élancé vers le Sprinter, qu'il avait garé en désespoir de cause face à deux voitures qu'il bloquait. Il a manœuvré jusqu'au seuil de l'église, a ouvert la portière du côté passager, et ma mère a bondi à l'intérieur en riant.

J'étais ulcéré comme si Tadeusz et ma mère s'étaient ligués contre mon père et qu'il ne restait que moi pour m'occuper de lui. J'oubliais la pluie, je ne me demandais pas quelle aurait été ma réaction si ma mère avait décidé d'aller au cimetière sous ce déluge. J'étais persuadé que, même sous un soleil radieux, elle n'aurait pas voulu s'y rendre.

À la maison, elle est montée à l'étage pour se changer. Tadeusz s'est servi du café. Je lui tournais le dos, je ruminais en regardant par la fenêtre. La pluie s'est arrêtée.

« Voilà ! Il suffisait d'attendre quelques minutes.

— T'en fais pas ! J'ai porté des fleurs sur la tombe hier. J'ai même passé un coup de torchon sur la dalle.

— Coup de torchon, tu l'as dit ! Fameux coup de torchon : il a été vite oublié, le père !

— Franchement, André, tu co... commences à nous les casser avec papa ! Quand il était là, c'est tout... tout juste si tu lui adressais la parole. Moi, j'ai passé avec lui la de... dernière année de sa vie.

De nous deux, s'il y en a un à qui il manque, c'est moi, je te signale. »

Il bégayait, comme chaque fois qu'il s'énervait. Ça le rendait plus furieux encore. Il a vidé le fond de sa tasse dans l'évier et il a pris la porte.

Je suis monté à ma chambre pour ne pas avoir à parler avec ma mère quand elle descendrait. Je me suis étendu et je me suis endormi aussitôt. À cette époque, je pouvais dormir n'importe quand. Sitôt éveillé, j'étais d'attaque, même au milieu de la nuit. Je pouvais faire des maths jusqu'au matin.

À sept heures, j'ai ouvert les yeux. C'était l'heure du souper. Je savais exactement ce que j'allais faire.

À la cuisine, Tadeusz était déjà attablé, la tête dans le *Bulletin brassicole de Belgique*. Ma mère mettait le couvert en surveillant ses casseroles. J'encombrais le passage.

« Assieds-toi, tu me donnes le vertige. »

Je suis resté debout. J'attendais Branko.

Il est arrivé, aussi relavé et luisant que la veille. Il a salué et s'est dirigé vers sa place. Mais, juste comme il allait s'asseoir, je lui ai brûlé la politesse. Je me suis emparé de son siège, aussi prompt et ridicule que si on jouait aux chaises musicales.

Il est resté cloué. Tadeusz a relevé la tête, pas moins soufflé que lui. Qu'est-ce qu'il pouvait dire ? Que j'avais pris la place de Branko ? Comme si Branko avait une place à lui, une place officielle ! Il n'avait qu'à se caser où on voulait bien lui en faire une, comme le besacier qu'il était, à qui nous faisions l'aumône en passant.

Ma mère a reposé la soupière qu'elle s'apprêtait à servir.

« André, enfin…

— Ça va, Teresa, je crois que je dérange. Excuse-moi pour ce soir. De toute façon, je n'avais pas très faim.

— Mets-toi là, c'est pareil. (*Elle désignait ma chaise.*)

— Merci, Teresa, merci, c'est très gentil. À demain. »

Il a tourné les talons et est sorti, tête basse. Un peu plus, il me faisait pitié.

Tadeusz s'est levé.

« Qu'est-ce qui t'a pris ?

— Rien du tout.

— Ne fais pas l'idiot ! Je vais le rechercher. Il faut qu'il mange tout de même.

— Je ne lui ai pas demandé de s'en aller. »

Tadeusz parti à son tour, ma mère a repris la louche et m'a versé mon potage. Mais elle ne s'est pas servie. Elle est restée le dos à un placard près du fourneau.

« Qu'est-ce qui arrive à cette maison, à la fin ? Je ne vais pas manger tout seul ! Maman, s'il te plaît, viens t'asseoir ! »

Elle s'est assise au bord de sa chaise, j'ai repoussé mon assiette.

« Qu'est-ce qui se passe avec cet homme ?

— Il ne se passe rien du tout, André, c'est toi qui fais des histoires. Branko travaille chez Guyaux jusqu'à Noël. Il cherchait un logement, je lui en ai donné un. Ça n'a rien de bien extraordinaire.

— Mais on ne sait pas d'où il sort, ce type !

— Ah oui, c'est un étranger. Comme ta mère…

— Ça n'a rien à voir, tu le sais bien. Il s'est imposé ici, je ne suis pas aveugle. Il te tutoie, il t'appelle Teresa.

— C'est mon nom.

— Maman, assez ! Ne joue pas les innocentes. Les choses ont changé du tout au tout ici, en quelques semaines. Du jour au lendemain, tu as quitté le deuil.

— Je n'allais pas le porter toute ma vie !

— Juste au moment où cet individu a débarqué ! Bien entendu, c'est une simple coïncidence ! »

Elle a baissé les yeux. Elle fixait les doigts de ses mains noués comme en prière, sur son giron, au creux de son tablier. Une écolière prise en défaut, à qui le maître demande des comptes. Comment est-ce que j'osais faire la leçon à ma mère ? Quand j'y repense…

Elle a repris avec effort.

« Ce n'est pas une coïncidence, mais ce n'est pas non plus ce que tu crois. »

J'ai tiré ma chaise vers elle, j'aurais voulu lui saisir les mains, mais elle les pressait contre son ventre.

« D'accord, maman. Tadeusz m'a raconté ce qui s'était passé quand cet homme est arrivé. Ne me dis pas que tu y as vu un signe de papa !

— Branko vient de Medjugorgje, André…

— Et alors ? Une apparition ? Il y a eu un miracle ?

— Je ne dis pas un miracle, mais tout de même quelque chose. Papa m'avait promis…

— Pour te consoler, maman ! Pour te consoler, rien d'autre.

— Branko sifflait l'air que papa aimait : le chœur des pèlerins de *Tannhäuser.*

— Ce n'était sûrement pas un air que papa aimait. Il détestait Wagner. Il me l'a dit bien souvent.

— Pourtant cet air-là était sur le CD que je lui ai offert à l'hôpital. Il l'écoutait sur son baladeur, la veille de sa mort. Il a soulevé le casque pour que j'entende, je m'en souviens parfaitement. Il avait des larmes dans les yeux. »

Évidemment, avec la morphine et toutes les drogues qu'on lui administrait à la fin, il avait sans doute l'esprit brouillé au point de se prendre d'affection pour Wagner.

« Enfin, ce Branko, il t'a dit qu'il était l'envoyé de papa ?

— Bien sûr que non !

— Encore heureux ! Tout ça n'est qu'un concours de circonstances, maman.

— Pour toi, peut-être, André, et pour Tadeusz aussi sûrement. Vous ne croyez à rien. Vous êtes tellement intelligents. Et ça ne vous suffit pas. Vous voulez que tout le monde soit comme vous. Vous n'avez même pas pitié de nous, les faibles d'esprit, vous voulez nous enlever nos illusions. Ça vous fait sourire que j'aille à la messe, que je mette un cierge à la Vierge noire, toutes les semaines. Pauvre niaise, pensez-vous, qui s'imagine maintenant que la Madone de Medjugorgje lui envoie un messager pour la récompenser de sa fidélité ! Eh bien, votre monde sec, ton monde de chiffres et de calculs, il ne me fait pas envie. Je préfère le mien, où l'on croit que les bougies ont de l'effet pour guérir les enfants – j'en ai brûlé assez quand vous étiez malades – ou pour apaiser le chagrin quand quelqu'un est mort. Je sais bien que ce n'est pas sûr, je ne suis pas idiote ; je sais bien que ce sont peut-être des rêveries, mais j'aime mieux vivre avec ces "peut-être" qu'avec vos "sûrement". »

Elle a prononcé ces paroles avec une telle humilité que j'ai eu honte. Malgré tout, je ne voulais pas me retirer sans avoir raison.

« On aurait pu aller jusqu'à la tombe au moins, tout à l'heure. On dirait que papa ne compte déjà plus pour toi.

— Mais bien sûr qu'il compte. Je l'aime toujours autant. Plus même ! Mais il n'est pas dans ce tombeau.

— Comment ça ?

— Je rêve bien souvent de lui. Au début, il me faisait peur. J'aurais voulu qu'il rentre sous terre. Mais maintenant, j'ai compris. Qu'est-ce qu'il ferait sous cette dalle ? Il est libre à présent, comme il ne l'a jamais été. »

Je l'ai dit, j'ai eu moi-même ce genre de songe. Ce que disait ma mère, elle n'avait pas besoin de l'expliquer davantage. Elle avait raison.

Tadeusz est revenu avec Branko. J'ai changé de place. On a mangé sans un mot.

Le lendemain matin, avant d'aller prendre le train de dix heures, j'ai poussé la porte en chêne de la chambre de Branko parti chez Guyaux. La pièce ressemblait toujours à une cellule passée à la chaux, la poussière de farine était incrustée dans les planches. Sur le bat-flanc se trouvait le sac polochon de Branko. Je l'ai ouvert. Tout de suite est apparue une photo en buste de cette femme dont on allait tellement parler ensuite : Suzanne Bocols.

Elle portait une chemise canadienne, béante sur ses seins nus. Au bas de la photo, une grosse écriture ronde indiquait : « À ton bon plaisir… » D'un seul coup, le poids que les paroles de ma mère faisaient peser sur mon cœur s'est envolé.

6

Tadeusz

J'ai appris la mort de Suzanne Bocols comme tout le monde, le lendemain de sa découverte, le jeudi 14 décembre, vers dix heures, dans les pages régionales du *Courrier de l'Ardenne.* Branko était au courant depuis la veille, mais il n'avait rien dit. Le soir, à table, il n'avait ouvert la bouche que pour y enfourner le repas, bouchée après bouchée, sans manifester de plaisir, comme il l'aurait fait d'habitude. Il s'était essuyé pensivement les lèvres avec sa serviette, puis avait demandé à maman si elle voulait bien l'excuser pour la vaisselle.

« Quelque chose ne va pas, Branko ?

— Je suis très fatigué. »

Sa mine défaite aurait pu nous inquiéter, mais nous savions qu'en décembre, au moment des dernières livraisons de sapins, les ouvriers chez Guyaux passaient de l'emploi de travailleur à celui de galérien.

L'article du *Courrier de l'Ardenne* tenait en quelques lignes rédigées à la hâte avant le bouclage de l'édition. Longtemps, je l'ai gardé dans mon bureau, je l'avais découpé. Le titre, « Macabre découverte en forêt neufbourgeoise », s'est imposé des centaines de fois à mes yeux quand j'ouvrais le tiroir du bas, jusqu'au jour où je ne l'ai plus supporté.

Le correspondant local relatait comment, la veille, à la nuit tombante, « le corps sans vie » d'une jeune femme avait été découvert dans un fossé des environs de Neufbourg par un joggeur et son chien. « L'infortunée victime », Mlle Suzanne Bocols, travaillait à la pépinière Guyaux, où sa mort « avait plongé le personnel dans la stupéfaction ».

Stupéfait, je l'étais au moins autant que les débardeurs de Guyaux. Suzanne morte, quel coup de massue ! Dans l'instant, pourtant, ce n'est pas vraiment à elle que j'ai pensé, je veux dire à ce qu'elle était, sa vie errante, son cœur sans doute désenchanté. De cela, finalement, je ne savais rien, elle ne s'était jamais confiée. On s'était connus vite fait, vite commencé, vite expédié. Dans son style, ou, du moins, dans celui que je lui avais prêté.

Au total, je n'avais connu que son corps muet, qui s'abandonnait à mes caresses tandis qu'elle-même se repliait derrière ses yeux fermés. C'était cette chair qui, tout à coup, sortait en surimpression des pages du journal, si douce, si voluptueuse, si odorante naguère, et maintenant réduite à l'état de cadavre. Elle m'inspirait une mixture de pitié, de tendresse désolée et, en même temps, c'est affreux à dire, une soudaine répugnance, comme si j'avais planté mes dents alors dans un fruit appétissant sans savoir qu'il était déjà blet à l'intérieur. Quelque chose au fond de moi recrachait Suzanne.

Je n'ai pas pensé tout de suite que, la veille, Branko était déjà informé, je ne l'ai compris que plus tard dans la journée, quand Elsa m'a expliqué comment on avait retrouvé Suzanne. En fin de matinée, en effet, j'avais rendez-vous avec un agronome spécialiste du chanvre au Centre d'économie rurale de Neufbourg, en vue de ma nouvelle bière. La rencontre n'a guère duré. Je n'avais pas la tête à ça. En repartant, je me suis arrêté à L'Embuscade.

Un jeudi, en pleine journée, les clients s'y bousculaient rarement. En l'occurrence, il n'y avait pas un chat, Elsa m'a fait passer dans son salon.

Elle était secouée, comme de juste mais, vu qu'elle avait connaissance de ma brève aventure avec Suzanne, elle en remettait une couche, histoire de compatir. Elle avait un canari dans une cage, à qui elle faisait signe de se taire. Elle m'a servi du café, s'est assise et a profité que je reposais la tasse sur la soucoupe pour s'emparer de ma main.

« Qui aurait jamais imaginé ça, Tadeusz ? Suzanne assassinée !

— Assassinée ? N'exagérons pas. Morte, c'est déjà pas mal.

— Assassinée, je te dis, à coups de couteau !

— Quoi !

— Tu ne le savais pas ?

— Mais non... J'ai seulement lu ce qu'il y avait dans le journal : morte, c'est tout. J'ai pensé qu'elle avait été renversée par une voiture.

— Ah ben non ! On l'a tuée. Les gendarmes sont passés ce matin, ils m'ont expliqué. Ils venaient placer les scellés sur la chambre.

— Ça alors... Qui a pu faire ça ?

— On ne sait pas. L'enquête commence seulement. Mon pauvre garçon ! »

Elle me triturait la main, elle me regardait en diagonale, avec une moue apitoyée. Une composition vraiment maternelle, servie par un authentique physique de mère, les épaules un peu grasses, le cou flottant, la paupière fatiguée, tout ce que maman n'a jamais eu.

Je dois le dire, j'avais le souffle coupé, comme si j'avais reçu quelques-uns des coups portés à Suzanne. Je me suis laissé aller sur le dossier de la chaise. Je devais avoir l'air mal en point.

« Tu veux un peu de cognac dans ton café ?

— Non, non, merci. »

Elle s'est levée et nous a tout de même versé deux petits verres de cassis, une liqueur de circonstance avec sa couleur de sang coagulé. Même aujourd'hui, je ne peux plus voir une goutte de ce jus sans repenser à Suzanne.

On a avalé cul sec, tous les deux, puis elle m'a raconté tout ce qu'elle savait, horrifiée bien sûr, mais émoustillée dans son for intérieur par ce drame qui la changeait des confidences de comptoir. Le fil de l'affaire, je l'ai sans doute complété avec tout ce qu'on m'a rapporté par la suite mais, l'essentiel, je l'ai appris de sa bouche à ce moment-là.

La dernière fois qu'elle avait vu Suzanne, c'était le dimanche matin. Elle était gaie, elle partait pour la journée. Où ? Elle n'avait pas voulu le dire. Secret !

Elle avait dû ferrer un type la veille, sur la piste de danse. Elle se payait une virée à l'œil, un restaurant, voire plus si affinités. Ça lui arrivait souvent. Elsa en souriait. Peut-être même qu'elle l'enviait. Les femmes de sa génération n'avaient pas connu cette émancipation. Leurs libertés, si elles en prenaient, c'était en maraudant sur la morale. Dommage sans doute mais, d'un autre côté, ça leur évitait de finir dans la boue d'une fondrière, le ventre percé par un opinel.

Le lundi matin, coup de téléphone de Mme Guyaux : Suzanne ne s'était pas présentée à son travail. Elsa monte à sa chambre, elle n'y était pas. Elle n'y avait même pas passé la nuit : la tabatière était prise par le givre, même de l'intérieur, preuve que l'unique chauffage de la pièce – l'haleine de Suzanne – n'avait pas fonctionné. Par ailleurs, la bicyclette d'Elsa, que Suzanne utilisait pour se rendre chez Guyaux ou à ses rendez-vous, n'était pas rangée contre le tas de bois dans le bûcher, à l'arrière de L'Embuscade.

Chez Guyaux, la patronne était aux cent coups. En décembre, un ouvrier n'aurait pas osé plaider une double pneumonie pour s'exempter. Personne pour préparer la cantine de midi ! Elle avait dû s'y coller elle-même. Le résultat, forcément, n'était pas à la hauteur. Aux débardeurs qui demandaient après Suzanne, elle avait répondu en ronchonnant, comme s'il s'agissait de sa chatte qui partait en vadrouille deux fois l'an pour démarrer la prochaine portée de chatons à noyer.

Le lundi soir, Suzanne n'était toujours pas réapparue à L'Embuscade. Elsa commençait à soupçonner qu'elle avait déménagé à la cloche de bois. Elle avait dégoté un soupirant suffisamment en fonds pour qu'elle ne se donne pas la peine de venir récupérer son sac à dos, abandonné dans la chambre.

Tout de même, elle aurait pu ramener le vélo. Sa bicyclette, Elsa y tenait, pas absolument en décembre, mais pour les beaux jours, quand elle profitait d'une course à la banque ou à la poste afin de se décrasser les poumons du tabac qui servait de couche atmosphérique à L'Embuscade. Elle l'avait fait peindre entièrement en bleu, l'année où elle était devenue une inconditionnelle de *La Bicyclette bleue*, le roman de Régine Deforges, et elle la chevauchait toujours avec une robe légère, qui se carguait à la brise au-dessus de ses genoux.

Donc, le mardi après-midi, elle s'était rendue à la gendarmerie pour requérir un avis de recherche – pas de Suzanne, de son vélo seulement. Le gendarme de service avait pris le signalement du véhicule à deux roues et avait déclaré, goguenard, qu'il mettait la brigade sur l'affaire. C'est dire le souci qu'on se faisait de Suzanne à ce moment-là !

Guyaux avait déjà engagé une nouvelle cuisinière. Tout ce qu'il regrettait au sujet de la précédente, c'était de l'avoir payée à la semaine, le samedi, ce qui lui donnait les coudées franches pour prendre la tangente. En fait, sans le joggeur, Suzanne aurait pu s'évanouir à jamais dans la nature, personne ne se serait posé de question. Combien d'autres à qui c'est arrivé ?

Quand je dis le joggeur, c'est plutôt le chien du joggeur que je devrais citer, un malinois qui courait devant lui et l'attendait aux carrefours avec quelques aboiements d'encouragement. Tout à coup, il n'avait pas été au carrefour. Il aboyait comme convenu, mais quelque part, à l'intérieur du taillis. Le joggeur l'avait rappelé, le chien ne voulait pas revenir. Il était allé le rechercher. L'animal était en arrêt, gémissant devant le cadavre d'une femme.

Les bois autour de Neufbourg ont été bombardés à tour de bras en 1944 pendant l'offensive des Ardennes. Ils sont criblés de trous de bombe pas encore comblés. On dirait des tombes creusées au hasard par un fossoyeur fou. Ce n'était pas dans un fossé que le joggeur avait trouvé le corps, comme *Le Courrier de l'Ardenne* l'avait rapporté, mais dans un de ces cratères au milieu des bois.

Suzanne gisait sous une couche de feuilles mortes et de branchages que le meurtrier avait jetés sur elle. Il n'avait pas pensé à la vie secrète de la forêt qui commence quand la nuit tombe. Un renard sans doute avait éventé le corps, peut-être le soir même du crime, lorsqu'il était encore imprégné de l'odeur du sang. La bête avait dégagé les débris qui le recouvraient. C'est affreux à mentionner, mais cela a été expliqué en long et en large au procès, elle avait mordu le cadavre et lui avait arraché des lambeaux de peau, sans toutefois s'en prendre à la plaie fatale au ventre, qui était minuscule.

Le joggeur avait couru jusqu'à l'habitation la plus proche, celle de Guyaux. Il avait surgi dans le hangar au moment où les débardeurs s'apprêtaient à rentrer chez eux. Guyaux lui-même, avec deux hommes, le joggeur et le chien, s'étaient portés sur les lieux en jeep. Il avait reconnu Suzanne et était revenu aussitôt pour téléphoner aux gendarmes. Les ouvriers l'attendaient. Ils étaient donc tous au courant, Branko comme les autres.

Le procureur du Roi était descendu avec les gendarmes et deux flics de la BSR, la brigade de surveillance et de recherche, à qui le parquet, à cette époque, avant la réforme des polices, pouvait confier l'enquête en lieu et place de la PJ. On avait interdit aux débardeurs de s'approcher de la scène du crime. La plupart étaient restés dans le hangar jusqu'à ce qu'on y ramène, vers deux heures du matin, le corps de Suzanne ensaché dans une bâche de plantation. Branko, pour sa part, n'avait pas attendu. Il était rentré chez nous, il n'avait rien dit et, à cette heure-là, sans doute, il dormait, ou, du moins, cherchait le sommeil dans la chambre du meunier.

Quand je suis revenu à la maison, maman était à la cuisine. Je me demandais si elle avait vu l'article du *Courrier*. Le facteur apportait le journal tôt le matin, mais j'en réservais la lecture pour ma pause café de dix heures. De son côté, maman le parcourait le plus souvent à midi, en préparant le repas. Lorsque j'avais découvert la nouvelle, elle était chez sa coiffeuse. Depuis qu'elle avait changé de coiffure, au début de novembre – elle voulait quelque chose de plus court –, elle se faisait faire un brushing toutes les semaines. Du même coup, elle n'avait pas eu besoin du journal, la coiffeuse lui avait tout raconté.

« Ingrid dit que cette fille, c'était plutôt le genre allumeuse.

— Ingrid ! Ingrid ! Qu'est-ce qu'elle en sait ? »

Maman s'était servi une tasse de café en face de moi, pendant que j'expédiais la soupe de midi.

« Elle logeait à L'Embuscade. Ingrid a des clientes qui l'y ont vue et il paraît...

— Maman ! Tous ces bobards de salon de coiffure...

— Tu as raison. Qu'est-ce qui pourrait bien se passer à L'Embuscade, il n'y a pas plus convenable. Ils se fournissent chez nous, non ? Tu y vas parfois ?

— Ça m'arrive.

— Tu la connaissais, cette fille ?

— Non. »

Pourquoi ai-je dit non ? C'était complètement ridicule, puisque j'ai quand même dû avouer que je la connaissais quand les flics de la BSR sont venus cuisiner Branko. Et alors, maman a bien vu que j'avais menti. Dans quel but ? Est-ce que je le savais moi-même ? Je ne voulais pas que maman soit au courant de mes histoires avec des filles comme Suzanne. Peut-être que je désirais secrètement rester son petit garçon à elle toute seule, ce qu'elle avait souhaité si longtemps, mais que, venant d'elle, je ne supportais pas.

« En tout cas, je suis certaine que Branko devait la connaître, lui. Elle s'occupait des repas du personnel chez Guyaux.

— Ben, oui, forcément. »

Parce que je venais de me débiner, j'ai eu envie brusquement de me retourner contre Branko.

« Au fait, il devait déjà être au courant hier soir.

— Hier soir, non, c'est impossible.

— Mais si. L'homme qui a trouvé le corps, c'est chez Guyaux qu'il est venu le dire. Les ouvriers étaient encore là.

— Tu crois ?

— On me l'a raconté tout à l'heure à Neufbourg.

— Qui ça ? Ton agronome ?

— Oui. »

Maman est devenue pensive. Mon deuxième mensonge me poussait à en remettre une louche.

« Curieux que Branko n'ait rien dit hier...

— J'ai bien vu qu'il n'était pas dans son assiette, il devait être complètement choqué.

— Raison de plus. Ce n'est pas le genre de chose qu'on garde pour soi, on a envie d'en parler. Ça ne sert peut-être à rien, mais ça soulage. »

Je voyais bien que mes questions embarrassaient maman. Elles m'embarrassaient moi aussi, je ne savais comment interpréter le silence de Branko. Peut-être est-ce que j'espérais une explication de maman.

Elle s'est levée, a emporté sa tasse à l'évier, puis, le dos tourné, elle a dit :

« Je crois que Branko ne voulait pas nous embêter avec cette histoire.

— Les autres ne se sont pas gênés apparemment, à commencer par Ingrid.

— Branko n'est pas comme les autres.

— Ah...

— C'est un homme délicat. Il s'est tu à cause de moi, pour ne pas me faire peur. C'est pour cela qu'il n'a rien dit. »

Un homme délicat ! Dommage que maman n'était pas là quand Branko avait retourné Suzanne comme une crêpe le soir de l'incident à L'Embuscade ! Branko avait de la délicatesse, en effet, celle de ces jolies boîtes à malice dont le couvercle retient une tête de diable comprimée par un ressort. Suzanne avait soulevé le couvercle. La figure qui avait bondi dehors, c'était un redoutable combattant, un soldat aguerri aux attaques, capable de répliques foudroyantes.

Branko s'était empressé de faire rentrer le diable dans sa boîte, il avait soigneusement refermé le couvercle au décor élégant, il était désolé, confus, c'est à peine s'il comprenait ce qui était arrivé. Il avait pris toutes ses précautions pour que ce genre de fâcheux incident ne se reproduise plus.

Il n'avait plus été question pour nous de retourner à L'Embuscade, les samedis suivants. On était sortis deux ou trois fois encore dans des bars lointains, à Liège, si mes souvenirs sont bons. Puis, à la fin de novembre, Branko m'avait déclaré qu'il était claqué, qu'il préférait rester dans sa chambre au moulin, dormir un tour d'horloge.

Le samedi soir, il se couchait quand je partais. On quittait la cuisine ensemble, où maman, en grand tablier, mettait la première main au repas du lendemain midi. Elle avait renoncé aux fiches culinaires de Bonnema du Hainaut. Ses recettes, elle les tirait désormais d'un gros bouquin cartonné bleu, sur lequel était écrit en lettres dorées *Kuchnia Polska.* Des plats compliqués, à mijoter, qui demandaient beaucoup de temps. Comme elle passait la moitié de la matinée du dimanche à Saint-Martin, elle devait s'y prendre la veille.

À quoi Branko, de son côté, s'occupait le dimanche matin, je n'en savais trop rien. Rentré à l'aube, je dormais jusqu'à midi. Il faisait sa lessive, il herbait son linge près des étangs quand il faisait beau. C'est maman qui le repassait. En échange, il lui rendait quelques services, il expédiait en un tournemain les réparations que papa avait toujours différées, du fait que, comme tous les grands rêveurs, il détestait le bricolage.

Cela dit, je ne veux pas faire celui qui n'avait rien vu. Je n'étais pas aveugle. Je remarquais bien qu'une certaine complicité s'était installée entre eux. Ils avaient des gestes prévenants l'un pour l'autre, Branko lui avançait sa chaise à table, elle surveillait son assiette pour le resservir. Les paroles qu'ils échangeaient respiraient en permanence l'empressement, la douceur.

En ma présence, d'ailleurs, ils parlaient peu. Ce peu, justement, me mettait la puce à l'oreille. On parle peu quand on n'a rien à se dire, mais aussi quand les entretiens deviennent trop intimes pour qu'on les expose à l'oreille d'autrui. Quelquefois, ils se nommaient des objets en croate et en polonais, s'amusant de la ressemblance mais, pour se comprendre vraiment, ils parlaient français.

Ah oui, sans aucun doute, maman pouvait bien considérer Branko comme un homme délicat – à son égard, en tout cas. Le vendredi soir avant le week-end de la disparition de Suzanne, quand je m'étais assis à table, maman avait allumé une bougie odorante toute neuve, posée sur un carton à bière de Crochepatte.

« En quel honneur, cette bougie, maman ?

— On est le 8 décembre, Tadeusz.

— Et, le 8 décembre, qu'est-ce qui se passe ?

— C'est le jour de l'Immaculée Conception. Branko y a pensé. »

Branko a hoché un front content mais modeste.

« Une tradition chez nous, pour la fête de la *Gospa.* »

Leurs yeux brillaient à tous les deux, ils étaient réunis par leur commune dévotion à la Vierge. Moi qui ne savais même plus au juste ce que signifiait l'Immaculée Conception, je me faisais l'effet d'un intrus. Ils soupaient comme s'ils communiaient. Cela me démangeait de souffler la flamme, de les ramener sur terre à mes côtés.

Je n'ai rien fait, naturellement. Pourquoi offenser maman dans sa piété ? Par méchanceté ? La foi de maman la rendait heureuse. Pour quelle raison la piétiner ? De nos jours, on fait passer les gens qui croient pour des abrutis. L'athéisme, qu'est-ce que c'est pourtant ? Une croyance comme les autres, pas plus assurée, puisqu'au bout du compte, personne ne sait ce qu'il en est de l'explication du monde.

Plutôt que de croire à l'absurde, maman croyait en Dieu, en la Sainte Vierge – sa forme féminine –, qui lui avait amené Branko. Branko aussi croyait à la *Gospa,* mais peut-être lui avait-il donné un petit coup de pouce pour réussir son arrivée miraculeuse auprès de maman. Car je ne m'expliquais toujours pas comment la courroie de l'alternateur avait pu se trouver tranchée nette, sous le siège de la Golf arrêtée juste devant notre maison. Branko aurait-il disposé d'un des sept glaives qui ont transpercé le cœur affligé de Marie ? Branko, l'épée à la main, cela se laissait facilement imaginer, je dois dire.

Le soir du jeudi, j'ai quitté la brasserie plus tôt que d'habitude. Je me suis installé à la cuisine devant le journal, à la page de la « Macabre découverte en forêt neufbourgeoise ». J'attendais Branko.

Maman aussi était sur les charbons. Pour tromper l'attente, elle préparait une tarte aux pommes, réservée en principe aux dimanches.

Quelques secondes avant qu'elle ne débarque dans la cour, Zorba a annoncé le retour de la Golf, comme il en avait pris d'habitude, lui qui s'était dispensé de signaler sa première apparition. Encore une vingtaine de minutes et Branko est enfin arrivé, douché, vêtu de neuf. Il a ouvert la porte, s'est figé un instant : on se regardait tous les trois comme des adversaires se jaugent avant une explication.

Il s'est assis. Il était plus pâle que la bougie de l'Immaculée Conception.

« Et alors ? a demandé maman.

— Alors quoi ?

— La fille qu'on a tuée ?

— On ne sait rien.

— Où est-elle ?

— Je ne sais pas. Chez les policiers.

— Pour l'autopsie ? ai-je suggéré.

— Ça se peut. On a travaillé toute la journée. »

Ces questions ne rimaient à rien. Qu'est-ce que Branko aurait pu apprendre, en effet ? Les ouvriers de Guyaux n'étaient pas restés les bras croisés. Ils avaient trinqué comme les autres jours, dans le bruit des débroussailleuses, des chariots élévateurs, des camions. Chacun pour soi. Nous, les manuels, ce n'est pas comme ceux qui bossent avec la tête, le malheur ne nous empêche pas de mouiller la chemise. Le corps fonctionne tout seul de son côté.

« Tu la connaissais ? a insisté maman, avec une pointe d'inquiétude dans la voix.

— Oui.

— Je veux dire, tu la connaissais bien ? Tu lui parlais chez Guyaux ?

— Mais oui, forcément. »

Branko a levé un œil sur moi. Il avait craint sans doute que j'aie raconté l'épisode de L'Embuscade à maman, mais il avait déjà compris que je ne l'avais pas fait.

« Quelle genre de fille c'était ?

— Travailleuse.

— Provocante, m'a-t-on dit.

— Oui, c'est vrai. Quelquefois.

— Est-ce que ça expliquerait...

— Je ne sais pas, Teresa, les hommes sont tellement fous. »

De nouveau, il m'a regardé comme si je pouvais saisir l'exacte portée de ses paroles. Il ne doutait pas que je le comprenais, mais serais-je son allié ?

J'ai baissé les yeux. Tout ce que je savais à ce moment-là, c'est que je ne voulais pas qu'on déterre ma propre histoire avec Suzanne.

« Pourquoi n'as-tu rien dit hier soir ? a repris maman. Tu le savais déjà.

— Oui.

— Pourquoi alors ?

— Parce que je ne supporte plus le sang, Teresa. J'ai été soldat. J'ai vu la guerre. C'est terrible, les morts, les cadavres couverts de blessures, brisés, brûlés. Pas seulement les combattants, Teresa. Eux, passe encore. Mais les innocents, les vieux, les femmes, les enfants. Je ne peux plus parler de ça. Les mots ne passent plus dans ma gorge. »

Sa gorge, il la pressait de sa main. Il s'est levé, il s'est précipité dehors comme s'il devait vomir.

7

André

En 1995, Noël était un lundi, je l'ai vérifié. Je suis donc rentré à la maison le samedi 23. J'avais des examens en janvier, je comptais bien mettre à profit les deux semaines de vacances pour les préparer au calme. Comme la saison des sapins était terminée, j'étais soulagé à l'idée que Branko aurait débarrassé le plancher. Enfin, on se retrouverait entre nous avec ma mère et Tadeusz, comme avant. L'atmosphère sirupeuse des fêtes de fin d'année, qui m'a toujours plus ou moins levé le cœur, se parait soudain d'un attrait nostalgique. Le passé, si médiocre qu'il ait été, finit toujours par mettre le présent dans sa poche.

Tadeusz n'est pas venu me prendre à la gare. Quand j'ai téléphoné de la cabine, ma mère m'a dit qu'il était parti faire des livraisons. Je m'étais mis en route dans une vraie purée de pois en coltinant mon gros baluchon, lorsque la vespa du presbytère de Saint-Martin s'est arrêtée à ma hauteur. Le chanoine m'a pris en croupe et m'a livré à moitié congelé chez sa paroissienne préférée. Zorba vociférait comme un possédé à l'arrivée de l'exorciste, si bien qu'elle est apparue sur le seuil. Elle l'a fait taire mais, malgré tout, le curé a préféré ne pas mettre pied à terre. Il a fait demi-tour et, avant de s'éloigner, il a soulevé la visière de son casque pour rappeler que la messe de minuit du dimanche était à onze heures trente.

« Onze heures trente, Teresa, disons trente-cinq, si vous voulez, mais pas minuit ! »

Il est reparti dans une joyeuse pétarade, heureux comme l'ange Gabriel après l'Annonciation.

La Golf de Branko n'était pas dans la cour. J'étais seul avec ma mère, toujours aussi mince, moulée dans son jean impeccable et l'un de ces pulls Jacquard qu'elle affectionnait en hiver. Changée aussi. Elle s'était fait couper les cheveux. Comme je ne m'étais pas encore avancé et que je la contemplais, immobile elle aussi dans l'encadrement de la porte, elle s'est avisée sans doute que je découvrais sa nouvelle coupe. Elle a passé la main sur ses mèches comme pour les lisser, avec une petite oscillation timide de la tête. Une vraie jeune fille qui dévoile sa première coiffure de femme. Comment s'empêcher de l'aimer ?

Nous sommes rentrés, et aussitôt elle a sorti du réfrigérateur les petits-beurre fourrés au moka qu'elle préparait chaque année pour Noël. Elle a voulu me les servir au salon, où était dressé le sapin chargé de boules et de guirlandes. Il était deux fois plus grand que d'habitude. Une souche de hêtre moussue savamment tronçonnée l'arrimait au sol, sur laquelle étaient posés les personnages de la crèche en carton-pâte, sauf le petit Jésus.

« C'est Branko qui l'a installé.

— Branko ? Ah bon. Il n'est pas parti ?

— Pas encore. Il restait du travail dans les sapins.

— Maintenant ? Le week-end de Noël ?

— Les ouvriers coupent quelques deuxièmes et troisièmes choix. Guyaux les refile aux grands magasins en rupture de stock pour leurs clients de dernière minute. C'était encore possible de livrer cet après-midi, dans la région du moins. Puis, avec ce qui est arrivé, tu comprends bien que les hommes ont pris du retard.

— Qu'est-ce qui est arrivé ?

— Le crime.

— Le crime ? De quel crime tu parles ?

— La cuisinière de chez Guyaux. Tu n'es pas au courant ? »

Comment aurais-je été au courant ? À Bruxelles, je lisais bien *Le Soir* ou *La Libre*, mais la presse nationale a des préoccupations plus élevées qu'un banal meurtre commis en province. Ma mère m'a expliqué comment une certaine Suzanne Bocols avait été retrouvée dans un bois non loin de chez Guyaux, poignardée à mort par un inconnu. Cette femme, je ne voyais pas qui cela pouvait être, son nom ne me disait rien. C'est le lendemain seulement que j'ai compris qu'il s'agissait de la fille dépoitraillée sur la photo que j'avais aperçue dans le sac de Branko.

Comme elle était employée en tant que saisonnière par Guyaux, tous les ouvriers avaient été interrogés. La BSR était venue rencontrer Branko à la maison au début de la semaine. Évidemment, il n'avait rien à voir dans cette histoire, mais il se trouvait par un malheureux hasard qu'il avait eu une prise de bec avec la victime quelques semaines plus tôt dans un café, L'Embuscade à Neufbourg. On avait rapporté aux enquêteurs qu'il avait envoyé la fille au tapis.

Par chance, ce soir-là, Tadeusz était avec lui. Il avait expliqué que cette inconnue s'était mis en tête d'aguicher Branko, qu'elle avait voulu s'imposer à leur table, qu'elle avait bu, qu'elle avait trébuché sans doute et s'était affalée toute seule à leurs pieds. Les témoins avaient, bien entendu, brodé sur l'incident. En tant qu'étranger, Branko était le suspect tout désigné.

Le Courrier de l'Ardenne, qui menait ses propres investigations, tenait de source bien informée que Suzanne Bocols vivait en bohème, qu'elle aurait connu des épisodes de prostitution dans des bars du nord de la France. Pas le genre de Branko, naturellement !

N'empêche que les enquêteurs lui avaient demandé de rester à leur disposition. Il ne pouvait s'éloigner avant que l'affaire soit résolue.

« Donc, si je comprends bien, il va rester ici !

— Oui. Pour quelques jours, en tout cas. De toute façon, où veux-tu qu'il aille pour Noël ?

— Mais qu'est-ce que je sais ! On est censés prendre ce type en charge pour Noël ? Pourquoi ?

— Mon pauvre André, décidément, tu n'as pas de cœur. »

Elle est partie à la cuisine en m'abandonnant là devant les petits-beurre et le sapin de Branko, qui clignotait ironiquement à intervalles réguliers. J'ai tiré la prise et je suis resté dans la pénombre de ce jour d'hiver, le cœur navré d'avoir réussi en moins d'une heure à fiche en l'air la joie de mon retour. J'ai grignoté un biscuit. Je ne reconnaissais même pas le goût. J'ai reporté le plateau à la cuisine.

« Excuse-moi, maman. Je suis désolé. Je pensais seulement qu'on se retrouverait tous les trois, entre nous, en famille.

— N'en parlons plus, c'est moi qui t'ai brusqué, André. Je sais bien que tu as un bon fond, tu es un gentil garçon. Une famille doit pouvoir s'ouvrir aux autres, surtout à Noël. »

Elle m'a passé les doigts sur la joue. J'aurais aimé l'embrasser si je n'avais pas eu le plateau de biscuits dans les mains. Aux coins de ses yeux, j'ai remarqué pour la première fois les petites rides que son sourire dessinait.

Au souper, Branko n'a pas paru, il faisait un maximum d'heures, il n'était pas rentré. Tadeusz devait repartir. Il venait de brasser sa première cuvée de Noël, la Mac'Croche, qui faisait un vrai carton, en attendant le lancement de la Double Croche. Il était sur les genoux. Il m'a demandé de l'accompagner.

On a livré dans trois ou quatre bistrots. Le dernier, c'était L'Embuscade. Tadeusz a rangé le Sprinter à l'arrière devant une grosse porte cloutée. Il est allé prévenir la patronne et est revenu de l'intérieur avec elle par cette porte, qui s'ouvrait directement sur la cave. Sur le côté droit de l'escalier en pierre étaient fixés des madriers, grâce auxquels on pouvait faire rouler les fûts jusqu'en bas.

Quand ils ont été en place, la patronne nous a invités à monter pour étrenner la cuvée. Mais Tadeusz a décliné, la mine particulièrement renfrognée.

« Quelque chose ne va pas, Tadeusz ? Qu'est-ce qui t'arrive ? C'est à cause de Suzanne ? Les flics sont venus te voir ?

— Ils sont venus, oui, mais pas pour moi, pour Branko.

— Ça ne m'étonne pas, ils étaient passés chez moi d'abord.

— C'est ça, et tu t'es empressée de leur balancer le petit dérapage entre Branko et Suzanne, en noircissant le tableau, bien entendu.

— O.K. ! Je comprends pourquoi tu fais ta drôle de bouille. Ben, non, figure-toi que je n'ai rien dit. Ce n'était pas nécessaire. Les petits copains de ton Branko avaient déjà mis ces messieurs au parfum. Ils voulaient seulement ma version. Je leur ai signalé que j'étais occupée au comptoir, que je ne peux tout de même pas avoir un œil sur chaque client et que, conclusion, je n'avais rien vu.

— Ah bon, je préfère ça.

— Cela dit, ton Branko, je ne le connais pas. Je ne savais même pas qu'il logeait chez vous. Si c'est lui qui a fait le coup, j'espère qu'il prendra le maximum. Mais, toi, je n'ai pas voulu te mêler à cette histoire. Je n'ai rien dit, ni du grabuge avec lui, ni du reste entre toi et Suzanne.

— D'accord, Elsa, excuse-moi.

— Et maintenant, vous la prenez, cette bière ?

— Non, c'est plein de types de chez Guyaux là-haut. Je n'ai pas envie de les voir.

— Dans ce cas, je vous la sers dans mon salon. »

Elle nous a fait monter. Elle est allée tirer deux Mac'Croche au comptoir, nous les a apportées et nous a laissés. On s'est retrouvés seuls avec son canari qui s'agitait vaguement derrière le torchon à poussière posé sur sa cage pour faire la nuit.

J'ai bu une gorgée. En temps normal, Tadeusz aurait guetté ma réaction, il m'aurait demandé comment je trouvais son dernier chef-d'œuvre, il aurait voulu que je devine les épices qu'il y avait fourrées, de plus en plus réjoui à mesure que mes propositions seraient tombées à côté de la plaque, jusqu'au moment où j'aurais donné ma langue au chat. Mais il n'a même pas levé la tête quand le pied de mon verre a choqué le plateau de service de la patronne. Muré dans ses pensées.

Déjà, dans le Sprinter, quand j'avais voulu brancher la conversation sur la nouvelle que ma mère m'avait apprise, il s'était limité à prononcer entre ses dents : « Sale affaire, ne m'en parle pas ! » Je lui avais demandé s'il connaissait Suzanne Bocols. Il avait grogné : « Pas du tout. » Comme s'il ne l'avait jamais vue que le soir de l'épisode avec Branko. Il avait menti. Après ce que la patronne avait sous-entendu à la cave, c'était assez clair.

Forcément, il était embarrassé maintenant. Je ne voulais pas remuer le couteau dans la plaie. Il s'en est chargé lui-même.

« Bon, c'est vrai, Suzanne, je la connaissais.

— Ah… Tu la connaissais comment ?

— Elle est déjà venue l'année dernière pour la saison des sapins. Je l'ai rencontrée, ici. Elsa lui loue une mansarde. J'ai passé une soirée avec elle, elle avait envie de danser. Et, comme ça, la soirée s'est terminée dans sa chambre, là-haut. Minable, hein ?

— Je ne sais pas, Tadeusz, c'est tes affaires.

— Ça s'est passé quelques semaines après la mort de papa. J'étais seul à la brasserie. Complètement dans le cirage. Je sais bien que Suzanne, c'était de l'amour à quatre sous, mais c'était tout de même mieux que la mort. La mort, je l'avais partout autour de moi. Le fantôme de papa derrière toutes les cuves, maman en noir de la tête aux pieds, qui pleurait en regardant sa place vide chaque fois qu'on passait à table. En compagnie de Suzanne, au moins, je me trouvais avec quelqu'un de normal, de sain, de vivant, quoi !

— Vous vous êtes retrouvés cette année ?

— Mais non, je l'ai vue juste une fois, le soir de l'embrouille avec Branko, quand elle a voulu lui faire du rentre-dedans et qu'elle s'est étalée devant tout le monde. Entre nous, c'était terminé l'an dernier déjà. On a couché quatre ou cinq fois, pas plus. Elle voulait toujours du neuf. Avec moi, elle avait déjà son compte.

— Et tu es passé à la caisse…

— À la caisse ? Non ! Il n'a jamais été question de ça entre nous. Évidemment, on raconte partout maintenant qu'elle faisait le tapin. C'est n'importe quoi. Elle n'a jamais rien demandé. À moi, en tout cas.

— Encore heureux.

— Tout ça me fiche une fr… frousse bleue, André, tu comprends ? Ça me soulage un peu qu'Elsa n'ait rien dit. Je ne veux pas être mê… mêlé à cette histoire. »

Il me jetait des regards implorants, comme si cela pouvait dépendre de moi. En me déballant sa passade avec Suzanne, il s'était fait peur à lui-même. Il se tordait les mains, il a commencé à trébucher sur les mots.

« Tu ne crois tout de même pas que j'aurais pu la tu…tuer ?

— Mais non ! Tu es fou ! »

Il a soufflé en secouant la tête. Il n'avait pas encore touché à son verre. Il a pris une gorgée.

« Elle est bonne, hein ?

— Extra. »

J'ai bu une gorgée à mon tour.

« Les flics sont au courant pour toi et Suzanne ?

— Non.

— Ils t'ont demandé si tu la connaissais quand ils sont venus interroger Branko ?

— Non, ils ne m'ont rien demandé. Ils venaient pour Branko. Maman et moi, on est restés avec lui, pour l'aider à s'expliquer en français.

— Tant mieux. Si jamais ils te le demandaient, dis la vérité, c'est préférable. Ces gens-là, une fois qu'ils découvrent que tu as voulu les faire marcher, tu es brûlé.

— J'espère qu'ils ne reviendront pas.

— Ils reviendront peut-être pour Branko. Qu'est-ce que tu en penses ? Est-ce que lui, il aurait pu…

— Branko ? Jamais ! C'est impossible. Pas Branko. »

J'ai eu l'impression qu'il me priait de le croire, non pas parce que la chose était effectivement impossible, mais parce qu'il avait besoin de dépêtrer Branko de ce gâchis autant que lui-même, comme si leur sort était lié.

« On est tombé à bras raccourcis sur Branko parce qu'il n'est pas d'ici. Croate, ça fait tout de suite sanguinaire. Un comble pour un type qui est parti de chez lui parce qu'il ne supporte pas la violence justement.

— À ce qu'il dit…

— Oh, André, on ne va pas se mettre à hurler avec les loups ! Pas toi !

— Je ne l'aime pas, je ne peux pas te dire pourquoi, je ne le sens pas. Il me donne de l'urticaire. Je n'attends qu'une chose : qu'il se taille.

— Les flics n'ont rien contre lui, ils ne vont pas le retenir indéfiniment. Ils vont sûrement trouver le coupable.

— Espérons.

— En attendant, fiche la paix à Branko, je te le demande. Fais ça pour moi.

— Bon, si tu insistes…

— Et su…surtout pas un mot à maman de mon histoire avec Suzanne ! Il ne faut pas qu'elle l'apprenne. Jamais, jamais, hein ! Promis ? »

Un peu plus, il rougissait. Peut-être qu'on était parvenus au but réel de ses confidences. Il ne s'agissait de rien d'autre que de l'innocence que les fils veulent absolument conserver aux yeux de leur mère, l'innocence de l'enfant qui vient de naître, dont on ne saurait se défaire pour une autre femme qu'au prix d'une impardonnable infidélité.

La journée du lendemain, Branko ne s'est pas manifesté davantage que la veille. Il s'était rendu chez Guyaux, où quelques volontaires avaient accepté de travailler le dimanche. Ils rangeaient le matériel pour boucler la saison.

Ma mère a passé la journée à préparer le réveillon. Elle avait acheté une oie qu'elle a plumée, débitée à grands coups de hachoir et préparée à la mode polonaise avec une farce aux pommes et aux airelles. Quand elle l'a mise à mijoter, le parfum de la cuisson est monté jusqu'à l'étage, où j'avais commencé à réviser mes cours.

Dès qu'elle quittait les fourneaux, je l'entendais, à travers le plancher, qui s'activait dans la salle à manger, juste en dessous de ma chambre. Elle sortait du dressoir les assiettes Boch de notre grand-mère du Hainaut. Elle les prenait deux par deux et, quand elle les passait l'une sous l'autre pour les essuyer, le croassement caractéristique de la faïence parvenait jusqu'à moi. Elle dressait la table avec l'épaisse nappe en lin qu'elle avait brodée, jeune fille, plaçait des branches de houx devant les verres en cristal, fichait des bougies colorées sur les chandeliers de la cheminée. Je n'avais pas besoin de le voir, c'étaient les immuables apprêts de chaque année.

On ne dînait dans la salle à manger que pour les fêtes que ma mère jugeait suffisamment importantes, trois fois par an, à Noël, à Pâques et à l'Assomption. Pour Noël, ma mère tenait à ce que l'on respecte l'ancien usage du jeûne avant la messe de minuit. On se calait l'estomac à six heures avec les gaufres à la cannelle et au rhum qu'elle ne fabriquait qu'en cette vigile, puis on passait la soirée sans rien avaler que l'eau du robinet.

Tadeusz et Branko rentré à la nuit se sont installés dans le salon devant la télé, qui donnait un jeu arbitré par Me Capelovici. Ma mère les y rejoignait entre deux visites à son four, d'où se répandait le fumet de l'oie, rendant du même coup le jeûne méritoire.

Moi, je suis remonté à ma chambre. J'avais tenu ma promesse de ne pas chercher des poux sur la tête de Branko, mais je préférais ne pas rester en sa présence. Comme j'avais déjà passé ma journée sur mes notes de cours, j'ai emporté le panier en osier – une cage de colombophile pour le transport des pigeons –, dans lequel ma mère gardait les journaux de la semaine. Elle avait utilisé les plus récents pour flamber son oie. Ceux qui restaient du début de la semaine contenaient les premiers articles concernant le meurtre de Suzanne Bocols.

Je me suis assis sur mon lit et je les ai parcourus. C'est à ce moment-là que je suis tombé nez à nez avec la photo de Suzanne.

La photo datait de l'année précédente. *Le Courrier de l'Ardenne* avait réalisé un reportage sur l'exploitation des sapins de Noël dans la région. Suzanne avait été photographiée en train de servir les repas à la cantine. Un ouvrier dans la file du self lui tendait sa gamelle, qu'elle garnissait avec une grande cuiller en bois. Chevauchant le coin supérieur droit de la photo se détachait un agrandissement de son visage.

Des traits fins, sourcils nets, lèvres en coup de sabre, cheveux drus, noirs, coupés ras comme un conscrit. Cette coiffure virile, en allongeant son cou, lui conférait paradoxalement la fragilité d'une plante oscillant sur sa tige. Le reporter sans doute l'avait hélée, car ses yeux fixaient l'objectif d'un air surpris, interrogateur, qui avait suggéré sous le cliché cette légende bien sentie : « Et maintenant, qui me rendra justice ? »

Je n'ai pas fait immédiatement le rapprochement avec la photo que j'avais découverte dans le sac de Branko. Peut-être parce qu'il y avait plus d'un mois que je l'avais vue ; peut-être, plus sûrement, parce que quelque chose en moi retardait le choc qu'elle allait produire. J'ai lu l'article distraitement, le cœur battant, avant de reporter mes yeux sur les yeux qui me fixaient.

Ils ne me demandaient pas de lui rendre justice, ils s'étonnaient simplement que je ne la reconnaisse pas, que j'aie tant de mal à me souvenir d'une autre légende drôlement plus choquante : « À ton bon plaisir… »

J'ai replié le journal. Maintenant, j'avais peur. Il y a des scènes au cinéma où le héros comprend brusquement qu'il est enfermé avec un criminel. Il se barricade dans sa chambre, il pousse l'armoire contre la porte, il se plaque le dos contre le mur tandis que, dans l'escalier, les pas du tueur font déjà gémir les marches. Sauf la mise en scène, ce qui m'arrivait, c'était exactement cela. J'étais debout au milieu de la pièce, j'essayais de réfléchir. Ce que Branko avait voulu faire croire, qu'il n'avait aucune relation avec Suzanne, évidemment, c'était de la blague. Il avait accepté une photo d'elle, une photo des plus suggestives, la chemise ouverte comme une porte cochère sur ses deux seins, accompagnée d'une invitation on ne peut plus explicite. Le type qui n'y pouvait rien s'il s'était fait draguer, le bel indifférent : de la poudre aux yeux des enquêteurs, de Tadeusz, de ma mère, rien d'autre !

Que faire ? Descendre au salon en brandissant le journal ? Démasquer l'imposteur ? Il aurait fallu commencer par avouer que j'avais fouillé dans ses affaires. Comment allait-il le prendre ? Un homme dangereux… Un assassin peut-être.

Je suis resté à tourner en rond jusqu'à ce que ma mère m'appelle pour la messe de minuit. Arrivé au bas de l'escalier, elle m'a renvoyé en haut : je n'avais pas mon costume, ma chemise blanche, une cravate. Finalement, c'est moi qui ai mis tout le monde en retard.

Nous sommes partis, à pied malgré tout, en vertu de la tradition, avec une lampe de poche même, inutile depuis la récente extension de l'éclairage public jusqu'au moulin, que mon père avait réclamée à la commune pendant des années. Il gelait. À cause du risque de verglas, Branko donnait le bras à ma mère, dix pas devant Tadeusz et moi. À l'entrée de l'église, il aurait pu la lâcher, il a amorcé un mouvement pour le faire, mais elle a posé sa main libre sur le bras qui la tenait, afin qu'ils restent ainsi tous les deux, comme des fiancés.

Pas besoin d'ajouter que l'assemblée s'est repue du spectacle. À mesure qu'ils remontaient la nef collatérale de gauche, les visages pivotaient, les chuchotements chuchotaient. Ils se sont arrêtés devant la Vierge noire, où enfin ils se sont détachés pour se signer tous les deux. Ma mère a pris deux cierges, elle lui en a tendu un, ils les ont allumés à la même flamme et ils les ont plantés l'un à côté de l'autre.

Puis ma mère est montée jusqu'à sa place dans le transept, sans ménager les talons des étroites bottes de cuir qui gainaient ses jambes, Branko dans son sillage. Le chanoine, déjà à l'autel, l'attendait. Sa chaise était libre, naturellement. La dame complaisante qui occupait celle d'à côté l'a cédée à Branko, qui restait en rade, elle est allée s'asseoir dans le chœur où, pour l'occasion, étaient disposés des sièges supplémentaires.

Tadeusz et moi, nous avons trouvé à nous placer quelques rangs plus bas, dans la nef principale, d'où nous avions une perspective en diagonale sur ma mère et son âme damnée. Je suis sûr que Tadeusz aussi pensait à mon père, qui accompagnait ma mère à l'église pour Noël et pour Pâques. Il se dispensait de l'Assomption. Branko avait usurpé sa place.

Au moins, mon père ne communiait pas. Branko, lui, a suivi ma mère, il a reçu l'hostie à la manière ancienne, en tirant la langue au chanoine. Lorsqu'il a regagné sa place, j'ai vu son visage paisible, rayonnant, bienheureux. Une expression aussitôt s'est présentée à mon esprit en ricanant : vraiment, on lui aurait donné le bon Dieu sans confession.

8

Tadeusz

Je comprends les gens que Noël émeut parce que, au moins une fois, cette année-là, j'ai été moi aussi ému, à l'église Saint-Martin, assis à côté d'André, quelques rangées plus loin que maman et Branko. J'étais fatigué. Je m'étais esquinté sur ma bière de Noël qui m'avait servi de premier essai pour mon assaisonnement au chanvre. Les dernières soirées, j'avais couru partout effectuer les livraisons. Et, tout ce temps-là, la mort de Suzanne me trottait sans arrêt dans la cervelle.

Je dormais mal. Des cauchemars affreux me bousillaient les nuits. Ce n'était pas le cadavre de Suzanne ou un forcené armé d'un couteau, du sang, des plaies qui m'apparaissaient, comme on l'attendrait d'un honnête cauchemar de circonstance. Trop gros pour m'impressionner sans doute. Ma machine à rêver me fabriquait des horreurs infiniment plus subtiles, dans le style abstrait, qui auraient fait le bonheur d'un psychanalyste.

Par exemple, je jouais au billard électrique, mais je savais que la boule, c'était moi. Il fallait absolument que je me tape dessus, que je me fasse remonter sans cesse sur le plateau, où je me cognais à tous les butoirs avant de redescendre, attiré irrésistiblement par le sombre orifice du bas entre les deux flippers, dans lequel je finissais par être avalé. Je me réveillais en sursaut, couvert de sueur, obligé d'aller me changer à la salle de bains, avant de me recoucher entre les draps moites.

Après tous ces délires, la messe au milieu de la nuit, dans l'église recueillie et lumineuse, venait à moi comme un rêve heureux. J'étais trop las pour jouer les esprits forts. Je me suis laissé glisser dans l'atmosphère naïve de la célébration, avec ses cantiques pleins d'anges parachutés sur les campagnes, les vapeurs de la cire et de l'encens, les yeux brillants des petits enfants dans le chœur, déguisés en bergers, agenouillés autour de la crèche, les fesses sur les talons. L'étoile accrochée à la voûte braquait son spot sur les santons figés dans le même mouvement d'adoration, comme si le temps s'était tout à coup arrêté.

Moi aussi, j'avais besoin de m'arrêter. Le cours de ma vie avait pris une allure chaotique. Un moment de répit, voilà ce qu'il me fallait. J'en avais pardessus la tête de m'interroger, de chercher à comprendre ce qui s'était passé dans le taillis près de chez Guyaux, d'échafauder des hypothèses. Trop, c'était trop.

Quand la fête de Noël est-elle apparue dans le christianisme ? Après plusieurs siècles, me semble-t-il. Au moment sans doute où les premiers croyants en ont eu soupé de la doctrine, des raisonnements théologiques entortillés sur Dieu, sur l'âme, sur la destinée humaine, qui n'aboutissaient à rien sauf à leur faire perdre leur latin ! Ils en avaient assez de se creuser le citron sans résultat. C'était à désespérer les saints eux-mêmes.

Alors, on leur a balancé un peu de féerie, pour qu'ils prennent leur mal en patience : un enfant né à minuit, couché dans une mangeoire près des museaux calorifiques de l'âne et du bœuf, des pastoureaux avec la foi de charbonniers, le train express des Rois mages accourus de l'Orient et surtout, merveille des merveilles, une vierge qui enfante sans qu'un homme l'ait touchée, pour être seulement passée à l'ombre légère d'un esprit divin.

La vie sans le sexe, il fallait y penser ! Fini la croupe ondoyante de Suzanne, ses seins prêts à s'éjecter, les cabrioles sous les toits, avant la culbute finale contre la lame d'un furieux. Ah, mon Dieu, comme on voudrait y croire quelquefois ! Quel réconfort, la dévotion pour la mère intacte du petit Jésus, pourvu qu'on ait l'âme aussi claire et simple que l'avait maman, par exemple !

L'évangile, que le chanoine a lu avec exaltation, comme s'il nous livrait un scoop, se terminait à peu près par ces mots : « Tous ces événements, Marie les conservait dans le secret de son cœur. » L'assemblée, qui s'était levée pour la proclamation, s'est rassise. À ce moment, maman a légèrement pivoté pour reprendre place en tirant sur les pans de son manteau et j'ai vu son visage rempli de ravissement. J'ai pensé qu'elle aussi gardait bien des secrets au fond de son cœur. Je n'imaginais pas combien cette sainte nuit était prête à me les livrer.

À la fin de la messe, elle est sortie de l'église de la même façon qu'elle y était entrée, accrochée au bras de Branko. Dans le pardessus de papa qu'elle lui avait prêté, il n'avait plus du tout l'allure plus ou moins nomade que lui valait son habituel parka bleu. Il se tenait plus droit, les épaules en arrière, le visage sérieux, un peu embarrassé, comme si toute sa personne devait s'adapter au loden autrichien inusable que papa avait endossé toute sa vie pour venir à l'église.

L'année précédente, lorsque nous nous étions retrouvés sur le parvis, quelques personnes avaient salué maman, se fendant même, pour lui remonter le moral, de compliments en cul-de-poule sur les deux grands fils qui veillaient sur elle dans son malheur. Cette fois, les deux grands fils étaient loin derrière, dans l'encombrement de la sortie. Adieu le deuil, elle s'affichait avec un inconnu qui recyclait déjà la tenue du défunt. S'ils croisaient le regard de maman, les gens lui accordaient tout au plus un signe de tête gêné. Pas à dire, elle s'était vite déniché un gigolo !

Sur le chemin du retour, André a ralenti le pas, il m'a retenu un peu en arrière et, comme maman et Branko passaient sous un lampadaire, il m'a pincé le bras.

« Tu as vu ? Le paletot de papa !

— Maman a voulu qu'il le mette pour aller à la messe. Il n'a qu'un blouson. »

Depuis qu'on avait quitté la maison et pendant tout l'office, André n'avait regardé que ses genoux ou ses chaussures. Quelque chose n'allait pas, c'était sûr.

« Il faut absolument que je te parle, Tadeusz.

— Quoi ? Qu'est-ce qui se passe ?

— Tout à l'heure. »

À la maison, je craignais qu'il ne mette une fois de plus les pieds dans le plat au sujet du manteau, mais il n'a pas desserré les dents. Branko s'est dévêtu du loden sur les bras de maman en la remerciant, ce qui confirmait qu'il ne s'agissait que d'un dépannage. Maman l'a reporté dans la garde-robe du corridor.

Le repas de réveillon a été pénible. Maman faisait de son mieux pour se montrer gaie. Branko essayait bien d'embrayer, mais il gardait un œil prudent sur André, muet, le nez dans son assiette, occupé à découper le blanc de volaille en fines lamelles, comme s'il ne disposait dans la gorge que d'un étroit passage par où les faire passer. Il a vaguement pignoché dans la tranche de bûche que maman lui a servie, puis s'est levé et, sans regarder personne, il a dit qu'il allait dormir.

« Mais enfin, qu'est-ce qu'il y a, André ? a demandé maman.

— Rien, je n'ai pas faim. »

Elle a déposé sa cuiller. Les coudes serrés contre la taille, les poignets sur le bord de la table, elle le regardait en battant des paupières pour contenir les larmes qui submergeaient déjà ses yeux.

« Tu n'es pas gentil, tu sais..., tu n'es pas gentil. »

André a tourné les talons, sans répondre.

Dès qu'il a été sorti, Branko a posé la main sur le bras de maman.

« Il est fatigué, Teresa. Les études sont fatigantes. »

Maman a tamponné ses yeux avec un coin de sa serviette. À part le nez, tout ce qui était si anguleux dans le visage de Branko s'était transformé en courbes. Maman lui a souri. Il s'est retourné vers moi, les traits rendus brusquement à leur géométrie, plus tranchants même que nature. La cicatrice en forme de larme sous son œil droit s'était transformée en lame de couteau.

« Tu dois dire à ton frère qu'il ne peut pas faire de peine à maman. C'est mal. »

Cette patte de velours qui sortait brusquement ses griffes m'a fait froid dans le dos. Ce n'était pas la première fois.

La semaine précédente, le lundi soir, quand les enquêteurs de la BSR étaient venus l'interroger, Branko m'avait déjà fait le coup de cette brutale volte-face.

Il était presque sept heures. Nous allions commencer à souper. Zorba s'est mis à aboyer, puis la sonnette de la porte d'entrée a résonné. Elle marchait à merveille, depuis que Branko non seulement l'avait réparée, mais rendue mélodieuse en réglant le timbre.

Maman est allée ouvrir. Elle est revenue avec deux types habillés comme des jumeaux, en jean et veste matelassée.

« Ces messieurs voudraient te parler, Branko. C'est la police.

— La gendarmerie, madame. Brigade de surveillance et de recherche. Maréchal des logis-chef

Léonard et mon collègue, brigadier Jaspar. Nous voudrions vous poser quelques questions, monsieur. Nous enquêtons sur la mort de Suzanne Bocols. Vous êtes bien employé chez Guyaux ? »

Branko avait déjà la serviette dans l'encolure de son t-shirt. J'étais à table à côté de lui. Il me semblait qu'il avait pâli quand maman avait présenté les deux hommes. Léonard était assez petit, une sorte de Dustin Hoffman avec des moustaches, l'air d'un type à qui on ne la fait pas, l'envers de Jaspar, qui le dépassait d'une tête, mais qui lui tendait sans doute le briquet quand il prenait une cigarette.

Branko s'est tourné vers moi, les sourcils froncés.

« Qu'est-ce qu'ils "dire" ? »

Bien sûr, il ne connaissait pas le français comme Me Capelo, pour lequel il s'était pris de passion à la télé, mais tout de même, l'indicatif présent de « dire », il le possédait tout à fait correctement. Sans réfléchir, je suis entré dans son jeu.

« Ils veulent te parler de Suzanne Bocols.

— Ah ! »

Son visage s'est éclairé.

« Branko ne parle pas bien français, monsieur. »

Plutôt, il n'avait pas envie de se retrouver en tête à tête avec les enquêteurs. Du coup, il leur faisait comprendre qu'il avait besoin de quelqu'un pour traduire les questions en mots à sa portée.

Maman a proposé de passer au salon, ce qui a manifestement soulagé Jaspar qui, au vu des quatre chaises de la cuisine, avait eu le temps de conjecturer qui resterait debout.

Une fois atterri dans son fauteuil, Léonard s'est renfrogné. Trop bas, trop confortable. Une position pour bavarder, pas pour interroger un témoin, sinon un suspect. Il a redressé sa petite personne, le derrière en équilibre sur l'arête avant du siège, les coudes sur les genoux, le ventre contracté certainement, d'où son ton subitement rogneux. Jaspar, lui, s'était calé à l'aise dans l'autre fauteuil, il a sorti un calepin et un stylo d'un maroquin en cuir jaune. Maman, Branko et moi, nous étions sur le canapé, en face.

« Votre nom, c'est bien Hrastov Branko ?

— Oui, monsieur.

— Vous connaissiez la victime ? »

Branko a incliné la tête vers moi, comme si « victime » ne faisait pas partie de son vocabulaire.

« Suzanne. Tu connaissais Suzanne ?

— Suzanne, oui ! Elle fait la cuisine.

— En dehors de la cantine, avez-vous eu l'occasion de la rencontrer ? »

Nouveau regard de Branko.

« Tu as vu Suzanne quand tu n'étais pas chez Guyaux ?

— Non, monsieur.

— Jamais ? »

Il s'est encore rabattu vers moi. Là, je trouvais qu'il exagérait, j'ai répondu à Léonard.

« Nous l'avons vue une fois ensemble dans un café à Neufbourg, à L'Embuscade. »

C'est à ce moment-là que le visage de Branko s'est transformé en hachoir. Un avertissement cinglant, qui n'a pas pris plus d'une seconde. Empressé qu'il était de mettre le témoin sur la sellette, Léonard n'a rien vu. Il avait baissé la tête pour préparer son coup de bélier.

« Effectivement, nous disposons de témoignages selon lesquels vous avez agressé la victime dans cet établissement. Vous l'avez plaquée au sol. »

Il a dû se rendre compte qu'une tirade pareille allait demander mon intervention, il a obliqué vers moi sur les derniers mots. Il voulait provoquer une réponse immédiate, sans laisser à Branko ni à moi le temps de réfléchir.

Mon cœur battait à tout casser. En plus, je voyais maman soudain interloquée, effrayée même, les yeux écarquillés. D'un seul coup, elle apprenait que Suzanne, contrairement à ce que je lui avais soutenu, ne m'était pas inconnue, et qu'il s'était passé quelque chose de suspect entre elle et Branko.

Alors, j'ai dit, en m'obligeant presque à plaisanter : « Plaquée au sol ! Ha, ha ! on n'a pas dû la forcer, c'est elle qui avait un peu forcé sur l'alcool. Elle a glissé, elle est tombée, mais Branko n'y est pour rien. »

Tout de suite, la figure de maman s'est rassérénée, tandis que Branko continuait à faire le nigaud.

« Il ne l'a pas empoignée ?

— C'est elle plutôt qui l'agressait. Elle voulait l'inviter à danser. Elle est revenue plusieurs fois à la charge. Ce que les témoins ont vu, c'est le geste qu'il a fait pour se protéger, il a courbé le dos, quand elle a dérapé derrière lui. Elle a voulu se rattraper à sa chaise, qui a basculé quand il s'est levé. »

J'avais maintenant l'impression excitante de refaire à neuf une scène tout aussi plausible que celle de la réalité. Un remake que j'étais prêt à peaufiner plus encore si nécessaire.

Mais Léonard n'a pas insisté. Il a laissé à Jaspar le temps de tout noter. Puis il a repris :

« Vous êtes yougoslave ?

— Croate.

— Vous avez des papiers ?

— Oui, dans ma chambre. Je peux montrer.

— Vous les montrerez tout à l'heure. Vous avez fait la guerre ?

— Oui. »

Léonard semblait avoir enfin saisi qu'il devait utiliser des mots faciles s'il voulait se faire comprendre. Il a de nouveau baissé la tête pour préparer la question embarrassante à laquelle il voulait arriver.

« Vous avez tué des gens ? »

Branko a soupiré. Cela ne servait à rien de faire semblant qu'il n'avait pas compris, je n'aurais pas pu formuler la question plus simplement. Il a regardé Léonard avec humilité, comme s'il demandait qu'on l'excuse et, oubliant tout à fait son accent, il a dit :

« J'ai obéi aux ordres. »

Sans se soucier de l'ellipse, Léonard a insisté :

« Avec un couteau ? »

Branko a grimacé.

« Pas de couteau, non, monsieur. »

Léonard a fait signe à Jaspar. Ils se sont levés.

« Allez chercher vos papiers. »

Branko est sorti. Alors, comme s'il considérait que nous étions naturellement de son côté, Léonard a adopté un ton confidentiel.

« Vous pensez que ce type est fiable ?

— Mais tout à fait, a dit maman. Il est de Medjugorgje ! »

Le flic n'avait pas l'air de comprendre.

« Medjugorgje, où la Vierge apparaît !

— Ah, d'accord... »

Le lien de cause à effet, visiblement, lui échappait.

« Il va rester longtemps chez vous ?

— Jusqu'à la fin de la saison des sapins.

— Bien. Soyez prudente, tout de même. »

Maman n'a rien ajouté. J'ai bien vu qu'après une pareille réplique, elle considérait Léonard comme une espèce de parano professionnel. Elle s'est rapprochée de moi, m'a adressé un sourire furtif. Elle était trop contente que j'aie soutenu Branko pour se rappeler que je lui avais prétendu que je ne connaissais pas Suzanne.

Branko est revenu avec ses documents. Léonard a jeté un coup d'œil.

« Réfugié politique...

— Si je retourne chez moi, je suis mort.

— Bon, ça va. Ne quittez pas cette maison sans m'avertir. »

Branko s'est rappelé qu'il avait du mal à suivre la conversation, il m'a regardé.

« Je m'en charge, monsieur », ai-je dit en me levant pour les raccompagner. Mes jambes tremblaient.

Le reste de la semaine jusqu'à la soirée du réveillon, j'ai à peine vu Branko, et jamais seul. Nous mangions le soir ensemble, c'est tout. J'étais débordé. Chez Guyaux, c'était pareil, d'autant que les ouvriers avaient perdu une demi-journée pour assister aux funérailles de Suzanne. Je n'y suis pas allé, je ne voulais pas me faire remarquer.

Pour quelle raison avais-je menti aux gendarmes ? Pour aider Branko. Il était chez nous depuis deux mois, une certaine camaraderie d'homme à homme s'était installée entre nous, qui me plaisait après une année passée seul avec maman. En dépit de la différence d'âge, il me respectait pour mon travail, parce que j'avais su maintenir et développer la brasserie. Lui-même ne se couchait pas sur l'ouvrage. Les jours de congé, il bricolait dans la maison du matin au soir. Maman était transformée, gaie, bien plus heureuse que du temps de papa. Comment ne pas voler au secours de l'homme à qui nous devions une vie nouvelle après des mois de deuil ?

N'empêche, ce mensonge me pesait sur l'estomac. Pourquoi Branko m'y avait-il poussé d'un simple coup d'œil ? Qu'est-ce que la vérité avait de si dérangeant ? Suzanne l'avait surpris en lui plaquant les mains sur les yeux par-derrière, il lui avait volé dans les plumes : simple réflexe de soldat. Une technique qu'on enseignait aux sentinelles sans doute. Qu'est-ce que ça prouvait ? Rien du tout. Au contraire, cette algarade avait remis Suzanne à sa place une fois pour toutes. S'il y avait bien quelqu'un qui n'avait plus rien à voir avec elle, c'était Branko.

Évidemment, cette brutalité subite le rendait suspect. Malgré ses belles déclarations pacifistes, par moments, il me faisait peur. Il était comme Zorba, une bête affectueuse qui vous logeait sa bonne truffe dégoulinante d'affection dans la main, mais capable de sortir brusquement les crocs et de vous les poser en bracelet si vous enfonciez la brosse à étriller dans sa toison.

Après la bûche, maman nous a encore servi un verre de Monopolowa. Nous avons choqué nos verres. Cette vodka traditionnelle ressemblait à un pacte entre nous, qui me gênait, parce que André n'était pas là. J'ai voulu commencer à débarrasser. Maman m'en a empêché, elle allait s'occuper de la vaisselle avec Branko. Je les ai laissés.

Quand André est venu me réveiller, j'avais l'impression d'avoir dormi longtemps déjà. Il n'était que trois heures un peu passées. Il était assis sur mon lit, il tirait sur ma veste de pyjama.

« Arrête ! Qu'est-ce qui te prend ?

— J'ai quelque chose à te dire à propos de Branko.

— Quoi ? »

Je me suis redressé contre la tête de lit pour ne plus avoir le plafonnier dans les yeux.

« J'ai vu le portrait de la femme qu'on a tuée, Suzanne, dans le journal, tout à l'heure. Branko avait une photo d'elle dans la chambre du meunier.

— Hein ? Où ça ?

— Dans son sac de voyage, je l'ai vue.

— Tu es allé dans sa chambre ?

— Oui, pendant le congé de la Toussaint.

— Il t'a fait venir ?

— Mais non, j'y suis allé quand il n'était pas là.

— Et tu as fouillé dans son sac !

— Quand il a logé dans ma chambre, je suis sûr qu'il m'a pris des choses. Je voulais vérifier.

— Des choses ? Quelles choses ?

— Peu importe ! Des choses que j'avais dans un tiroir… Mais je te dis qu'il avait une photo de la fille.

— La photo du journal ?

— Cette photo, je te répète que je l'ai vue à la Toussaint ! Une photo personnelle, provocante, les seins à l'air. Sacrilège même, on voit un crucifix derrière elle. Une photo qu'il avait prise d'elle sûrement, sur laquelle elle avait écrit : "À ton bon plaisir..." Oui, mon vieux, "À ton bon plaisir..." Branko couchait avec elle, c'est clair. Ça a dû tourner au vilain entre eux. »

Un moment, j'ai pensé que je rêvais. Mais André me houspillait. Il avait posé la main sur ma jambe, plus il s'échauffait, plus il serrait.

« Qu'est-ce qu'on fait, Tadeusz ? On va voir les flics ? »

Que répondre ? Inconsciemment sans doute je sentais qu'incriminer Branko, c'était aussi m'accuser d'avoir menti à propos de L'Embuscade. Et maman ? Maman qui avait tellement confiance en lui. On ne pouvait rien faire sans en parler d'abord avec elle.

Brusquement, on est redevenus deux petits garçons face à une situation qui les dépassait, deux enfants qui se tournaient vers leur maman.

On est allés jusqu'à sa chambre, mais là, nouveau coup d'assommoir, le lit était vide !

On est descendus à la cuisine. Personne. La porte vers l'extérieur était fermée avec le verrou et, dans le corridor, à l'entrée principale, la clé était dans la serrure.

Incompréhensible. Du moins pour André car, à ce moment, j'ai pensé au grand placard au bout du couloir de l'étage. Depuis des années, maman voulait en faire un dressing. Il aurait fallu installer l'éclairage, des étagères, des penderies. Papa l'avait toujours promis, Branko l'avait réalisé, un week-end de pluie.

On est remontés, j'ai ouvert et nous avons constaté que Branko avait rétabli la porte qui permettait de passer directement du placard dans la chambre du meunier.

9

André

Le bon Dieu sans confession, ce n'est pas seulement à Branko qu'on aurait pu le donner. On l'aurait offert tout aussi bien à ma mère, puis à Tadeusz ! Après le repas de réveillon, lorsque je suis allé le retrouver pendant la nuit pour le mettre au courant de la photo de Suzanne, quand nous avons décidé de prévenir ma mère, la dernière chose à laquelle je me serais attendu, c'est qu'elle ne soit pas dans sa chambre.

Le lit était impeccablement fait, les draps tirés au cordeau, les oreillers retapés intacts, la pièce entière dans l'état inchangé où je l'avais aperçue au congé de Toussaint, lorsque, errant dans la maison, j'avais entrouvert la porte. Ma mère avait rejoint Branko. À l'instant, je l'ai su. Avait-elle seulement utilisé sa chambre depuis la Toussaint ?

Tadeusz n'a pu réprimer une grimace. Il avait compris, lui aussi. Il m'a entraîné au rez-de-chaussée pour le principe, le temps d'encaisser le coup, car je pense qu'il ne se faisait pas la moindre illusion : il n'y avait rien à voir en bas. Il fallait remonter les escaliers, aller jusqu'au bout du couloir, ouvrir le placard restauré par les soins diligents de Branko et accepter la vérité, face à la porte de la chambre du meunier équipée de sa clenche et de ses gonds tout neufs, qui brillaient dans la lumière du néon accroché au linteau.

Du placard, on est ressortis immédiatement, de peur qu'un bruit quelconque passe à travers la porte, un remuement de corps accolés ou une horreur plus terrible encore. Tadeusz soufflait comme s'il avait couru. Il n'a pas pu retourner dans sa chambre. Il est venu dans la mienne et s'est couché dans le lit où Branko avait dormi au début.

Nous nous sommes retrouvés comme autrefois, quand nous étions petits, lorsque nous partagions la même chambre. Pour nous dire bonsoir, ma mère nous signait sur le front, puis mon père venait. C'est lui qui fermait la lumière. Après quoi, nous nous parlions de lit à lit, dans le noir, jusqu'à ce que l'un, emporté par le sommeil, ne réponde plus à l'autre qui demandait : « Tu dors ? »

Un long moment, nous sommes restés sans un mot. Nous pensions à notre mère couchée à quelques pas de nous dans le lit d'un étranger. Si nous étions malades autrefois, elle venait nous voir pendant notre sommeil. Elle nous passait la main sur le front pour sentir la fièvre. Elle portait des chemises de nuit en soie fines, douces et légères comme des robes de soirée. Était-elle passée à pas de loup devant notre porte dans une de ces tenues pour rejoindre Branko ? C'était intolérable. Cette image, j'avais beau essayer de la chasser, elle voulait à toute force s'introduire dans ma tête.

C'est Tadeusz qui, le premier, a rompu le silence. Les mots s'étranglaient dans sa gorge.

« On lui parlera au ma... matin.

— On parlera à qui ?

— À maman.

— De la photo ?

— De la photo et du reste. Je ne t'ai pas tout dit à propos de *L'Embus...cade.* »

Alors, il m'a enfin expliqué ce qui s'était réellement passé à L'Embuscade, comment Branko avait arraché Suzanne du sol par les avant-bras et l'avait expédiée au tapis, comment il s'était excusé, puis avec quel empressement il avait voulu la relever, ce qui était plus suspect encore parce qu'il ne semblait pas contrôler cet accès de violence.

Ainsi, tout le monde mentait dans la maison, ma mère qui prétextait la charité pour roucouler avec un inconnu, Tadeusz qui en était à la ixième version concernant Suzanne, et Branko, évidemment, la source infectée qui corrompait tout le reste.

Quand je me suis réveillé, il faisait clair. Le radio-réveil indiquait dix heures. J'avais sombré dans le sommeil comme une pierre au fond de l'eau : totale inconscience, que la nuit m'offrait alors, dans laquelle tout disparaissait et dont je n'émergeais qu'à regret bien souvent.

L'espace d'un instant, quand j'ai ouvert les yeux, Branko n'a pas existé. Nous étions dans la vie d'avant. Je m'attendais même que la voix de mon père résonne dans l'escalier pour nous houspiller.

Il ne supportait pas les lève-tard. Penché sur moi, le visage raide de Tadeusz, qui sentait l'eau de Cologne dont il s'inondait le matin, m'a ramené à la réalité.

Je me suis apprêté. Nous sommes descendus ensemble à la cuisine. Ma mère était seule, devant l'évier. Elle épluchait des légumes. Elle avait passé un tablier sur sa jupe de tailleur et sur un chemisier blanc tout neuf, relevé de broderies rouges en forme de fleurs au-dessus de la poitrine, un accoutrement polonais inédit, à moins que ce ne fût déjà un cadeau croate.

Elle s'était habillée pour le jour de Noël. Elle aurait certainement souhaité que nous fassions de même. En d'autres temps, elle nous aurait rabroués. Mais elle était trop à son bonheur sans doute. Elle souriait. Elle devait déjà sourire avant notre arrivée. Nous n'ajoutions rien à la béatitude où l'avait plongée sa nuit avec Branko. Mon baiser sur sa joue s'est posé comme un intrus.

Devant son bol de café, Tadeusz ne cessait de m'adresser de petits hochements de tête pour me pousser à donner le coup d'envoi. Finalement, c'est lui qui s'est jeté à l'eau.

« Branko n'est pas là ?

— Il est sorti voir aux étangs. Ils ont gelé. Il voulait briser la glace devant les vannes. »

Ça nous donnait du temps. Tadeusz me pressait du regard. En quelque sorte, lui aussi avait brisé la glace. À mon tour, maintenant.

« Il y a un problème avec Branko, maman.

— Oui, je sais, André : tu ne l'aimes pas. C'est parce que tu ne le connais pas.

— Toi non plus, maman, je crois que tu ne le connais pas.

— Oh si, je le connais ! Je le connais très bien. »

Il y avait une telle assurance, une sérénité si candide dans ses yeux que cela m'excitait à les lui dessiller.

« Branko avait une photo de Suzanne dans son sac de voyage.

— De Suzanne ? Quelle Suzanne ?

— Tu sais bien : Bocols. La femme assassinée.

— Et alors ? »

Une pointe d'inquiétude a percé son regard, mais elle s'est ressaisie.

« Et d'abord comment le sais-tu ?

— Comme ça. J'ai ouvert son sac. »

Elle a secoué la tête. Elle pensait sûrement : « C'est du joli... » J'aurais préféré qu'elle le dise carrément, au lieu de jouer la réprobation muette, cela m'aurait rendu moins méchant. J'ai enfoncé le clou. Probablement, elle s'imaginait encore que Branko avait découpé une photo dans un journal

« Ce n'était pas n'importe quelle photo, c'était une photo à elle, une photo personnelle qu'elle lui avait donnée, et, en plus, excuse-moi, maman, mais elle était à moitié nue. Puis, au-dessous, elle avait ajouté une invitation tout à fait explicite, de sa propre main. »

Ma mère est restée bouche bée, comme une petite fille qui vient de recevoir un soufflet sans raison et qui ne sait pas encore si elle doit croire en une mauvaise plaisanterie ou pleurer sans plus attendre. Tadeusz a volé à sa rescousse.

« L'invitation n'était pas aussi claire que ça. En fait, on ne sait pas si…

— Arrête, Tadeusz ! Raconte plutôt ce qui s'est passé réellement à L'Embuscade. »

Ma mère l'a dévisagé d'un air incrédule, comme si elle ne pouvait imaginer qu'il avait partie liée avec moi contre elle.

« Qu'est-ce qui s'est passé, Tadeusz ? Tu m'as tout expliqué, non ?

— Pas vraiment, maman…

— Quoi ?

— En fait, Branko a vraiment empoigné cette femme. Elle n'a pas glissé. C'est lui qui l'a basculée par terre.

— Mais devant les gendarmes, tu as pourtant dit…

— Je ne voulais pas que tu t'inquiètes. »

Voilà, il avait réussi à redresser sa position de fils préféré.

Ma mère nous a tourné le dos. Elle s'appuyait des deux bras au bord de l'évier, la tête en avant comme si elle allait se sentir mal. Puis elle a fait face de nouveau, le visage si désemparé que j'aurais voulu me lever, lui demander pardon, la prendre dans mes bras. Je pense qu'elle m'aurait mordu plutôt. Elle m'a transpercé du regard.

« André, s'il te plaît, va chercher Branko. Il faut qu'il m'explique. »

Pourquoi moi ? Parce que, si elle devait rester seule avec l'un de nous deux, elle aimait mieux que ce soit avec Tadeusz, c'était clair.

Je suis passé par le vestibule pour prendre mon manteau. Dans la penderie, tout au bout des cintres, débordaient les épaules rouges de la canadienne Goose que mon père portait pour le travail en hiver. Il l'avait rapportée du Québec, l'année où il était allé rendre visite à un responsable de la brasserie Labatt à Montréal. Je me voyais mal aborder Branko dans mon petit rase-pet d'étudiant. J'ai endossé la canadienne, j'ai tiré le capuchon jusque sur mes yeux.

Dehors, il gelait à pierre fendre, le ciel était dégagé, la lumière tranchait comme une lame de rasoir. Les étangs étaient pris. Branko était assis de dos sur la traverse de la grosse vanne, Zorba à ses pieds. De longues halenées de cigarette fusaient sporadiquement devant lui.

Zorba, le premier, m'a senti approcher. Il s'est mis à grogner. Peut-être, dans sa conscience de chien, a-t-il cru voir réapparaître son patron disparu, alors qu'il s'était déjà voué à un autre. Branko s'est penché et lui a passé la main dans la fourrure sous la gueule en lui murmurant quelque chose dans sa langue. En même temps, il m'a aperçu.

Il est descendu de la traverse, il s'est saisi de la bêche posée contre le montant, avec laquelle il avait disloqué la glace devant les panneaux. La lame polie par son travail brillait au soleil. Il a aspiré une dernière bouffée et, d'une chiquenaude, il a envoyé son mégot sur l'étang.

« Ne dis pas à maman que je fume ! » m'a-t-il lancé. Les joues en accordéon, l'œil engageant. Comme il aurait été plus simple de faire ami-ami ! Naturellement je suis resté impassible.

« Justement, elle voulait vous parler. Elle m'envoie vous chercher.

— Me parler de quoi ?

— Vous verrez bien. »

Le parfait message du larbin qui se replie derrière son maître.

Rentrer de conserve, pas question. J'ai marché devant, à quatre ou cinq mètres. Zorba, que j'ai voulu siffler, est resté collé à la cuisse de Branko.

À la cuisine, ma mère était assise en face de Tadeusz à présent. J'ai laissé la porte ouverte derrière moi : Branko est entré dans le courant d'air.

« Viens t'asseoir, je t'en prie. »

Elle l'a invité avec une extrême douceur. Il a endossé son parka à la chaise, j'ai fait pareil avec la canadienne paternelle, à laquelle elle n'avait pas prêté la moindre attention.

« André prétend que tu as une photo de Suzanne Bocols dans ton sac. »

Elle a commencé posément, comme une maîtresse d'école qui ne veut pas brusquer un gamin trahi par des fayots avant l'explication qui pourrait bien leur clouer le bec. Branko m'a considéré sans colère, comme j'aurais pu le craindre, étonné, plutôt, attristé.

« Tu as regardé dans mon sac ?

— Oui.

— Ah… »

La même répréhension tacite que ma mère tout à l'heure.

« Je cherchais ce que vous m'avez pris.

— Qu'est-ce que je t'ai pris ?

— Quand vous logiez dans ma chambre.

— Quoi ?

— Vous le savez bien : dans le tiroir de mon bureau.

— Je n'ai jamais touché à ton bureau.

— Comment pourrait-on vous croire ? Vous mentez sans arrêt. Vous avez menti au sujet de Suzanne Bocols. »

Il m'a laissé de côté. Il a répondu pour ma mère seulement.

« Je ne voulais pas te faire de peine, Teresa. »

Elle a esquissé un sourire. Apparemment, le seul qui voulait lui faire de la peine, c'était moi. Tadeusz et Branko avaient pris le chemin du retour en grâce.

« Mais cette photo ? a-t-elle demandé comme par acquit de conscience déjà.

— Suzanne me l'a donnée à la cantine. Nous passons devant elle avec le plateau, elle nous sert, elle donne aussi une serviette en papier. La photo était dans la serviette.

— Pourquoi a-t-elle fait ça ?

— Suzanne me voulait, Teresa. Elle me demandait tous les jours.

— Pourtant, tu l'avais sérieusement malmenée à L'Embuscade. »

Cette fois, les yeux de Branko se sont portés sur Tadeusz qui, depuis le début, rivait les siens à son bol de café refroidi.

« Tu as dit à maman, Tadeusz ?

— Oui.

— Tout ?

— J'ai dit ce que tu avais fait au juste à Suzanne quand on était à L'Embuscade.

— Bon… Elle m'avait attrapé par-derrière, Teresa. J'ai été surpris. Une fois, un homme m'a attaqué comme ça. Un soldat. J'ai failli mourir. Tu comprends, j'ai eu peur. Je ne voulais pas faire du mal à Suzanne.

— Ah, bien… Mais après ça, comment pouvait-elle te relancer ? C'est ridicule.

— Ridicule pour toi, peut-être. Suzanne cherchait un homme brutal. Pour se faire peur. Il y a des femmes qui veulent ça. Moi, je n'aime pas la violence, tu le sais, Teresa. »

Ma mère avait rendu les armes. Sa main droite, sur la nappe, a amorcé un mouvement vers Branko, mais elle l'a ramenée vers elle, tandis que lui inclinait les paupières et la tête, pour montrer qu'il avait reçu le message cinq sur cinq.

« Cette photo, alors, pourquoi l'avoir gardée ? » ai-je insisté, moins par curiosité que pour enfoncer un coin dans leur complicité.

Branko s'est recueilli un moment, comme s'il devait aller à la recherche de l'explication très loin au fond de lui-même.

« Chez Guyaux, j'ai mis la photo dans ma poche. Je ne voulais pas que les autres la voient. Je pensais la détruire quand je serais seul, ici, dans ma chambre. Alors, je l'ai regardée. J'ai eu pitié de cette femme. Je l'avais jetée par terre. Je ne pouvais pas la déchirer. Suzanne n'était pas méchante, seulement très seule. »

En disant cela, il a lorgné vers Tadeusz. Tadeusz aurait pu confirmer que Suzanne était une bonne fille. Il en connaissait un bout sur elle. Mais il n'a pas ouvert la bouche.

Moi, j'ai relancé Branko :

« Elle n'était pas exactement dans une tenue à faire pitié !

— Pour toi, peut-être, André.

— Pas pour vous ?

— J'ai vu des femmes nues à la guerre, beaucoup, quand les soldats prenaient un village. C'est triste. »

Ma mère, cette fois, n'a pu contenir sa main. Elle l'a posée sur les doigts de Branko qui reposaient sur la table, épaissis par la besogne des dernières semaines, qui avait laissé des traces de glu noire au bord des ongles.

« Tu aurais dû expliquer tout comme cela quand les gendarmes sont venus.

— Les gendarmes ne peuvent pas comprendre, Teresa. Regarde André, il ne comprend pas. Si je dis tout aux gendarmes, ils penseront que j'ai tué Suzanne.

— Tu crois que Branko a tué Suzanne, André ? »

Comment aurais-je pu répondre sincèrement à ma mère ? C'était comme si elle me demandait de la tenir pour complice de ce meurtre.

« Non, non… bien sûr. »

Elle m'a souri, rien qu'un peu, mais enfin. Elle a retiré sa main des doigts de Branko, lentement, en y laissant le sillage d'une caresse. Puis elle lui a dit :

« S'il te plaît maintenant, va chercher cette photo. »

Il était étonné, comme Tadeusz et moi, mais il voyait bien que c'était ma mère désormais qui prenait les décisions.

Il a remis son parka et est sorti de la cuisine. Il aurait pu monter à l'étage et passer par le placard, mais c'était un raccourci prématuré encore, et qu'il ne devait jamais prendre de toute façon.

Une fois Branko dehors, ma mère est allée jusqu'à la cuisinière, a soulevé le couvercle et a jeté une poignée d'éclisses de chêne pour raviver la flamme. Puis elle a recommencé à éplucher ses légumes.

Tadeusz s'est levé. Il s'est penché vers la corbeille près de la cuisinière.

« Je vais te rechercher quelques bûches.

— Non, laisse. Pas maintenant. »

Il est resté à demi plié, une main appuyée sur la rambarde du fourneau.

« On ne voulait pas de mal à Branko, tu sais.

— Je sais, je sais, Tadeusz. »

Il m'a décoché une œillade pleine de reproches, à croire que l'idée de parler à ma mère n'était pas de lui.

Branko est revenu, une enveloppe à la main. Ma mère a soulevé le rabat, a dégagé la photo et l'a considérée un moment, une contraction de dégoût aux coins de la bouche.

Alors, elle a saisi le tisonnier, a retiré une nouvelle fois le couvercle du fourneau, d'où le feu a jailli en éternuant des étincelles, et elle y a jeté la photo.

10

Tadeusz

Je suppose que les flics ne travaillent pas le jour de Noël, ou alors qu'ils respectent une trêve vis-à-vis des criminels, comme cela se pratique même à la guerre. On range les munitions, on installe un sapin, on ouvre une boîte de dinde en conserve et on s'envoie des signes d'amitié par-dessus les tranchées. Le lendemain, on recommence à se canarder. En tout cas, Léonard et son fidèle acolyte Jaspar sont restés dans leurs cantonnements ce jour-là. Ils ne sont arrivés que le lendemain, le temps, pour moi, de digérer les événements.

D'abord, les explications que Branko nous avait fournies le matin concernant ses relations avec Suzanne. Qu'elle l'ait provoqué, comme il l'a expliqué, qu'elle l'ait harcelé, qu'elle lui ait refilé la photo d'elle en pin-up qu'il est allé chercher dans sa chambre et qu'il a donnée à maman, ce n'était pas pour m'étonner. Je l'avais assez fréquentée. Elle était du genre conquérant, elle aimait avoir le dessus, quitte à se désintéresser de son jouet dès qu'il avait suffisamment gigoté entre ses griffes. J'étais tout prêt à croire Branko, au moins par lâcheté, et maman l'était plus encore, par conviction, au point qu'elle a tout simplement jeté la photo de Suzanne au feu. Du même coup, elle m'a ôté un fameux poids du cœur.

Car cette photo, qui avait tellement choqué André, lui qui ne crachait pas sur les effeuilleuses de *Playboy*, que maman avait considérée juste un instant avec mépris, mais que personne n'avait cru bon de me faire voir, nul ne la connaissait mieux que moi : c'est moi qui l'avais prise. À l'instant où André m'avait dit qu'on voyait un crucifix à l'arrière-plan, je l'avais compris.

Un dimanche après-midi, Suzanne et moi avions fait une balade en forêt. Il pleuvait, mais on s'asphyxiait dans sa mansarde. Nous étions tombés sur un pavillon de chasse, une simple cabane en rondins, dans laquelle se trouvaient une table, des bancs et un poêle en fonte muni d'une porte de foyer vitrée. Un relais où les chasseurs se réchauffent, où on apporte la soupe de midi, les jours de grande battue. J'ai allumé le feu. Très vite, la chaleur s'est répandue dans la pièce. L'anorak de Suzanne avait percé. Elle l'a mis à sécher avec son pull. Elle s'est assise en tailleur devant la flamme, qui faisait monter du rouge à ses joues.

J'ai voulu prendre une photo. J'étais très amoureux d'elle. C'étaient les débuts, si proches déjà de la fin en fait, j'étais atteint du ramollissement caractéristique des premiers temps de l'amour. J'avais acheté un petit Kodak jetable dans l'idée d'avoir son portrait dans mon portefeuille. Je n'avais pas osé le lui dire.

J'ai tiré l'appareil de ma poche, mais elle s'est récriée :

« Ah non ! »

Je ne voulais pas insister, je me rendais compte de ma niaiserie quand, brusquement, elle a changé d'avis : « Après tout, pourquoi pas ? Mais pas comme ça. »

Elle s'est levée, a déboutonné son chemisier, a fait riper son soutien-gorge jusqu'à la taille. Du coup, j'avais autre chose dans la vue que le crucifix pendu au mur.

Je n'ai pas fait développer à Neufbourg. J'ai confié l'appareil à un grand magasin de Liège où le tirage est effectué par des machines. Il a fallu que j'aie le résultat en main pour remarquer le christ, parfaitement visible vu l'absence de profondeur de champ avec un objectif si élémentaire. Sa présence m'embarrassait, Suzanne sûrement la trouverait d'un goût douteux.

Quand je lui ai fait voir le résultat, elle l'a examiné longuement, puis elle a déclaré : « Y a pas à dire, elle est foutûment réussie… » Sur le crucifix, rien. Elle n'avait vu qu'elle.

Elle a approché la photo de ses lèvres et elle l'a baisée.

« Tu en reprendras une autre. Celle-ci, je la garde pour moi si tu veux bien. »

Je n'ai jamais eu l'occasion d'en reprendre une deuxième. Souvent, j'ai repensé à cette scène, elle, la bouche sur ses seins, précisément comme les dévots embrassent un crucifix. Elle n'avait même pas prêté attention à ce détail du décor, c'est sa propre chair qu'elle vénérait comme un ostensoir.

Était-elle narcissique, sujette à des perversions qui l'ont conduite à sa perte ? Je ne voudrais pas qu'on le croie. Simplement, elle ne comprenait pas la pudeur. Le bikini, par exemple, comme elle me l'avait fait remarquer un jour, c'était pour elle le comble du ridicule, si on y pensait bien. Comment les femmes pouvaient-elles s'imaginer que ces deux bouts de chiffon constituent un costume et non une sorte de sparadrap sur leur sexe ? Suzanne était comme une petite fille, elle trouvait la nudité aussi naturelle que les vêtements, question de circonstances.

Elle aimait son corps. Elle en était satisfaite. Au lit, souvent, elle l'examinait, elle le vérifiait en quelque sorte, avec affection. Peut-être aussi, à certains moments, avec compassion, à cause de tout ce que le corps de la femme peut lui valoir d'incompréhension face aux hommes.

C'était la raison, me semble-t-il, pour laquelle elle avait baisé sa photo, comme on baise une châsse. Dans ce corps dévoilé se révélait toute la fragilité de son être exposé au monde, qu'elle défendait maladroitement, à coups de provocations. Après tout, le Christ lui-même sur la croix ne s'offre-t-il pas nu, lui aussi, aux yeux des croyants ?

Est-ce que Branko avait communié au corps de Suzanne après moi ? Je préférais repousser cette idée. Envers et contre tout, j'aurais voulu que Suzanne n'ait été qu'à moi, ou, à la rigueur, à quelques inconnus. Je ne pouvais la partager avec un homme qui vivait sous mon toit, qui mangeait à la même table et qui, pour tout arranger, passait ses nuits avec ma propre mère. C'était tout bonnement insupportable. Un jeune et un vieux beau, copains comme cochons, qui se tapaient la même fille ! À vomir…

Maman non plus ne pouvait souffrir la pensée d'une liaison entre Branko et Suzanne. Ses raisons ? Pas besoin de chercher midi à quatorze heures. Lorsqu'elle avait balancé la photo dans le fourneau, ce n'était pas un indice de l'éventuelle implication de Branko dans le meurtre de Suzanne qu'elle éliminait, – sa culpabilité, elle n'aurait même pas pu l'envisager à ce moment-là –, elle se débarrassait de la femme qui avait prétendu rivaliser avec elle. Dans sa nudité, elle ne voyait qu'une manœuvre grossière qui insultait à l'image qu'elle s'était créée de Branko. Son Branko ne pouvait fantasmer sur une créature de ce genre. Branko était un être délicat, un présent du Ciel, envoyé par papa sinon par la Vierge Marie en personne. Dans cette épiphanie, Suzanne jouait le rôle du démon femelle, qu'elle avait repoussé dans les flammes de l'enfer.

J'approuvais maman. Elle avait fait ce que j'aurais voulu moi-même, détruire cette photo, ma photo à moi ! Comment Suzanne avait-elle pu la laisser filer entre les grosses pattes de Branko ? Je lui en voulais. Mais, en même temps, par ce geste de dépit si typiquement féminin, maman contresignait le constat qui s'était imposé à André et à moi au cours de la nuit : elle était la maîtresse de Branko, elle allait le retrouver dans la chambre du meunier depuis Dieu sait quand.

Plus la journée de Noël avançait, plus cette révélation m'obsédait. Elle supplantait peu à peu dans mes ruminements l'aigre souvenir de Suzanne posant dans la cabane des chasseurs et les protestations de bonne foi de Branko.

Au début de l'après-midi, il est sorti. Les deux dernières semaines, le brouillard était resté plaqué au sol. Le jour n'était qu'une espèce de nuit transparente, laiteuse, mouillée par un crachin glacial. Pour la première fois, le grand froid ramenait un temps clair et sec. Une atmosphère qui, d'après Branko, rappelait la Croatie. Il s'est éloigné vers les étangs gelés, accompagné de Zorba, dans l'intention absolument inutile de continuer à casser de la glace, comme il l'avait fait le matin.

André est monté dans sa chambre pour continuer à préparer ses examens. Est-ce que Branko l'avait convaincu de son innocence ? Je ne sais pas. Il lui en voulait trop sans doute depuis que ses *Playboy* avaient disparu de son bureau. J'aurais dû lui avouer depuis longtemps que c'était moi qui les avais chopés le jour de l'arrivée de Branko, quand j'avais cherché les jumelles dans sa chambre, mais maintenant, c'était un peu tard.

Maman s'affairait à la cuisine. Elle avait poli les couverts en argent de sa ménagère Minerve à soixante-deux pièces, les avait rangés dans l'écrin, et l'écrin dans le buffet de la salle à manger aux côtés du service Boch, d'où ils ne ressortiraient que pour l'agneau de Pâques. Moi, j'étais dans le salon, englué au divan, aussi morne que le sapin de Noël. Je l'entendais qui préparait la pâte des crêpes de sarrasin, à la liégeoise, comme papa les aimait. Le soir de la fête, elle en servait toujours pour souper.

La télé déversait ses inepties de saison, des sauts à ski ou des chanteurs bronzés dans la neige, je ne sais plus. De toute façon, je ne pensais qu'à elle. L'évidence de sa liaison me glaçait lentement le sang dans les veines. Ni moi ni André n'y avions fait la moindre allusion en sa présence. J'étais pétrifié. Incapable même d'aller la retrouver à la cuisine comme je l'aurais fait autrement, pour causer avec elle, ou m'asseoir sans plus à la table, tourner les pages d'un journal, heureux de sentir sa présence. Je ne pouvais pas. Depuis le matin, je n'avais pas osé lever une seule fois les yeux sur les siens. J'avais peur de ce que je pourrais y rencontrer, l'empreinte qu'y aurait laissée sa nuit avec Branko.

J'ignore si ce qui se passait en moi était bien normal. Je pose la question. Ce serait l'occasion ou jamais de tirer le célèbre lapin Œdipe du chapeau de la psychanalyse ! Avis aux amateurs ! Je me payais peut-être un complexe à retardement. D'une façon ou d'une autre, je devais être un peu demeuré, mais l'idée que maman faisait l'amour avec un nouvel homme me levait le cœur.

Les petits enfants ignorent à quel manège secret les parents se livrent quand ils ferment soigneusement la porte de leur chambre. Le père et la mère eux-mêmes se gardent bien de lever ne fût-ce qu'un coin du voile. Poussés dans leurs ultimes retranchements, ils évoquent des petites graines qui poussent dans le ventre maternel. Sur l'ensemencement lui-même, c'est le black-out, comme s'il s'était opéré en terrain fangeux. Ensuite, arrivés à l'adolescence, les enfants s'imaginent que les parents ont passé l'âge de pareils tripotages qui, en dépit d'une initiale répugnance, les attirent à leur tour irrésistiblement.

Il faut bien que ces choses aient été, pourtant, afin que nous venions au monde. Soit... Mais alors, une seule fois, des œuvres d'un seul homme, le père tout-puissant, en vertu de ses pouvoirs illimités. La naissance, comme la mort, doit avoir quelque chose d'unique.

Maintenant qu'elle s'était prêtée à Branko, maman était-elle encore ma mère ?

L'année où papa était parti au Québec pour obtenir une exemption des droits de brevet de Labatt sur leur procédé de filtrage – j'avais dix ans et André huit –, maman nous avait permis de dormir avec elle dans son lit.

Dès qu'on était en pyjama, on se glissait entre les draps et on l'attendait. Elle se brossait les dents à la salle de bains, puis apparaissait en robe de chambre. Elle fermait la lumière. La robe de chambre glissait comme un battement d'ailes de ses épaules sur le siège de sa coiffeuse. Elle s'approchait avec une bouffée de chaleur et de parfum de violette. Elle me faisait passer de l'autre côté, en sorte de nous avoir de part et d'autre, ses petits gardes du corps, comme elle disait. On s'endormait, arrimés à ses flancs, la tête au creux de ses épaules, protégés par ses bras repliés sur nous.

La nuit, quelquefois, le bonheur m'éveillait. Dans la lueur phosphorescente du réveil électrique, j'apercevais les traits de son visage, si purs, si abandonnés. Je pensais qu'elle m'appartenait. C'était notre trésor, à André et à moi, mais surtout à moi, je le savais, ne serait-ce que parce que, dans son sommeil, elle inclinait toujours la tête de mon côté.

C'est tout cela que Branko avait usurpé.

Le jour de Noël, j'ai commencé à me détacher de lui pour de bon. Une sourde rancœur s'est insinuée en moi. Et le lendemain, quand les flics sont revenus, je n'ai pas pris sa défense, comme je l'avais fait la première fois.

Il était huit heures, le jour se levait à peine, lorsqu'ils sont arrivés. Maman, Branko et moi, nous déjeunions. J'avais du travail très tôt à la brasserie. André n'était pas levé, peut-être pour ne pas avoir à se trouver à table avec Branko. Zorba s'est mis à aboyer. À cause du froid, il passait la nuit à l'intérieur du moulin. Entendre des intrus qu'il ne pouvait pas voir le rendait plus irritable que jamais.

Je suis sorti. Dans la cour, il y avait non seulement la Golf GTI de la BSR, fringante comme un pursang à côté du canasson de Branko, mais un break occupé par deux types en civil, plus un Combi ordinaire de la gendarmerie. Léonard, penché sur la portière du break, était en conversation avec le conducteur. Les mots sortaient de sa bouche, accompagnés de petits jets de vapeur qui fusaient dans l'air glacé. Debout, à côté de lui, cigarette au bec, Jaspar vaporisait l'atmosphère lui aussi, les mains en poche, sa serviette en cuir jaune coincée sous un bras.

J'ai ouvert la porte du moulin, ce qui a réduit les aboiements de Zorba à des grognements de principe. Du coup, Léonard s'est aperçu de ma présence, il s'est approché.

« Le Croate est là ?

— Oui, à la cuisine. Pourquoi ?

— Tu vas voir. »

Ce n'était pas le tutoiement d'un plus vieux s'adressant à un jeunot, c'était une proposition de familiarité entre gens de connivence plutôt, une sorte de clin d'œil avant la surprise. Il est allé jusqu'au Combi pour donner un ordre aux gendarmes en uniforme. À regret, le convoyeur est descendu et s'est posté près de la Golf de Branko en soufflant entre ses doigts.

« Allons-y ! » a lancé Léonard.

Jaspar a expulsé son mégot sans tirer les mains de ses poches. Nous nous sommes dirigés vers la cuisine par l'extérieur. Sur le seuil, Léonard a salué maman seulement, comme si Branko assis en face d'elle n'existait pas. Elle n'avait pas passé la nuit avec lui. Je m'étais relevé deux fois pour m'assurer qu'elle était dans sa chambre. Ses yeux sont passés, inquiets, sur Branko, avant de toiser Léonard.

« Qu'est-ce qui se passe encore ?

— Désolé de vous déranger, madame Broncart. Nous devons poursuivre nos investigations à propos de M. Hrastov.

— Quelles investigations ?

— Des investigations qui pourraient bien l'amener devant le juge d'instruction, madame. Dans l'immédiat, nous allons devoir procéder à une perquisition. Nous avons un mandat. Jaspar ? »

Jaspar s'est avancé jusqu'à la table. De sa serviette, il a extrait un document qu'il a posé sur la nappe sous le nez de maman. Elle n'a pas daigné le regarder.

« Qu'est-ce que vous allez perquisitionner au juste ?

— Votre domicile, puisque M. Hrastov habite ici.

— Toute la maison ?

— Je le crains.

— N'y comptez pas, commandant.

— Maréchal des logis-chef.

— Maréchal ou n'importe quoi, je vous dis que vous n'allez pas mettre à sac la maison d'une pauvre veuve. Branko n'occupe pas toutes les pièces, que je sache. Je lui loue une chambre dans le moulin, point à la ligne. Celle-là, vous pouvez y aller. »

Léonard a soupiré. Il a ramassé le mandat, l'a relu en silence, puis a déclaré :

« Bon. Nous allons commencer par la chambre et la voiture. Ensuite, j'aviserai. »

Il s'est tourné vers moi en reprenant le vouvoiement officiel :

« Vous pouvez montrer cette chambre aux gendarmes qui sont dehors ? Puis il a tendu la main vers Branko : Les clés de la voiture ?

— C'est ouvert », a murmuré Branko sans le regarder.

Je suis ressorti devant Jaspar. Les flics en civil pactisaient avec Zorba. Je les ai introduits dans la chambre du meunier. Sur un mot de Jaspar, ceux du fourgon avaient tout de suite ouvert la Golf de Branko.

Nous sommes revenus à la cuisine. André était levé. Forcément, avec tout ce raffut. Il était debout à côté de maman, le dos contre l'évier, où elle avait débarrassé la vaisselle du repas. Machinalement, elle faisait couler de l'eau. Je me suis placé de l'autre côté de maman. Nous l'entourions.

Branko était resté assis, face à Léonard maintenant, qui avait pris la place de maman, mais après avoir éloigné la chaise de la table, comme s'il voulait garder ses distances. Léonard a fait signe à Jaspar de se joindre à eux. Il a sorti son calepin.

« Donc, je reprends ce que vous venez de me déclarer. Vous pouvez encore modifier votre déposition si vous constatez que vous avez commis une erreur ou si quelque chose vous revient à l'esprit. Le dimanche 10 décembre, vous n'avez pas quitté le moulin ?

— Non, monsieur.

— Vous êtes bien sûr ? Ni le matin ni le soir ?

— Non.

— Madame Broncart, vous affirmez que M. Hrastov est resté ici toute la journée du 10 ?

— Oui.

— Tout le temps ?

— Tout le temps.

— Vous étiez présente ici sans discontinuer ?

— Oui. Enfin, sauf pour la messe.

— C'est-à-dire ? À quel moment ?

— Un peu avant onze heures, jusqu'à midi, midi trente. »

Il a laissé le temps de noter à Jaspar, puis il s'est adressé à moi :

« Votre frère a déclaré qu'il n'était pas là, le 10, mais vous, vous étiez présent.

— Oui.

— Vous êtes allé à la messe ?

— Non.

— Est-ce que vous confirmez que M. Hrastov a passé la journée sur place, sans s'absenter à quelque moment que ce soit, notamment dans la matinée ? »

Spontanément, j'aurais pu confirmer. Il ne m'était jamais venu à l'esprit que Branko aurait pu s'éloigner de la maison ce dimanche-là, pas plus que les autres dimanches. Pourtant, tout bien réfléchi, je n'en savais rien ; après mon habituelle sortie du samedi soir, j'étais resté au lit jusqu'à midi.

Léonard m'avait amené sur le fil du rasoir. Je pouvais tirer Branko d'embarras ou jeter le doute sur ce qu'il avait pu faire pendant que je dormais et que maman était à l'église. Est-ce la volonté de dire la vérité qui s'est imposée à moi, ou le désir obscur, je ne dirais pas de perdre, mais de désarçonner l'homme qui s'était emparé de maman ? Il se gardait soigneusement de lever les yeux vers moi. Il sentait que Léonard scrutait son visage, à l'affût du moindre signe compromettant. De ce fait, il n'a pas pu me prévenir d'une de ses œillades féroces.

« Je suppose qu'il était là, oui.

— Vous supposez ?

— Pour tout dire, je dormais. J'ai dormi jusqu'à ce que maman m'appelle pour le repas de midi. Donc, je ne sais pas vraiment si…

— D'accord, a coupé Léonard.

— Mais qu'est-ce que ça veut dire à la fin ? s'est exclamée maman. Quelle importance que Branko ait été ici ou ailleurs ?

— Quelle importance, madame Broncart ? Figurez-vous que nous avons de sérieuses raisons de penser que Suzanne Bocols a été assassinée ce dimanche-là, le 10 décembre, à la fin de la matinée.

— Et alors ? Branko n'a rien à voir avec cette histoire.

— C'est vous qui le dites. Malheureusement, nous, nous pensons qu'il a beaucoup plus à voir dans ce crime que vous ne le croyez. Jaspar, montre le billet, s'il te plaît. »

Jaspar a retiré de sa serviette une feuille de papier protégée par une chemise en plastique transparent. Il l'a posée sur la table. Maman s'est approchée, André et moi à ses côtés. Sur le billet, on pouvait lire, d'une écriture ronde et sensuelle : « Branko, je t'attendrai demain, dimanche à onze heures, à la cantine, chez Guyaux. » Sous le texte, un cœur était dessiné, transpercé d'une flèche.

Maman s'est redressée, épouvantée. Elle a pivoté la feuille vers Branko. Il l'a examinée, avec une espèce de résignation de victime innocente, puis à maman il a dit d'une voix lasse : « Des billets comme ça, elle m'en a glissé quelques-uns, Teresa. Celui-là – dimanche ? – ça ne me dit rien ! Je ne m'en souviens même pas ! »

Maman a reculé jusqu'à l'évier sans lui répondre, sans le regarder. Il y a eu un moment de silence. Trop d'événements nous assaillaient, il y avait un embouteillage qui devait d'abord se résorber. Puis la sonnette de l'entrée a retenti comme pour la fin de l'entracte.

Je suis allé ouvrir. C'était un des flics en civil, un sachet au bout du bras. Il voulait voir Léonard.

À la cuisine, il a salué maman qui ne disait plus un mot.

« La perquisition est terminée, chef. Il n'y a rien d'intéressant dans la chambre, on a juste emporté son baluchon pour le labo. Est-ce qu'on fouille la maison ?

— Non ! » s'est récriée maman.

Le flic, perplexe, a attendu la réaction de Léonard.

« Je crois que c'est inutile.

— Bien. Dans l'auto, voilà ce qu'on a trouvé jusqu'ici. Mais il faudrait l'emmener au garage de la gendarmerie. »

D'abord, de son sachet, il a sorti la courroie de l'alternateur, qu'il a posée sur la table.

« Une courroie de génératrice, apparemment sectionnée. »

Ici, Branko a finalement levé les yeux vers moi, pas du tout menaçant. Il avait l'air de s'excuser.

Alors, le flic a posé une boîte plate en aluminium noir sur la table. Il l'a ouverte. Elle contenait des bistouris, des ciseaux, des pinces, tout un attirail d'instruments tranchants qui brillaient comme les couverts de la ménagère de maman.

« C'était dans le coffre, à côté de la roue de secours.

— Qu'est-ce que c'est ? a demandé Léonard.

— Ma boîte césarienne Holtex.

— Césarienne ?

— Pour les vaches, je suis vétérinaire, enfin j'étais vétérinaire, dans mon pays.

— Et tout ça, ça sert à ouvrir le ventre ?

— Oui. »

Léonard affichait la mine réjouie du chasseur de trésor qui vient d'exhumer un magot inespéré. Il s'est levé.

« Eh bien, monsieur Hrastov, cette fois, je crois que vous allez devoir nous accompagner. »

11

André

Le jour de Noël, après que ma mère eut jeté la photo de Suzanne Bocols au feu, de quoi avais-je l'air ? D'un goujat qui fouille dans la valise de l'hôte de la maison, d'une langue de vipère qui accuse à la légère, d'un fils ingrat qui prend plaisir à saccager le maigre bonheur de sa mère. J'avais honte.

Jusqu'au lendemain, je suis resté l'oreille basse, enfermé dans ma chambre où je tentais de penser à autre chose, plongé dans les mathématiques. Le matin, je n'arrivais pas à me lever pour descendre déjeuner. Ce sont les voitures de la gendarmerie qui m'ont tiré du lit.

Les portières claquaient. Je suis allé à la fenêtre. Un petit trapu aux épaules d'haltérophile, affublé d'un grand escogriffe, sortis tous deux d'une Golf GTI, briefaient les occupants d'une station-wagon et d'une fourgonnette. Trois véhicules ! Une descente de police en bonne et due forme ! Apparemment, les choses tournaient au vinaigre pour Branko.

Aussitôt, à la lumière de ce spectacle prometteur, ma honte a commencé à fondre. Ainsi donc, les soupçons que Branko m'avaient obligé à ravaler devant ma mère n'étaient pas que le produit de mon esprit pervers. Les gendarmes, eux aussi, avaient reniflé quelque chose de louche. L'espoir en moi, si, du moins, on peut appeler espoir l'attente réjouie du malheur d'autrui, reprenait du poil de la bête.

Dehors, Tadeusz est arrivé à son tour. Il est reparti avec les deux enquêteurs vers la cuisine. J'avais hâte d'assister à la suite, mais j'ai pris le temps de m'apprêter, de me raser, de m'habiller. Je voulais tenir mon rôle dignement. De la famille, j'étais le seul qui avait les mains nettes, le seul qui avait vu clair.

À la cuisine, j'ai trouvé le petit costaud attablé face à Branko. Ma mère trempait la vaisselle. Elle n'a pas fait un mouvement vers moi, je l'ai embrassée près de l'oreille et je me suis posté à côté d'elle, le dos à l'évier, comme s'il convenait désormais de bien marquer les camps, nous, la famille ressoudée, face à l'intrus, dont nous étions séparés par l'officier de police. Lorsque Tadeusz, qui était ressorti avec l'autre gendarme, est revenu, il s'est rangé instinctivement à nos côtés.

Branko était isolé désormais, à distance, les yeux baissés. Elle était bien loin son assurance de la veille devant la photo de sa soupirante ! C'est que la BSR avait beaucoup mieux à opposer à ses faux-fuyants : un rendez-vous à son nom, en toutes lettres, sur un billet de la main de la victime pour le dimanche où l'assassin l'avait expédiée dans l'autre monde ! Qu'est-ce qu'il disait de cela ?

D'où les enquêteurs tenaient ce brûlot qui aurait dû logiquement se trouver entre les mains de son destinataire, alors qu'ils n'avaient pas encore commencé à perquisitionner, personne, ni ma mère, ni Tadeusz, ni moi-même, n'a songé à poser la question. Nous étions groggy. Ce rendez-vous, c'était un coup de barre autant pour Branko que pour nous et, pour ma mère, un terrible retour de bâton, elle qui avait éliminé, sans vouloir y prêter foi, un autre élément à charge de l'homme qu'elle croyait aimer. Si les policiers avaient pu voir la photo de cette dégrafée, quel poids supplémentaire dans la balance !

Jusqu'à ce qu'ils emmènent Branko, nous sommes restés bouche cousue, comme si la moindre parole pouvait leur mettre la puce à l'oreille, découvrir en nous les complices qui avaient soustrait des pièces à la justice. Pour récuser le message de Suzanne à Branko, il aurait fallu quelqu'un qui ait la tête froide, un observateur dégagé des sentiments contradictoires qui nous brouillaient l'esprit, un avocat.

Quand nous nous sommes retrouvés seuls, d'abord ma mère a terminé la vaisselle. Elle a lavé lentement les tasses, les soucoupes, les couverts, elle les a rincés, les a mis à sécher, sans un mot. Puis elle a dénoué son tablier, elle l'a accroché à la patère, comme si les tâches ménagères de la matinée étaient terminées, qu'elle devait être présentable pour autre chose. Alors, enfin, elle a levé les yeux sur nous.

« Je vais téléphoner à Bulteau. »

Bulteau, c'était l'avocat qui avait assisté mon père à l'époque où il avait eu ses problèmes avec le brevet Labatt. Mon père avait été condamné, mais assez légèrement et, après son voyage à Montréal, les Québécois avaient laissé tomber, se rendant compte que sa brasserie ne pouvait leur causer plus de préjudice qu'un pipi de chat dans le Saint-Laurent. Ensuite, Bulteau était devenu un familier épisodique de la maison. S'il était de passage, il s'arrêtait toujours. Mon père ne le faisait pas asseoir au salon, comme les gens importants, mais à la cuisine, comme les amis. Il ne repartait jamais sans un pack de Crochepatte, que ma mère lui fourrait entre les mains par gratitude.

Ma mère est passée dans le salon pour l'appeler. Nous tendions l'oreille, mais elle n'a pas eu l'occasion de parler. Elle est tombée sur un répondeur qui lui a appris que le cabinet était fermé jusqu'au 2 janvier.

De retour à la cuisine, elle avait passé son manteau. Elle l'avait retiré au passage de la penderie du corridor.

« Il est sur répondeur. Je vais aller jusque chez lui.

— Je t'accompagne, a dit aussitôt Tadeusz.

— Mais non, tu as du travail à la brasserie.

— Les routes sont verglacées, maman, on n'a même pas de pneus neige, je préfère aller avec toi. »

Elle lui a souri. Se soumettre à Tadeusz, elle adorait. Ils sont partis.

J'ai emporté deux crêpes froides qui restaient de la veille et je suis monté à ma chambre, mais je n'y suis pas entré. Dans le couloir, mes yeux ne pouvaient se détacher du placard du fond. J'ai avalé mes crêpes, j'y suis entré, j'ai poussé la porte de la chambre du meunier. C'était bien la seule de la maison qui ne grinçait pas, qui ne raclait pas le plancher, ou qui ne coinçait pas contre le chambranle.

La pièce, une vraie glacière. Il n'y avait pas de chauffage, seulement un appareil électrique primitif qui datait de l'époque du meunier, une résistance nue fixée au centre d'une parabole en aluminium. Un gadget des années cinquante, qu'on appelait « soleil ».

Petits, quand on jouait aux pirates, Tadeusz et moi, on l'allumait parfois, bien que mon père nous l'eût strictement interdit. Si on éteignait le néon du plafond, le « soleil » répandait dans la pénombre une lueur qui teignait de rouge tendre la pièce entière. Le visage de Tadeusz devenait rose et doux comme celui d'une fille, ses yeux s'assombrissaient, ses lèvres luisaient. C'était troublant. Un soir, brusquement, il m'avait embrassé à pleine bouche, puis m'avait planté là et s'était enfui, épouvanté par ce qui lui avait pris.

Est-ce que Branko avait allumé le « soleil » pour ma mère ? Sûrement, avec ce froid. Le cagibi s'était rempli de sa lumière crépusculaire, elle s'était communiquée à leur peau saisie par la passion. Ils ne s'étaient pas étreints dans le noir, mais dans cet éclairage de bonbonnière, de maison close.

Aux gendarmes, fouiller la pièce n'avait demandé que quelques minutes certainement. Ils y avaient trouvé moins encore que dans la Golf, d'où ils avaient extrait une courroie sans intérêt et une trousse de chirurgie vétérinaire. La chambre était pratiquement vide. Ils avaient déplacé le lit, les pieds étaient décalés par rapport aux marques profondes qu'ils avaient imprimées dans le plancher. Ils avaient retourné le matelas, l'avaient sondé peut-être. Il ne restait plus rien de Branko. Son sac, ils l'avaient emporté. Il me semblait seulement que l'odeur de violette que portait ma mère flottait encore dans l'air. Mais les descentes de police ne s'intéressent pas aux parfums, ni à ce que les murs ont pu voir ou entendre. Ces perquisitions sont réservées à l'esprit malsain des fils envieux de leur mère.

Je suis repassé dans le placard. Machinalement, je cherchais la clé de la porte. Je l'ai aperçue, pendue à une cheville que Branko avait plantée dans le linteau. J'ai fermé à double tour, je suis passé à la salle de bains, je l'ai jetée dans la cuvette des toilettes, et j'ai tiré l'eau.

Tadeusz et ma mère sont rentrés vers midi. Bulteau acceptait de défendre Branko. Il devait donner des nouvelles dès que possible. Derrière le dos de ma mère, Tadeusz m'a adressé une grimace sceptique.

À partir de ce moment et jusqu'à la fin, elle devait passer son temps à se ronger les sangs. Il n'était pas question d'en parler avec nous. Elle se replia sur elle-même, elle nous adressait la parole comme d'un pays lointain où elle s'était retirée, peut-être du morceau de Pologne qu'elle avait emportée avec elle, qui restait au fond de son âme, abandonné depuis des années. Ses sentiments véritables, elle ne les laissa jamais paraître qu'en présence de Bulteau, à destination du juge d'instruction, comme si ces étrangers pouvaient mieux la comprendre que ses propres enfants.

Le juge en charge de l'affaire fut Max Ramont, un magistrat qui, à l'époque, s'était taillé dans les affaires de pédophilie une réputation de discrétion et de rigueur absolues. Ce jour même, après que la BSR eut auditionné Branko, il lui décerna un mandat d'arrêt. Branko fut transféré aussitôt à la prison du chef-lieu.

Nous n'avons appris ces événements que le soir par un coup de téléphone de Me Bulteau. Tadeusz avait pris l'appel. Nous étions dans le salon, où ma mère venait de brancher la télé sur la chaîne locale, espérant et craignant que les derniers développements de l'affaire Bocols seraient évoqués. Mais rien n'avait encore transpiré de l'opaque bureau du juge Ramont.

Tadeusz a enclenché le haut-parleur du téléphone. Bulteau a expliqué qu'il n'avait aucune précision sur les considérants du mandat d'arrêt.

« Demande s'il a pu voir Branko, a glissé ma mère.

— Je vous entends, Teresa. Non, je n'ai pas vu M. Hrastov. Le juge d'instruction interroge le suspect sans avocat. C'est la loi. Mais je pourrai le rencontrer demain.

— J'irai avec vous, si vous voulez bien.

— Ce n'est pas possible, Teresa. Excepté pour l'avocat, il y a un délai de trois jours avant les visites. »

Il a ajouté quelques formules professionnelles, que rien n'était joué, qu'il fallait attendre d'avoir accès au dossier, qu'il allait solliciter du juge un interrogatoire récapitulatif. La péroraison s'adressait à ma mère.

« Teresa, vous m'entendez ?

— Oui, oui.

— Je ne veux pas préjuger du fond de cette histoire, ni dans un sens ni dans un autre. J'ai parlé avec Léonard de la BSR. On se connaît. Ce sera très difficile, je préfère vous le dire. Vous avez fait plus que votre devoir, Teresa. Vis-à-vis d'un simple locataire, c'est très chic de votre part. Mais ne prenez pas sa cause trop à cœur. C'est un parfait inconnu, on ne sait pas grand-chose de lui. Vous ne lui devez rien. »

Ma mère n'a pas répondu. Bulteau, à ce moment, n'était pas au courant de ses sentiments. Elle pensait que personne ne l'était d'ailleurs, car elle ne pouvait soupçonner que Tadeusz et moi savions ce qui se passait dans la chambre du meunier. Elle était seule. Elle devinait que Branko était dans de beaux draps. Mais ma mère était une croyante, pas seulement en matière de religion, de toute sa personne.

Elle concevait certainement les mêmes doutes que nous à propos de Branko. Cependant, elle ne s'y arrêtait pas, contrairement à nous, qui restions assis entre deux chaises, indécis. Elle avait choisi l'innocence de Branko, parce qu'un élan instinctif l'y poussait au plus profond d'elle-même. Elle ne savait pas si Branko était irréprochable – tout semblait indiquer le contraire –, elle voulait qu'il le soit à cause de cet instinct auquel elle se fiait aveuglément.

Si la morale consiste à conformer ses actions aux règles de la raison, on peut dire que ma mère était une personne totalement amorale. Pour autant, elle n'aurait pas fait de mal à une mouche. Par exemple, il n'y avait certainement aucune idée de fraude chez elle, quand elle nous a dit : « La photo de cette femme, la photo que j'ai brûlée, il ne faudra jamais en parler à personne. D'accord ? »

Comme nous ne réagissions pas, elle a insisté sur le ton cassant qu'elle pouvait adopter tout à coup lorsque nous avions commis une incartade autrefois.

« Vous allez me promettre ! Tadeusz ?

— Oui, maman. »

Elle commençait toujours par le maillon faible. Qu'est-ce que j'aurais pu dire après ?

« André ?

— D'accord. »

Le lendemain soir, Bulteau a téléphoné une nouvelle fois. Il avait rencontré Branko et, aussitôt après, il avait fait valoir au juge que son client n'avait pas bien compris les questions lors de son interrogatoire. En conséquence, il avait obtenu une nouvelle entrevue avec l'assistance d'un interprète, à laquelle il serait présent. Un interprète croate, cela ne se trouve pas sous le pas d'un cheval. Il fallait en faire venir un de Bruxelles, ce qui demandait vingt-quatre heures.

C'est donc seulement le jeudi à la fin de l'après-midi que Bulteau se présenta à la maison. Il n'y était pas venu depuis la mort de mon père. Assis à la table de la cuisine, tandis que ma mère lui servait une Crochepatte, il regardait pensivement autour de lui. Depuis l'arrestation de Branko, mon père était bien loin de nos pensées. En somme, il a fait son retour avec Bulteau. On le sentait présent parce que Bulteau n'était jamais là, à la table, sans mon père en face de lui. Dans quelle mélasse, on s'était mis en son absence !

L'entrevue avec le juge Ramont s'était très mal passée. Branko avait parfaitement compris les questions au premier interrogatoire, Ramont le savait. Il voulait simplement éviter de prêter le flanc à une faute de procédure dont Bulteau se serait immédiatement emparé. L'interprète – un Bosniaque, on n'avait pas pu dénicher un Croate – était intervenu au début, mais il avait bientôt compris qu'il n'était d'aucune utilité. Ce qui l'avait mis d'aussi mauvaise humeur que le juge.

« Je ne vous dis pas l'ambiance ! »

Bulteau tentait de dédramatiser, de tirer un sourire à ma mère. Il n'avait nullement l'intention de la convaincre qu'il avait la situation en main. Au contraire, il la jouait modeste, il avait tout à fait conscience qu'il n'était pas un champion du barreau. Il était dépourvu du cynisme requis : faire passer le faux pour le vrai et le vrai pour le faux, ce n'était pas dans ses cordes. Trop honnête.

Ça se voyait tout de suite sur sa bonne figure en forme de poire, le cou et les joues glabres évasés d'un seul tenant, le crâne posé dessus, presque nu, garni de quelques rares cheveux plaqués en arrière comme des coups de crayon, les yeux d'un bleu délavé, limpides, des yeux d'enfant, qu'il n'avait jamais songé à remplacer pour un regard d'adulte. Il était prêt à accompagner Branko, mais pas à contre-courant de la vérité, au fil des révélations, telles qu'elles allaient apparaître.

Quels indices de culpabilité le juge Ramont avait-il retenus ? D'abord, les témoignages recueillis par la BSR auprès des journaliers de Guyaux. Tous avaient remarqué que la victime faisait du gringue à Branko. Mme Guyaux elle-même avait reçu les confidences de sa cuisinière : elle avait l'intention de mettre Branko à son tableau de chasse.

Les avances, Branko ne les niait pas, mais il prétendait qu'il n'y avait jamais répondu. Tout au contraire ! Il avait repoussé cette femme brutalement lors de leur première rencontre à L'Embuscade.

« Il a dit "brutalement" au juge ? s'est étonné Tadeusz.

— Oui. Il l'avait fichue par terre. Pourquoi ?

— Pou… Pour rien. »

Il était devenu blanc comme un linge.

« Cela dit, le juge en a profité pour lui demander si ça lui arrivait souvent de s'emporter de cette façon.

— Jamais, jamais ! a protesté ma mère.

— C'est un homme qui a fait la guerre, vous savez, Teresa. Il l'a dit au juge. »

Bulteau voyait bien que ma mère était déjà très inquiète. Pourtant, il n'en était pas encore venu à la pièce principale, le billet d'invitation adressé à Branko par la victime pour le jour du meurtre. Ce billet, la veille de sa mort, Suzanne Bocols l'avait confié à un journalier dans une enveloppe pour qu'il le transmette à Branko. Le type le lui avait remis. Branko avait décacheté l'enveloppe devant lui, puis il l'avait fourrée dans une poche arrière de son jean. En travaillant, l'autre la lui avait subtilisée dans l'idée de lire le message devant tous les ouvriers, le soir, aux vestiaires. Une vanne pas très subtile, à laquelle il avait finalement renoncé, parce que Branko lui faisait peur. Du coup, il avait conservé le billet.

« Branko a reconnu qu'il avait reçu le billet ? a demandé ma mère.

— Oui.

— Il s'en souvenait ?

— Mais oui. »

Elle était aussi pâle que Tadeusz.

« Toutefois, il affirme qu'il n'a pas répondu à l'invitation.

— Non, ce dimanche-là, il était ici.

— Il y a malheureusement un long moment en fin de matinée où personne ne peut dire avec certitude qu'il était ici. Et le lieu du crime n'est qu'à dix kilomètres. »

Ma mère a baissé la tête. Bulteau voyait bien qu'elle était accablée. Je suppose qu'à partir de ce moment, il a compris que Branko était plus qu'un hôte de passage.

La place de mon père à table était restée inoccupée. Plutôt que de m'y mettre, j'avais préféré m'appuyer debout à la rambarde du fourneau. Les yeux de Bulteau revenaient sans cesse à la chaise vide. S'il avait accepté de défendre Branko, ce n'était pas seulement pour ma mère, sans doute, mais d'abord pour mon père. Maintenant, il se sentait en porte-à-faux.

Ma mère l'a bien perçu car, au moment où il s'est levé après avoir avalé le fond de son verre de bière, elle lui a dit en posant la main sur son bras :

« Jacques aurait été d'accord avec moi, Xavier, j'en suis sûre. S'il était là, il vous demanderait de défendre Branko. » Et elle s'est tournée vers le haut bout de la table, comme si elle prenait son ombre à témoin.

Bulteau a acquiescé d'un hochement de tête. Sa femme l'avait quitté quelques années plus tôt pour un motif curieux, qu'il avait confié à mon père comme à une des rares personnes qui pouvaient le comprendre : il était trop gentil ! Depuis, sans doute, plus rien ne pouvait l'étonner de la gent féminine.

Branko devait comparaître en chambre du conseil le samedi. La chambre devait statuer sur sa remise en liberté ou la prolongation de sa détention. La comparution donnait à son avocat accès à son dossier, au plus tard la veille.

Tout ce qu'il savait déjà depuis l'interrogatoire récapitulatif du juge d'instruction, Bulteau put l'y retrouver noir sur blanc. Mais, en plus, il prit connaissance du rapport d'autopsie.

Les derniers aliments absorbés par la victime étaient les brioches que la patronne de L'Embuscade lui avait offertes le dimanche matin où elle l'avait vue pour la dernière fois. La mort devait donc se situer le dimanche en fin de matinée. Mais il y avait autre chose : le coup mortel.

Le coup n'avait pas été porté par un instrument ordinaire, comme un couteau de cuisine, qui demande de l'acharnement et provoque toutes sortes de contusions annexes. Il n'y avait qu'une unique entaille, pratiquée à l'aide d'un instrument particulièrement affûté, qui n'avait provoqué qu'une faible effusion de sang avant d'aller sectionner net une artère vitale. Du travail de professionnel, concluait le légiste, comme s'il saluait un confrère chirurgien.

12

Tadeusz

Malgré la gêne entre nous, je ne voulais pas que maman se retrouve seule. Le vendredi après l'arrestation de Branko, elle était autorisée à aller le voir à la prison du chef-lieu. Les visites commençaient l'après-midi, je lui ai dit que je l'accompagnerais. J'ai vu sur son visage passer un peu de reconnaissance, comme une éclaircie.

La veille, *Le Courrier de l'Ardenne* avait titré sur l'arrestation d'un suspect dans l'affaire Suzanne Bocols. L'article se fondait sur un communiqué du parquet indiquant qu'un ressortissant étranger, originaire de la fédération de Bosnie-Herzégovine, du nom de Hrastov Branko, journalier employé par les entreprises Guyaux de Neufbourg, avait été placé sous mandat d'arrêt par le juge Ramont. Une photo prise à l'entrée de la localité, sur laquelle on voyait à l'avant-plan la plaque Wermont et à l'arrière, un peu floue mais parfaitement identifiable, notre maison, chapeautait le texte, munie de la légende « La discrète retraite où logeait Hrastov ».

Tout en se précautionnant du principe de présomption d'innocence, le reporter faisait état de quelques impressions recueillies sur le vif auprès des collègues de l'homme sous les verrous. Hrastov était un individu renfermé, taciturne, susceptible de sautes d'humeur violentes. Il avait certainement combattu en Yougoslavie. Son avocat, Me Xavier Bulteau se refusait à toute déclaration. « Réserve ou embarras ? » concluait la gazette, que j'avais emportée à la brasserie de peur que maman ne tombe dessus.

À cette question, après avoir entendu le compte rendu de ses premières démarches, que Bulteau nous avait fait à la fin de la journée, nous aurions certainement répondu : « Embarras ». L'avocat de papa, que maman avait voulu engager, n'avait guère tourné autour du pot : pour lui, Branko était mal embarqué, autant se faire tout de suite à l'idée.

Maman était désappointée. Elle avait mis ses espoirs en Bulteau, et elle constatait qu'il ne lui serait pas d'un grand secours. Moi-même, j'étais persuadé désormais que Branko nous avait caché beaucoup de choses, et pas seulement qu'il l'avait séduite. Mais je ne voulais pas qu'elle se sente abandonnée. Elle me faisait pitié.

À la prison, dans le hall d'entrée, quelle contenance adopter ? Les gens qui faisaient la queue devant le guichet où l'on montre ses papiers nous dévisageaient. Tiens, des nouveaux ! Sauf quelques vieux, c'étaient des femmes surtout, certaines empêtrées de petits enfants, toutes avec une touche de vulgarité, cheveux à moitié décolorés, bourrelets aux hanches, doigts jaunis par la nicotine, mais pas plus accablées que si elles prenaient un ticket pour le cirque. Leurs faciès un rien sarcastiques affichaient : « Bienvenue au club ! Pas la peine de faire cette tête ! Les détenus, c'est comme les malades dans les hôpitaux, il faut leur faire croire que tout va bien, qu'ils ont bonne mine et que peut-être les médecins les laisseront sortir plus tôt que prévu. C'est qu'on pourrait vous en remontrer, ma belle dame, nous autres, les idiotes qui avons épousé des petites frappes ! »

Maman préférait les ignorer. Elle baissait les yeux en signe de souffrance, elle incarnait l'innocence bafouée par l'erreur judiciaire. J'essuyais seul les regards et, en forçant sur mon air gêné, je demandais qu'on veuille bien l'excuser de ne pouvoir s'acoquiner sur-le-champ.

Au parloir, des espaces cloisonnés ménageaient un peu d'intimité aux couples et à leurs enfants. Les autres visites étaient dispersées autour de tables blanches en formica. Lorsque la porte s'est ouverte sur Branko, il est d'abord resté figé au même endroit, tandis que ses yeux nous cherchaient dans la salle. Quand il a repéré notre place, son visage s'est éclairé curieusement, une moitié, pour ainsi dire, heureuse, à l'adresse de maman, et l'autre contrariée.

Il s'est approché. Maman s'est levée. Si je n'avais pas été là, ils se seraient jetés dans les bras l'un de l'autre, c'était clair comme deux et deux font quatre. Mais Branko s'est arrêté à un pas devant maman.

« Merci, Teresa, merci d'être venue. »

Ses yeux étaient désolés, ceux de maman, gonflés de larmes.

J'ai dit :

« Vous voulez un café ? Maman ? Branko ? Je vais vous en chercher un. »

Il y avait une machine au fond de la salle à côté d'un sapin de Noël qui avait déjà perdu la moitié de ses aiguilles. Je suis allé remplir deux gobelets en carton. Je les ai poussés devant eux. Ils tenaient leurs mains par-dessus la table, ils ont dû les lâcher. Je suis retourné à la machine pour me servir. De loin, je les voyais chuchoter.

À mon retour, maman posait toutes sortes de questions à Branko sur la nourriture, sur son sommeil, sur ses journées. Elle l'a assuré que Bulteau était très optimiste pour la chambre du conseil du lendemain. Évidemment, a-t-elle ajouté d'une voix blanche, l'invitation de cette femme pour le dimanche de sa disparition, son fameux billet, était assez embarrassant.

Elle espérait que Branko lui ôte l'écharde que Bulteau avait plantée la veille dans sa chair. Le jour de son arrestation, devant elle, il avait juré ses grands dieux qu'il ne se souvenait plus dudit billet. Comment se faisait-il, au dire de l'avocat, qu'il avait retrouvé la mémoire devant le juge d'instruction ? Elle était sûre qu'il y avait une explication, mais laquelle ? S'il pouvait la lui donner…

Branko cependant ne bronchait pas. Alors, j'ai décidé de tailler dans le vif.

« Ce billet, en fin de compte, tu te rappelais bien l'avoir reçu ? »

Il m'aurait giflé de grand cœur, mais il s'est contenu pour répondre à maman uniquement.

« Je ne l'avais pas oublié, Teresa... Seulement, je ne voulais pas le dire devant toi. J'avais peur que tu penses...

— Je comprends, Branko.

— Suzanne m'envoyait tout le temps des mots comme ça. Je les déchirais, tu penses bien. Celui-là, je n'ai pas pu, le type qui coupait à côté de moi me l'avait pris dans la poche. Je ne voulais pas des invitations de Suzanne. Tu me crois ?

— Bien sûr, Branko, bien sûr.

— C'est pour ça que j'ai menti devant toi. Devant le juge, je n'ai rien caché. J'ai dit la vérité.

— Pendant que tu y étais, tu lui as aussi avoué comment ça s'était réellement passé à L'Embuscade, ai-je ajouté à titre de pavé dans notre petite mare personnelle.

— Oui, j'ai tout dit. Mais c'est toi, Tadeusz, qui as inventé l'autre histoire devant les policiers. C'est toi qui as dit que Suzanne avait glissé parce qu'elle avait trop bu.

— Alors, là, c'est la meilleure ! Ce que j'ai dit, c'était pour toi, pour te sortir du pétrin. Et, à présent, qu'est-ce qui va m'arriver à moi, hein ? Quand les flics apprendront que je les ai baratinés ? Ça, tu t'en bats l'œil !

— Tu diras que tu n'avais pas bien vu, c'est tout.

— Ben voyons ! Et ils avaleront la pilule !

— Écoute, ce n'est pas très grave, Tadeusz, a dit maman comme si elle s'adressait à un enfant pleurnichard. Branko a raison, tu aurais pu te tromper.

— Mais maman ! maman ! C'est pour toi aussi que j'ai arrangé les choses, parce que je voyais que tu étais complètement désemparée quand Léonard a dit que Branko avait fichu Suzanne par terre. Je voulais te rassurer. J'avais mal au cœur pour toi.

— C'est gentil, Tadeusz, c'est très gentil, sauf que, peut-être, ton frère et toi, vous me prenez un peu pour une idiote parfois, une débile qu'il faut protéger de tout. Je ne suis pas en porcelaine, tu sais, je ne suis pas une potiche. »

Comme si elle m'avait cassé les bras et les jambes !

Une fois, on avait huit ou neuf ans, André et moi, elle nous avait déjà fait un coup semblable. C'était la fête des mères. La veille, on avait commis une bêtise quelconque, peu importe laquelle, je ne m'en souviens plus, et papa nous avait envoyés au lit sans manger. Le matin, on avait tout oublié, on s'était levés très tôt, avant nos parents, et on était allés cueillir deux brassées de fleurs, des reines-des-prés, des renoncules qui poussent au printemps au bord des étangs. Maman se levait toujours la première. On l'attendait à la cuisine pour lui faire la surprise. Elle est arrivée et on a crié : « Bonne fête, maman ! » en courant l'embrasser, le bouquet en proue. Mais elle nous a repoussés. Elle a attrapé les fleurs, a ouvert la porte et les a balancées dehors. Puis elle nous a renvoyés au lit, abasourdis, incapables de comprendre pourquoi elle avait jeté notre amour sur le pavé de la cour.

C'est cela que j'ai ressenti devant maman et Branko. L'amour de ses fils, mon amour, ne comptait plus. Elle avait trouvé mieux. Branko pouvait changer de vérité comme de chemise, elle n'y voyait pas malice. Elle était prête à tout avaler. J'aurais pu revenir sur la courroie de l'alternateur tranchée net, que les gendarmes avaient emportée. J'y ai pensé un moment. J'ai laissé tomber, parce que je savais déjà que Branko sortirait une explication qui me renverrait aussitôt dans les cordes devant elle.

Je suis allé chercher un autre café pour moi, sans leur demander s'ils en désiraient, et je suis resté au fond de la salle, près de la machine, les pieds dans les aiguilles de sapin, à boire ce jus noir, aussi amer que mes pensées. Je les observais, occupés à se faire des confidences. À cet instant, j'aurais donné cher pour que cet homme qui envoûtait maman soit coupable, pour qu'une preuve accablante tombe du ciel et qu'on en finisse avec lui.

Quand il a été temps de partir, je suis revenu à la table, j'ai fait un signe à maman, qui m'a accablé du regard, comme si c'était moi qui fixais la durée des visites. Elle s'est arrachée à son siège.

« Je prie pour toi, Branko. J'invoquerai la Vierge noire à l'église quand j'irai à la messe.

— La *Gospa* me connaît. Elle me sauvera. »

Maman s'est serrée longuement contre lui, la tête plaquée contre sa poitrine. Elle ne l'a pas embrassé, mais un baiser sur la bouche en aurait dit tout aussi long.

Dans la voiture, sur le chemin du retour, un silence à couper au couteau, d'abord. La scène de la séparation restait entre elle, qui n'aurait pas dû la donner, et moi, qui n'aurais pas dû y assister. Je n'osais même pas la regarder, je fixais la route devant moi et, régulièrement, je surveillais le rétroviseur extérieur, auquel j'accordais tout à coup une attention de moniteur d'auto-école.

À un certain moment, elle s'est mouchée. Elle avait sorti de son sac un mouchoir du dimanche, comme elle disait, un carré de tissu minuscule bordé de dentelle, fait pour de toutes petites narines. Elle l'a passé sous son nez, puis elle l'a réduit en tapon pour s'essuyer le coin des yeux. Ça m'a fait mal de la voir pleurer.

« Maman, je t'en prie, arrête… »

Au lieu de les étancher, elle a donné libre cours à ses larmes, à croire qu'en rompant le silence, j'avais rompu en même temps les digues de son chagrin. Bientôt, le petit mouchoir n'a plus suffi, ce qui l'a peut-être convaincue de s'arrêter, car elle n'en avait pas d'autre. Elle a tourné vers moi ses yeux rougis.

« C'est affreux, ce qui lui arrive. Il est là, tout seul, sans personne.

— C'est vrai, mais qu'est-ce qu'on peut faire de plus, maman ? On lui a rendu visite, on lui a trouvé un avocat, à nos frais, même. C'est bien nous qui payons ?

— Oui, évidemment. Ça te gêne ?

— Pas franchement, mais tout de même. Il y a à peine trois mois, on ne connaissait même pas l'existence de Branko. Pour un parfait inconnu, il me semble qu'on fait tout ce qu'on peut. C'est bien ce que Bulteau a dit, lui aussi. »

En moi s'affrontait un mélange de compassion et de cruauté. J'avais pitié d'elle, mais cela ne m'empêchait pas de l'aiguillonner pour l'amener à avouer ce qu'il y avait réellement entre elle et Branko. Je voulais qu'elle crache le morceau, qu'elle s'humilie et m'évite du même coup ma propre humiliation, si j'avais dû lui confesser par quelle indiscrétion je connaissais déjà la vérité.

« Branko n'est pas un parfait inconnu.

— Ah ? Et que sait-on de lui ? de son passé ? de ce qu'il a fait en Yougoslavie ? Rien ! Absolument rien ! Il n'a passé que quelques semaines avec nous et, là, on a déjà pu constater qu'il nous avait menti sur toute la ligne à propos de Suzanne.

— Il ne voulait pas nous ennuyer avec cette idiote.

— Naturellement, pour toi Branko est un petit saint, tandis que Suzanne est une idiote. Tu la connaissais, Suzanne ?

— Non, mais c'est assez clair. Une fille qui… Tu as bien vu la photo !

— Oui. »

Cela m'avait échappé. En réalité, je n'étais pas censé avoir vu la photo. C'est André qui l'avait découverte et maman l'avait jetée au feu séance tenante, sans me la montrer. Une bouffée de chaleur est montée de mon dos et m'a envahi le visage jusqu'aux oreilles.

« Enfin, non, je ne l'ai pas vue, la photo, mais André m'a expliqué, il m'a bien dit... »

Si je n'avais pas rectifié, maman n'aurait pas relevé sans doute. Elle a senti que je m'emmêlais les pédales. Quand je me trouble, j'ai tendance à bredouiller légèrement, j'aurais intérêt à me taire. Elle m'a dévisagé, les sourcils froncés, elle a découvert la rougeur imbécile qui me montait aux joues.

« Qu'est-ce que vous mijotez derrière mon dos, toi et ton frère ?

— Rien du tout, je t'assure. »

Elle s'est repliée vers la vitre de sa portière, puis, sans revenir à moi, le regard rivé aux bas-côtés de l'autoroute qui défilaient, elle a murmuré :

« Alors, vous savez tout.

— Tout quoi ?

— Ça suffit, Tadeusz, arrête ce jeu stupide. Vous savez que Branko et moi, nous nous aimons.

— ... Oui. »

Une fois de plus, c'est elle qui avait retourné la situation à son avantage. Elle avait le dessus. Les enfants n'ont pas intérêt à jouer les plus malins avec leur maman. Son petit doigt lui dit toujours la vérité.

Elle a rangé son mouchoir et a retiré de son sac le petit miroir qui servait de couvercle à sa boîte de poudre de riz de Java. Elle s'est examinée, puis l'a claqué sèchement.

« Et alors, votre verdict ?

— Verdict, verdict ! On est inquiets, tout simplement.

— Pour quelle raison ?

— Tu le sais bien. Ce type...

— Ce type ? Tu t'entendais fort bien avec ce type, comme tu dis. Vous étiez comme larrons en foire. Si je ne m'abuse, vous sortiez ensemble. Tu crois qu'il a assassiné cette femme ?

— Non, non, bien sûr. »

À la vérité, j'étais loin d'en être convaincu. J'avais peur seulement de l'accuser pour un tas de mauvaises raisons, à cause d'elle en premier lieu, puis parce que je lui en voulais de m'avoir amené à mentir devant les flics, peut-être même à cause de Suzanne, qui m'avait largué et qui s'était entichée de lui au point de lui céder notre photo, agrémentée d'une mention qui la transformait en torpille sexuelle.

« Tu veux que je te dise ce qu'il y a vraiment, Tadeusz ? a repris maman, très calme tout à coup. Il y a que, toi et André, vous ne supportez pas que je sois heureuse. Vous n'avez jamais connu qu'une mère effacée, fade, juste bonne à vous servir. Vous avez décidé que le seul être qui comptait dans la famille, en définitive, c'était votre père. Votre père mort, plus exactement, parce que, vivant, il ne vous intéressait pas plus que moi. Vous lui avez dressé un monument avec sa statue dessus, et moi dessous, enterrée avec lui. Je devais y passer avec le défunt comme les épouses des maharajas. Je continue à lui appartenir après sa mort. Il m'a achetée de son vivant à titre de propriété inaliénable. Ce que je pense, ce que je ressens, vous vous en fichez complètement. Eh bien, non, Tadeusz, je refuse. Et si tu veux le savoir, papa me donne raison. C'est lui qui m'a envoyé Branko. »

Fallait-il qu'elle ressorte cette lubie ?

« Maman, tu sais bien que ce n'est pas possible.

— Ce n'est pas possible pour toi, parce que tu as décidé d'avance que ce n'était pas possible. Je te l'ai déjà expliqué. Moi, j'ai toujours été prête à recevoir sa promesse. Avant de mourir, il m'a dit qu'il m'enverrait un signe. Ce signe, maintenant, je sais ce que c'est. C'est que ton père m'aime ! On n'a pas pu s'aimer quand il était ici, mais maintenant il m'aime vraiment, il veut que je sois heureuse avec un autre homme, comme on doit l'être dans ce monde, chez les vivants. Lui, il n'est pas jaloux comme vous deux. »

Qu'est-ce que je pouvais rétorquer à cela ? Tout ce que j'aurais pu dire se serait transformé illico en manœuvre destinée à saper son bonheur.

Nous étions arrivés à la sortie de l'autoroute vers Neufbourg. Je m'apprêtais à prendre le contournement pour Wermont, quand elle m'a dit :

« Passe en ville, s'il te plaît. Je voudrais dire un mot à Bulteau.

— Il est tard, on ne va pas le déranger maintenant. Attendons demain.

— Ça ne prendra que quelques minutes. »

Je suis allé jusqu'à la maison de Bulteau que j'avais eu tant de mal à découvrir, quand nous étions venus le jour de l'arrestation de Branko. Il habitait rue des Fossés, un quartier très populaire, dans une habitation ouvrière coincée au milieu d'une quinzaine de logements identiques. C'était son domicile et son bureau. Comme je n'avais pas pris le numéro et qu'il n'y avait pas la moindre plaque de cuivre pour le repérer, j'avais dû me renseigner auprès du voisinage, qui m'avait indiqué la fenêtre derrière laquelle on voyait une statuette de Superman.

Quelques années plus tôt, Bulteau avait eu la mauvaise idée de défendre la rue des Fossés contre la pollution de l'usine d'engrais chimiques à cinq cents mètres sous le vent. Il avait perdu le procès, la confiance de la bourgeoisie, et sa femme qui, jusqu'alors, pensait avoir épousé un ténor. En revanche, il avait gagné l'affection de tous ceux qui, comme papa, avaient besoin d'un avocat sans avoir les moyens de le payer autrement qu'en lui offrant un Superman en plâtre.

Maman a voulu que j'aille avec elle. Deux petites filles sont venues ouvrir, ses enfants présentes pour les vacances sans doute. Puis lui-même est arrivé, vêtu d'un chandail effiloché aux manches et d'un jean taille basse qui livrait passage à son ventre de buveur de bière.

Tout de suite, j'ai demandé qu'il nous excuse.

« Ce n'est rien. Entrez donc.

— Pas la peine, Xavier, a répliqué maman. Je veux seulement vous préciser ceci pour la chambre du conseil de demain. Branko n'a pas pu s'intéresser de quelque manière que ce soit à cette femme. Il n'a jamais répondu à aucune de ses invitations pour la raison que je suis venue vous dire et que vous répéterez au juge. C'est que, depuis le 8 décembre, Branko et moi, nous nous aimons. Pour être tout à fait claire, je suis sa maîtresse. »

13

André

Je n'oublierai jamais le réveillon du dimanche 31 décembre 1995. Ce fut le premier de ceux que je devais passer si souvent ensuite, absolument seul, comme si je n'avais pas de famille.

L'année précédente, nous avions réveillonné tous les trois dans le souvenir de mon père. Nous nous étions installés devant la télé du salon avec un plateau de gâteaux, des *anyzki*, du *babka piaskowa* et d'autres sablés dont j'ai oublié le nom polonais que ma mère annonçait fièrement. Tadeusz avait apporté quelques bouteilles de Crochepatte et le flacon de Bizonka, la vodka à l'herbe de bison, avec laquelle on trinque à minuit, le jour de l'an.

Comme nous n'avions qu'une antenne UHF sur le toit, nous recevions seulement trois ou quatre chaînes, dont les émissions racoleuses rivalisaient de cette vulgarité qui semble de rigueur à la Saint-Sylvestre. Au bout d'une demi-heure, ma mère avait proposé d'éteindre le récepteur, où venait de débouler une horde glapissante de danseuses de french cancan. Elle avait proposé de revoir plutôt quelques diapositives.

Tadeusz a installé l'écran et le projecteur pendant qu'elle exhumait les boîtes de clichés du dernier tiroir de la commode. Le problème avec les diapositives, si communes à l'époque, c'est qu'il fallait mettre en place un tel matériel pour les visionner qu'on se les passait rarement plus d'une fois, le soir où on les retirait chez le photographe – de jour, il aurait fallu occulter la pièce. Après, on les oubliait.

On a fermé les lumières. On ne se voyait plus que dans la réverbération des images qui rendaient tout à coup le passé plus présent que le présent repoussé dans le noir. Tadeusz maniait le déclencheur, c'est lui qui décidait du tempo. Dès qu'il apparaissait lui-même sur l'écran, il s'attardait. Il s'aimait bien en enfant, il se trouvait craquant. Moi, en revanche, il me jugeait godiche, poseur, ahuri, selon les prises de vue.

« Non, mais, tu as vu ta tronche !

— Tadeusz ! »

Ma mère s'offusquait pour le principe. Elle l'obligeait à stationner longuement sur les rares apparitions de mon père, qu'elle avait saisies quasi par inadvertance en nous photographiant, car au moins l'un de nous deux était toujours avec lui. Elle murmurait : « Mon Dieu, comme il était jeune ! » Elle demandait : « Qu'est-ce que c'est ce chapeau qu'il a sur la tête ? » ou bien, le voyant accroupi entre nos deux frimousses hilares : « Qu'est-ce qu'il vous racontait pour vous faire rire comme ça ? »

Des questions qu'elle ne s'était jamais posées quand il était vivant. Elle semblait découvrir un inconnu qu'elle avait côtoyé distraitement autrefois. Elle se demandait qui était cet homme, ce qu'il pensait, ce qu'il ressentait, interrogations qui ne nous viennent à l'esprit le plus souvent que lorsque les gens sont passés de vie à trépas.

À minuit, nous avions bu, d'un trait, un petit verre de Bizonka, en répétant après elle : « À l'année nouvelle ! », puis : « À papa ! » Elle ne pouvait contenir ses larmes. Aussitôt après, elle est allée se coucher. Tadeusz est sorti faire la fête, sans insister pour que je l'accompagne, il avait certainement l'intention de braconner une fille.

Ce fut un réveillon triste, bien loin déjà des réveillons de notre enfance, quand notre grand-mère du Hainaut séjournait chez nous pour quelques jours. Nos parents allaient au restaurant. Bonnema nous gardait. Elle dormait dans notre chambre sur un lit pliant. Elle préférait, « au cas où… », comme elle disait, vu qu'elle vivait en permanence dans la crainte d'une catastrophe.

C'est que, dans sa jeunesse, elle avait connu la tragédie du Bois du Cazier. Elle était jeune assistante sociale dans ce charbonnage où plus de deux cent cinquante mineurs périrent en 1956. Chaque année, elle nous racontait « *eul catastrrôphe* » avec son accent qui roulait comme l'éboulement d'une veine de charbon. Quand elle répétait le cri des premiers sauveteurs : « *Tutti cadaveri !* », la mort en personne pénétrait dans notre chambre, elle que ma mère ne voulait jamais évoquer devant nous, de peur de nous traumatiser. Dans la bouche de Bonnema, la mort ne nous faisait pas peur. Elle brillait doucement au milieu des actes héroïques des sauveteurs, de l'extraordinaire camaraderie, des dévouements qui, sans elle, n'auraient pas existé. Elle respectait Bonnema, qui lui avait fait face. Jamais, elle ne s'en serait prise à un enfant blotti entre les chauds terrils de sa poitrine.

Pauvre Bonnema ! Elle nous faisait sourire avec sa crainte des catastrophes qui arrivent sans crier gare. C'est elle, pourtant, qui avait raison. À peine remis de la mort brutale de mon père, qui avait resserré nos liens d'enfants avec notre mère, nous nous retrouvions pris dans une nouvelle tourmente, qui les disloquait. Ma mère, maintenant, nous tenait pour ses adversaires. Ce n'était pas contre Branko que nous étions ligués, c'était contre elle. Qu'est-ce qu'on aurait pu reprocher à Branko ? Elle en était tellement coiffée qu'elle n'imaginait pas que nous puissions avancer le moindre grief à son encontre. Un homme si délicat, si généreux, si manifestement victime d'une accusation absurde ! Nous nous en prenions à elle, par égoïsme, parce que son bonheur nous était insupportable, voilà tout !

Entre Tadeusz et moi, cela n'allait guère mieux. Il me reprochait à part soi d'être à l'origine du marasme où nous étions plongés. C'est moi qui avais fouiné dans le sac de Branko, c'est moi qui avais transformé en suspect le type qu'il avait eu le tort de couvrir devant les policiers, c'est moi qui lui avais mis sous les yeux que notre mère passait ses nuits dans les bras de ce Judas. Il en voulait terriblement à notre mère, mais il s'en voulait tout autant de lui en vouloir, et il rejetait la faute sur moi, comme un malade aurait reproché à son médecin de lui révéler son mal.

Sans moi, pourtant, tôt ou tard, les choses en seraient arrivées au même point. La justice s'était dispensée aisément de mes services pour mettre Branko en cause, elle n'avait pas eu besoin de la photo que ma mère avait brûlée. Il était dans la panade jusqu'au cou. Et la chambre du conseil, si elle semblait lui accorder un répit, était loin de lui sauver la mise.

Le soir de la comparution, Bulteau téléphona pour dire que ça s'était plutôt bien passé, qu'il viendrait le lendemain pour nous expliquer, car il devait s'occuper de ses enfants. Il vint nous faire rapport à la fin de l'après-midi du dimanche, jour du réveillon. À la cuisine, il reprit exactement la même place qu'il avait occupée, le jeudi, lors de sa première visite, la place qu'il occupait déjà à l'époque de mon père. Il suffit en général qu'on s'asseye une fois quelque part pour croire que l'endroit nous est assigné.

J'avais quitté ma chambre, où je passais le plus clair de mon temps, dès que j'avais entendu sa voiture dans la cour. Tadeusz avait disparu à la brasserie depuis le matin. Les aboiements de Zorba l'avaient certainement averti, mais il n'est pas venu. J'ai demandé à ma mère si je devais aller le chercher.

« Laisse-le. On n'a pas besoin de lui. »

La sécheresse de la réponse m'a vaguement fait plaisir.

Tandis que ma mère lui servait une Crochepatte, Bulteau tapotait des doigts sur la table, un demi-sourire au coin de la bouche. Sa brave tête posée sur le col impeccable de sa chemise blanche avait la bonhomie d'un œuf sur son coquetier. Il suivait ma mère du coin de l'œil, tel un client dans un bistrot, qui s'aiguise les papilles en accompagnant les mouvements gracieux de la serveuse.

Il a avalé une gorgée puis, en passant la langue sur la moustache de mousse, il m'a demandé :

« Des projets pour la soirée ?

— Oui, si on veut.

— Sortie ?

— … Probabilités. »

M'a-t-il pris pour un pédant qui annonçait une probable sortie ou savait-il que j'étais étudiant en mathématique, occupé à réviser mon cours de statistique ? Je n'ai pas eu le loisir d'approfondir la question, car ma mère piaffait d'impatience : il fallait qu'elle sache sans plus attendre comment s'était passée la chambre du conseil.

« Plutôt bien, Teresa, plutôt bien. Le juge Ramont a lu son rapport, le parquet, comme de juste, aurait allégrement envoyé M. Hrastov aux assises, mais j'ai démonté l'instruction pièce par pièce. D'abord, en ce qui concerne les relations de mon client avec la victime, j'ai plaidé que, si tout indiquait un harcèlement de la part de cette personne, il n'existait aucune preuve d'une liaison entre eux.

— Évidemment ! s'est exclamée ma mère.

— Le crime passionnel, d'ailleurs, relève de l'hypothèse pure et simple. Le rapport d'autopsie ne mentionne aucune violence sexuelle. Cette femme aurait pu tout aussi bien être tuée par un rôdeur qui en voulait à son porte-monnaie. J'ai demandé au juge Ramont si les enquêteurs avaient envisagé cette piste : avait-elle de l'argent sur elle, dans ses affaires, là où elle logeait ? Il est resté le bec dans l'eau ! Sous prétexte que la victime est jeune et belle, c'est à ses charmes qu'on en veut ! Déduction imparable, messieurs les fins limiers ! »

Ma mère était prête à applaudir. Bulteau était génial. Elle se reprochait déjà d'avoir douté de lui après la douche glaciale de l'entrevue du jeudi.

Quand il s'est aperçu de son enthousiasme, il a marqué une pause. Il en a profité pour reprendre une gorgée de Crochepatte et un air plus sombre.

« Tout cela va plutôt dans le bon sens, mais l'avenir peut encore nous réserver de sérieuses surprises.

— Comment ça ?

— Il reste le problème de la trousse de vétérinaire, Teresa. Les policiers ont relevé des traces de sang sur un bistouri qui aurait pu servir au meurtre.

— C'est impossible !

— Le groupe sanguin est celui de la victime : A+. C'est embarrassant mais, heureusement, Hrastov est du même groupe.

— On lui a fait une prise de sang ?

— Non. Ce n'était pas nécessaire. Dans son sac, il y avait une fiche médicale avec différents renseignements. Il a été hospitalisé en Belgique, à Liège, quelque temps après son arrivée. Des éclats de je ne sais quoi, de grenade, si je me souviens bien, dans un tibia, je crois. Le juge d'instruction a demandé des analyses complémentaires, un test ADN, mais on n'en dispose pas encore. Avec les fêtes... S'il s'agit du sang de Suzanne Bocols, naturellement, il n'y aura plus qu'à tirer l'échelle.

— Ce ne sera pas son sang, a affirmé ma mère.

— Je l'espère, Teresa, je l'espère. Rien ne dit que les analyses livreront quelque chose de plus précis, le matériel est peut-être inutilisable.

— Ils n'ont pas besoin de se fatiguer. Ce n'est pas le sang de cette fille. Ça ne demande aucune analyse supplémentaire. »

Ma mère a fixé Bulteau sans ciller, si bien qu'il a baissé les yeux et s'est réfugié dans une nouvelle rasade de bière.

Pour un spectateur étranger, ma mère et moi, occupés à contempler ce bonhomme endimanché qui buvait tout seul, ç'aurait été une scène bien curieuse. Ma mère, comme les cuisiniers qui ne peuvent avaler leur propre cuisine, n'aimait pas la Crochepatte, qui lui évoquait son travail dans les effluves de la brasserie. Mon père en éprouvait une rancœur secrète, il aurait supporté qu'elle fasse un effort pour aimer ce qu'il aimait. Quant à moi, elle n'avait pas songé à me demander si j'accompagnerais Bulteau, vu qu'inconsciemment, elle considérait que j'avais toujours dix ans, un âge où on ne boit pas de bière. Nous le regardions donc s'abreuver comme un cheval à mi-labeur. Quand il a reposé le verre à pied sur la nappe, ma mère a demandé presque humblement :

« Et, ce que je vous ai dit, vous l'avez répété à la chambre du conseil ?

— Ce que vous avez dit ?

— Vendredi, chez vous… Que je suis la maîtresse de Branko.

— Ah oui ! J'en ai fait état.

— Et alors ?

— Tout le monde a écouté. Je suis sûr qu'ils en ont pris bonne note.

— Tant mieux.

— Maintenant, cela ne disculpe pas Branko. Il y a des hommes qui peuvent s'intéresser à plusieurs femmes simultanément, vous savez, Teresa.

— Pas lui ! »

J'ignorais que ma mère avait rencontré Bulteau après sa visite à la prison, Tadeusz me l'avait caché. Tout ce qu'il m'avait dit, c'est que, sur le chemin du retour, il avait dû avouer à ma mère que nous savions tous les deux ce qu'il en était réellement de ses relations avec Branko. N'empêche que l'entendre déclarer de sa propre bouche qu'elle était son amante, c'était un terrible coup de poignard.

Bulteau aussi s'agitait sur sa chaise. Il a conclu rapidement que le dossier était renvoyé vers le juge d'instruction pour un complément d'enquête.

« Et Branko ?

— Eh bien, tout dépend de la suite de l'instruction. Dans l'immédiat, il reste sous mandat d'arrêt.

— Comment était-il ?

— Il n'a pas dit grand-chose. En fait, il m'a fait une drôle d'impression.

— Quelle impression ?

— Comme s'il assistait en spectateur à tout cela. Comme s'il ne s'agissait pas réellement de lui.

— Forcément, puisqu'il est innocent.

— C'est ce qu'il affirme, en effet.

— Vous ne le croyez pas ?

— Je ne sais pas, Teresa. Je n'ai jamais plaidé dans une affaire de meurtre. Je ne peux pas m'empêcher de penser à cette femme. Une vie si jeune, fauchée d'un seul coup, un être humain disparu sans avoir vraiment vécu... Et, pour Branko, c'est comme s'il n'était pas question d'elle, mais d'autre chose qui l'occupe au fond de lui-même. J'ignore si c'est l'attitude d'un criminel ou d'un innocent. »

Maintenant, son verre était vide de toute façon et, après ces propos, il ne pouvait espérer que ma mère lui en propose un second. Je l'ai raccompagné jusqu'à sa voiture, devant laquelle Zorba semblait monter la garde. Quand je suis revenu, l'aspirateur vrombissait dans le salon, signe que ma mère n'avait pas l'intention de commenter l'entrevue avec moi.

La dernière bouchée de son souper engloutie, Tadeusz a déclaré qu'il passait le réveillon dehors. Il avait à peine demandé ce que Bulteau avait raconté. Quand je lui ai dit que l'enquête continuait, il a soupiré, l'air plus renfrogné que jamais. J'avais pensé qu'il resterait à la maison au moins jusqu'à minuit mais, après tout, quelle soirée aurions-nous passée ensemble ?

Il est parti, je me suis installé au salon devant la télé. Je me demandais comment j'aborderais ma mère lorsqu'elle sortirait de la cuisine, où je l'entendais remuer la vaisselle. Des aiguilles du sapin étaient déjà retombées. Branko l'avait installé beaucoup trop tôt. Normalement, il durait jusqu'au jour des Rois, le 6 janvier. Ma mère poussait les trois Mages dans la crèche autour du petit Jésus, ils avaient droit à un jour d'adoration, après quoi, on rangeait les santons et on débitait le sapin pour le fourneau de la cuisine.

Quand elle est entrée, je lui ai dit, comme si j'avais l'œil aux soins du ménage :

« Il me semble que le sapin ne tiendra jamais le coup jusqu'à la semaine prochaine. Si tu veux, je le sortirai demain matin. Je laisserai la crèche sur la cheminée, pour y mettre les Rois. »

Elle s'est approchée de l'arbre. Elle voyait bien qu'il se dépenaillait. Elle l'a secoué un peu, une pluie d'aiguilles est tombée.

« Tu as raison, André. En même temps, ça te soulagera de ne plus le voir, c'est Branko qui l'a installé, n'est-ce pas ?

— Mais, maman, ça n'a rien à voir… Tu es injuste.

— Ah oui ? Je suis injuste. Toi et ton frère, vous êtes justes à mon égard, sans doute.

— Je t'assure, nous essayons…

— Alors, dis-moi clairement ce que tu en penses, toi, que j'aime Branko.

— Tu aimes qui tu veux, maman, mais cet homme, enfin, on ne le connaît pas !

— Est-ce que tu crois que papa veille sur nous ?

— C'est-à-dire que…, oui, certainement.

— Eh bien, alors ! Si Branko est là, c'est que ton père l'a voulu.

— Maman, je t'en prie, arrête avec ça ! »

Elle a fermé les yeux, serré les mains sur son ventre comme si elle se sentait mal.

« Vous me rendez malade, à la fin. »

Elle est montée à sa chambre. Je l'entendais au-dessus de moi, à travers le plancher. Au bout d'un moment, ses pieds nus ont pris le couloir jusqu'à la penderie. Elle a dû constater que la porte vers le cagibi du meunier était fermée, que la clé ne pendait plus à son clou. Elle est revenue à pas lents, lourds, puis elle s'est couchée.

J'ai éteint la télé. Qu'est-ce que je pouvais faire ? J'aurais donné cher pour qu'on sorte de cet imbroglio. Je n'avais plus qu'à réviser mon cours de probabilités, comme je l'avais annoncé à Bulteau. Les probabilités, justement, ne servent-elles pas à prévoir l'imprévisible ? Mais je n'avais pas la force de quitter mon fauteuil. Je secouais la tête et la plainte de ma mère se cognait à l'intérieur comme une boule contre les bandes du billard : « Vous me rendez malade. »

Malades, on l'était tous. Elle ; moi, jusqu'à la nausée ; Tadeusz, devenu un zombi. Chacun réduit à l'état de mon père quand le cancer l'avait brusquement retranché de la vie ordinaire. Je le revoyais, assis dans l'autre fauteuil du salon, en face du mien, morne, déplumé, autant que ce fichu sapin de Noël. Et soudain, la pensée que Branko lui-même était malade, non seulement à cause des événements présents, mais avant déjà, s'est fichée au beau milieu de mes pensées. Bulteau avait signalé en passant qu'il avait été hospitalisé à Liège, pour les séquelles d'une blessure de guerre...

Cette fois, je me suis redressé. Mes jambes tremblaient, mon cœur cognait comme un sourd contre ma poitrine. J'étais hors d'état de formuler la révélation qui balbutiait encore au fond de moi. Je cherchais seulement le processus à mettre en marche pour la faire apparaître.

Mes yeux se sont accrochés à l'annuaire des téléphones qui reposait près de l'appareil sur le guéridon accoté au canapé. Je l'ai ouvert, j'ai tourné les pages jusqu'à ce que mon doigt glisse sur la colonne « Hôpitaux » et s'arrête à CHU-Liège. J'ai formé le numéro. J'étais incapable de préparer ce que j'allais dire, je sentais que les mots viendraient d'eux-mêmes, comme les formules mathématiques quelquefois finissent par s'aligner toutes seules, aspirées pour ainsi dire par une solution d'une simplicité inespérée.

« Bonsoir, madame, je... Voilà, j'ai un ami hospitalisé... Je... je voudrais lui souhaiter une bonne année. Est-ce que... ?

— Mais, bien sûr, monsieur. Quelle chambre ?

— Je ne sais pas. En chirurgie, je crois.

— Comment s'appelle votre ami ?

— Hrastov. Branko Hrastov. H-R-A-S-T-O-V.

— Je consulte l'ordinateur, monsieur, un instant, je vous prie. »

Quelques secondes sont tombées, brûlantes comme des gouttes de cire qui allaient sceller, je le savais, la perfidie de Branko.

« Monsieur Hrastov n'est plus à l'hôpital, monsieur. J'ai une fiche à son nom. Il a séjourné chez nous en orthopédie, mais cela fait déjà un certain temps.

— Ah... À quelle époque était-il chez vous ?

— Du 15 juillet au 20 août 1994.

— Merci, madame.

— Depuis, nous ne l'avons plus vu à l'hôpital. Pas de nouvelles, bonnes nouvelles, n'est-ce pas ?

— Vous avez raison. Meilleurs vœux, madame. »

André

15 juillet-20 août 1994. Branko se trouvait au CHU exactement au moment où mon père y passait les dernières semaines qui le conduisirent à la mort !

14

Tadeusz

« Je suis sa maîtresse... » Jamais je n'aurais cru entendre une pareille expression dans la bouche de maman. Bulteau lui-même, debout dans l'exigu couloir de sa maison ouvrière, flanqué de ses deux gamines qui la dévoraient des yeux, n'a pu réprimer un léger écart de la tête, comme pour esquiver un projectile qu'elle lui aurait balancé. Où avait-elle pêché cette formule ?

Maman avait appris le français après son mariage, en parlant. À part le journal, elle ne lisait qu'en polonais, des romans dont la Croix-Rouge ne savait que faire, qu'elle avait hérités d'une comtesse en exil. Qui aurait bien pu utiliser cette tournure ridicule devant elle ? Papa ? Jamais de la vie ! Elle avait dû l'entendre à la télé, dans un vieux film du ciné-club, ou dans la dramatique du vendredi soir. Une pièce de boulevard, sans doute, pleine de gigolos, de maris infidèles, de cocottes, le genre de personnages qui parlent de « maîtresse », qui recouvrent leurs cochonneries de ce mot prétentieux qui sent l'alcôve, la luxure.

J'avais l'impression que maman venait d'entrouvrir la chambre du meunier devant Bulteau, qu'il avait aperçu le lit défait, les draps froissés, du linge sur la carpette. À la rigueur, j'aurais pu supporter ce déballage entre nous, mais devant Bulteau ! devant ses petites filles ! D'ailleurs, il les avait éloignées.

« Retournez à la cuisine, les enfants ! »

Sûrement, elles n'avaient pas compris, mais la scène le gênait.

Après, il a insisté pour que nous passions dans son bureau. Maman a refusé. Elle a seulement répété : « N'oubliez pas de le leur dire : je suis la maîtresse de Branko. C'est important. » Son accent slave, que j'aimais tellement, qui semblait écosser les mots de leur gousse familière, rendait l'expression plus crue encore.

Le soir, quand André est venu dans ma chambre s'informer de ce qui s'était passé à la prison – il n'avait pas voulu poser la question à table –, je lui ai seulement dit que Branko avait l'air plutôt lessivé, que maman avait essayé de lui remonter le moral.

« Et ensemble, comment ils étaient ?

— Normal. Rien de spécial. Vu que j'étais là, sans doute. »

Je n'ai pas eu la force de lui rapporter la façon dont ils s'étaient serrés l'un contre l'autre au moment de partir. Tout ce que j'ai ajouté, c'est que maman avait compris que nous étions au courant de ce qui se passait entre elle et Branko.

« Elle me l'a dit dans la voiture.

— Et alors ?

— Alors ? Elle prétend qu'elle a bien le droit de vivre.

— Qu'est-ce que tu as répondu ?

— Qu'est-ce que tu voulais que je dise ? »

Point à la ligne. La visite à Bulteau, je l'ai carrément escamotée. Raconter à André comment maman avait allongé ses sentiments sur le seuil de la porte, comment elle les avait mis à nu pour qu'ils servent d'arguments devant un parterre de magistrats ricanants, impossible. Il y avait encore et toujours ce mot de « maîtresse » qui ne passait pas, qui me restait en travers de la gorge. Devant André, je n'aurais pas pu l'articuler.

André n'était qu'un petit branleur. Il se rinçait l'œil dans les *Playboy* que je lui avais subtilisés avant de les fiche au feu dans le brûle-tout à côté du bûcher, derrière la maison. Une maîtresse, pour lui, c'était sûrement une femme à mettre dans le même panier que ces pin-up qui ouvrent la bouche et les cuisses et poussent leurs seins siliconés sous le nez des voyeurs en son genre. Les puceaux, les abstinents, les frustrés, que savent-ils des femmes ? Rien. Ils les touillent dans la soupe de leurs fantasmes. Ils transforment le sexe en un barnum absurde, la parade des femelles qu'ils jouissent de voir avilies, faute de pouvoir les approcher.

Moi aussi, j'avais été ainsi, avant de connaître les femmes. Mais, depuis que je les connaissais, je les aimais pour ce qu'elles étaient réellement entre mes bras, quand elles m'offraient leur corps désarmant d'être si désarmé, pour un instant de pitié entre deux êtres humains. Elles étaient tout, sauf des maîtresses.

Maman n'était pas une maîtresse. Elle ne savait pas ce qu'elle disait. C'était une petite fille qui avait peur de rester dans le noir. Elle s'était jetée sur une silhouette rassurante, qu'elle avait prise pour un ange envoyé par le Ciel, qui n'était peut-être qu'un démon.

Le dimanche, quand Bulteau est venu à la maison après la chambre du conseil, je n'ai pas quitté la brasserie où, depuis le matin, je m'esquintais à faire taire mes idées noires. Ce n'était pas que la décision de la chambre m'était égale, au contraire, mais je ne voulais pas me retrouver en face de la bonne tête en patate de Bulteau, embarrassé devant maman, comme devant une pécheresse qui aurait revendiqué sa lapidation.

Au souper, quand André a expliqué que Branko restait en cabane le temps que la BSR approfondisse ses recherches, j'ai paniqué. Léonard allait revenir à la charge. Maintenant, il savait que j'avais menti à propos de L'Embuscade. J'avais tenté de blanchir Branko. J'étais son complice, en somme. À supposer qu'il fourre son nez un peu plus avant dans mes petites affaires, il allait découvrir ma bluette avec Suzanne. Et si c'était moi qui l'avais tuée ? Pourquoi ? Mais, par jalousie, évidemment, parce qu'elle m'avait plaqué pour Branko ! Le dimanche de sa mort, j'avais eu tout le temps d'aller lui régler son compte pendant que maman était à la messe. Il n'y avait que Branko qui pouvait me fournir un alibi, on était seuls, tous les deux, à la maison. Et moi, j'avais refusé de lui en donner un, d'alibi, j'avais dit que je dormais, que j'ignorais ce qu'il avait fait dans la matinée. Si ça lui chantait, il pouvait se retourner contre moi. Est-ce que j'étais réellement en train de dormir dans ma chambre, il n'en savait rien. L'épée de Damoclès, au-dessus de sa nuque, il ne tenait qu'à lui de la faire passer d'une chiquenaude au-dessus de la mienne.

Je me suis levé de table. J'étais près de jeter mon cœur sur le carreau. J'ai dit que je passerais le réveillon dehors. Je me fichais complètement de réveillonner. Les serpentins, les confettis, les mirlitons : c'était vraiment de circonstance ! J'avais seulement besoin de m'éloigner, de partir quelque part où je pourrais reprendre mes esprits, raisonner à froid.

J'ai passé mon blouson, pas question de m'endimancher, j'ai pris le Sprinter. Au volant, la machine à penser s'est calmée. Je ne savais pas où j'allais. C'est le Sprinter qui a pris la relève, il m'a conduit de lui-même à L'Embuscade.

Le soir du réveillon, L'Embuscade ne faisait guère recette. Les bourgeois préféraient un restaurant digne de ce nom ; les jeunes, un vrai dancing avec le niveau sonore voulu et le disque-jockey. Il ne restait pas grand monde pour Elsa, d'autant que les journaliers de Guyaux avaient plié bagage. Si le temps était de la partie, elle pouvait compter sur quelques Hollandais économes du camping Beau Rivage, mais cet hiver-là, ils auraient gelé dans leur caravane.

Depuis deux ou trois ans, elle avait mis au point une combine Elle plantait une pancarte sur l'aire de stationnement de l'autoroute avant la sortie Neufbourg, où les camions, comme des éléphants au point d'eau, s'arrêtaient par troupeaux chaque nuit. Elle annonçait en français et en anglais basique « *Tonight. Swiss dinner at* L'Embuscade. *Free transport to the restaurant at 7:00* »

Elle faisait la navette en voiture et racolait de cette façon une poignée de routiers, auxquels elle servait de la viande des Grisons achetée à Carrefour, des chicons belges naturalisés suisses et un verre de chasselas. Pour achever de justifier les trois cents francs de l'assiette, elle la servait vêtue d'un corsage traditionnel à lacets rapporté par son grand-père de sa retraite transalpine.

Comme ils m'avaient vu descendre du Sprinter, la dizaine de gars attablés m'a pris pour un camionneur en rade. Ils m'ont accueilli en levant leur verre de Mac'Croche – ils avaient depuis longtemps fait un sort au chasselas –, ils se poussaient pour me faire de la place, mais j'ai remercié et je me suis posé sur un tabouret au zinc, devant Elsa.

« C'est pas avec ces pedzouilles que je vais faire fortune. Y en a deux qui m'ont déjà demandé de les ramener à leur bahut. Une Mac' pour l'occasion ?

— S'il te plaît.

— Je te l'offre. »

Elle m'a versé un verre puis, en le poussant devant moi, elle a ajouté en soupirant :

« L'année dernière, Suzanne était là, dans la salle. Quand on y pense... Elle est restée jusqu'au 2 janvier. Au moins, les clients avaient quelqu'un avec qui danser. Elle n'a pas arrêté de toute la soirée. Même qu'elle en avait marre, je lui ai filé un billet de cinq cents pour qu'elle s'accroche. C'était une bonne fille. »

Forcément, elle devait évoquer Suzanne. Elle faisait tellement partie des meubles à L'Embuscade que sa longue silhouette aurait pu apparaître d'un instant à l'autre sous l'arcade à droite, sortant de l'arrière-salle, où elle aurait fait tanguer un client sur la musique de *Sag Warum* qui s'en échappait tout à coup et qu'un routier allemand accompagnait à l'unisson moins un demi-ton. Elsa s'est reprise.

« Excuse-moi, je n'aurais pas dû parler de Suzanne. Puis, après quelques mines de regret : Ça va pas, toi, mon Tadeusz…

— Non, pas fort.

— Tu veux qu'on cause un peu, tranquilles ? »

J'ai haussé les épaules. L'Allemand était allé remettre des pièces dans le juke-box et Camillo recommençait déjà à s'interroger : « *Warum ? Sag, warum ?* » Je suis descendu du tabouret.

Elsa est allée à la grande table, a repris les commandes, les a servies et m'a fait passer dans son salon, ma bière à la main. Avant de s'asseoir à côté de la cage de son canari, elle a dénoué les lacets de son corsage serrés sur sa poitrine comme sur une chaussure de montagne. Ses seins, qui affleuraient, tête contre tête, dans l'échancrure, ont disparu en glissant latéralement chacun de leur côté, tels des frères ennemis soulagés d'une affection de façade.

« Ce qui ne faut pas faire pour se mettre le buffet au goût du jour, a-t-elle soufflé. Alors, dis-moi, où en es-tu avec cette histoire ? »

L'être humain n'est pas à une contradiction près. Alors que les effusions de maman chez Bulteau m'auraient fait rentrer sous terre, alors que je pouvais à peine aborder le sujet devant mon frère, en présence de cette femme en débraillé, je me suis mis à vider mon sac avec soulagement.

Pour ce qui était de Branko, je n'avais pas besoin de lui apprendre qu'il était sous mandat d'arrêt, elle l'avait lu dans le journal. J'ai raconté notre visite à la prison et, de fil en aiguille, comment maman s'était toquée de cet homme.

« Je comprends ta mère, tu sais. Une femme seule, c'est difficile.

— Tu lui donnes raison ?

— Je ne dis pas ça. Je te parle de comprendre. Pour ça, évidemment, il vaudrait mieux que tu sois une femme, toi aussi. C'est une chose que j'ai constatée depuis longtemps : beaucoup de femmes passent leur vie à essayer de comprendre les hommes, mais les hommes, eux, se fatiguent rarement à comprendre les femmes. C'est comme si la norme, c'était eux. Je ne suis qu'une bistrotière, Tadeusz, mais tu peux me croire, j'en ai vu défiler. Le zinc, c'est le divan de ceux qui ne peuvent pas se payer un psy. »

Elle n'avait pas tort. Est-ce que j'essayais de comprendre maman ? Non. J'avais décrété que son comportement était incompréhensible. J'étais bien un homme comme Elsa les décrivait, qui pensent que la femme est un être extravagant, dont on peut attendre tout et son contraire. Elle n'est pas comme nous, qui sommes si raisonnables.

« Branko, tu penses que c'est lui qui a fait le coup ? a-t-elle demandé.

— L'enquête continue.

— Ça veut dire qu'ils n'ont pas de preuves.

— Possible. Le problème, c'est qu'il a avoué qu'il avait brutalisé Suzanne ici, le soir où on l'a rencontrée, et moi, j'ai dit aux flics qu'il n'avait rien fait, qu'elle avait glissé. C'est sûr, ils vont me tomber sur le paletot maintenant. »

Pas besoin de faire un dessin, elle a bien vu que j'étais bouleversé, que je commençais à cafouiller. Je ne m'amuse pas à le transcrire, mais j'avais du mal à sortir mes mots.

« C'est Léonard qui dirige l'enquête ?

— Oui.

— Un bon type. Je le connais. Écoute, n'attends pas qu'il te convoque, va le trouver.

— Mais il sera chez nous demain matin, j'en suis sûr.

— Vas-y tout de suite.

— C'est ça ! En plein réveillon !

— Je sais où tu le trouveras. Sa femme, c'est la fille Abrassart, du restaurant *Au Filet d'Anvers*. Tu connais ?

— Oui.

— Eh bien, ils y sont sûrement ce soir. File jusque-là. Demande à lui parler cinq minutes. Ça désamorcera tout. »

Elsa devait regagner son comptoir. Je suis remonté dans le Sprinter. J'ai suivi son conseil, j'étais hors d'état de prendre une décision par moi-même.

Elsa est morte d'un cancer du poumon, en 2010, l'année où on a interdit de fumer dans les cafés.

À ses funérailles, je me suis rappelé cette conversation dans sa cuisine. Elle ne se trompait pas en affirmant que les hommes se fichaient pas mal de comprendre les femmes. Parmi les milliers de clients qui étaient venus désaltérer leur soif, leur solitude, leur misère à L'Embuscade, combien s'étaient jamais préoccupés d'elle ? Ils estimaient que c'était bien le moins qu'elle soit toujours de bonne humeur, qu'elle prête l'oreille sans se moquer à leur philosophie de comptoir, qu'elle compatisse à leurs confidences quand ils avaient un coup dans l'aile. Mais elle, comment elle avait chargé ses épaules de ce sacerdoce, qui se l'était jamais demandé ?

Les consommateurs la draguaient impunément, sûrs que les privautés faisaient partie du service. Si elle avait renâclé, ils l'auraient traitée de chichiteuse. Quelques-uns étaient passés dans son lit après la fermeture. Mais s'unir pour de bon à une femme en perpétuelle représentation, personne n'y aurait songé.

À la campagne, il y avait autrefois des biens communaux, où tout le monde pouvait laisser paître son bétail. L'usage s'est maintenu pour les femmes des cafés : tout le monde peut paître leur vie.

Le restaurant *Au Filet d'Anvers* de Neufbourg était alors un des plus fameux de la région. On y servait exclusivement du bœuf BBB – blanc bleu belge –, une race locale fabriquée par sélection génétique pour produire des bêtes au cul monstrueux, dans lequel on taillait des morceaux de choix, tel le fameux filet d'Anvers.

La pièce était servie grillée, haute de deux doigts et nappée de sauce de même épaisseur. Elle occupait la grande assiette de chaque convive, qui disposait en outre d'une petite où entreposer les garnitures alignées dans de longs plats au milieu de la table. On ne buvait que du bourgogne, toute autre boisson aurait offensé la qualité de la chair. En 1995, personne ne se souciait vraiment qu'elle soit dopée aux hormones. Tous les Neufbourgeois qui avaient l'estomac et le portefeuille suffisants se bousculaient dans la salle décorée de toiles flamandes où l'on voyait des troupeaux à l'engrais au bord des canaux.

Un maître d'hôtel en habit s'est précipité pour m'arrêter dans le hall.

« C'est seulement sur réservation, jeune homme ! »

Il considérait mon jean et mon blouson avec la morgue d'un huissier de la chambre du roi.

« Excusez-moi, je voudrais seulement parler quelques instants à M. Léonard.

— Quel Léonard ?

— Le policier. »

Il a hoché la tête, rassuré au moins que je n'aie pas la prétention de pénétrer dans la salle.

« C'est important ?

— Oui.

— Bon. Suivez-moi. »

Il a pris un couloir, je me demandais où il avait l'intention de m'emmener. Tout à coup, je me suis retrouvé dans les cuisines au milieu des serveurs et des cuistots qui se lançaient des injonctions du style « Béchamel pour la douze ! » « Hollandaise pour la treize ! ». De là, il m'a faufilé entre eux jusqu'à une pièce contiguë, deux marches plus bas. C'est à cet endroit que se trouvait Léonard, en bras de chemise, occupé à la vaisselle avec deux femmes au visage luisant de vapeur.

« Un visiteur pour vous, m'sieur Jean ! » a annoncé le maître d'hôtel.

Léonard a levé la tête vers moi, interloqué, les deux assiettes qu'il était occupé à essuyer en suspens.

« C'est pourquoi ?

— Je voudrais vous parler. »

Il a déposé les assiettes sur la pile devant lui, puis a levé un doigt vers moi, qui m'indiquait qu'il me reconnaissait.

« Bien. Je reviens dans un moment. »

Les deux rougeaudes ont acquiescé. Il m'a précédé dans une nouvelle pièce attenante, encore deux marches plus bas. Les murs rayonnés débordaient de faïences de toute sorte. Au milieu, une table en inox et, dans un coin, un escabeau à trois marches. Il m'a fait asseoir dessus, tandis qu'il prenait place sur un petit réfrigérateur bar, les mains sur les cuisses de son tablier, qui lui descendait aux mollets.

« Voilà mon réveillon ! Ma femme est en salle, et moi à la plonge. Les joies de la famille ! N'épouse jamais un restaurant ! Tu voulais me voir ?

— Oui, je...

— Rapport à Hrastov ? Quelque chose de neuf ?

— Je voudrais rectifier ce que je vous ai dit.

— À quel sujet ?

— L'altercation à L'Embuscade avec Suzanne.

— Oui ?

— Il l'avait bien jetée par terre.

— Et alors ?

— Je vous avais dit qu'elle avait glissé.

— Ah oui ? Tu avais mal vu, sans doute. J'ai reçu beaucoup d'autres témoignages. Je sais comment ça s'est passé. Et ensuite ? »

Mon mensonge ne semblait pas du tout le contrarier. Apparemment, il attendait que je lui fournisse quelque chose de plus intéressant. Cela me retirait une belle épine du pied. J'ai continué, presque insoucieux de me mettre en péril.

« L'année dernière, je suis sorti avec Suzanne.

— Je suis au courant.

— Ah…

— Qu'est-ce que tu crois, mon petit gars ? On enquête. On n'est pas Columbo ni Kojak, mais on connaît notre boulot, tu peux me faire confiance. Tu as couchaillé avec Suzanne, je le sais. Ça ne fait pas de toi un bien grand suspect, pour le moment. Nous en tenons un autre sacrément plus intéressant. Il n'y a pas que le passé de Suzanne que nous fouillons, vois-tu. Il y a aussi celui de Hrastov. Et là, nous venons d'apprendre des choses pas très reluisantes. Quand il était en Yougoslavie, il faisait partie des milices croates, les milices qui ont massacré en Bosnie. Un témoin l'a identifié. Ils traitaient leurs victimes comme des bêtes à abattre. Ton copain, il était bien vétérinaire, vétérinaire d'abattoir, en quelque sorte, mais d'abattoir pour les humains. »

15

André

Je n'aurais pas pris conscience qu'il était minuit s'il n'y avait eu le feu d'artifice. Les détonations m'ont tiré de la stupeur où m'avait plongé mon coup de téléphone au CHU. J'étais toujours au bord du canapé, près de l'appareil ; l'annuaire était resté ouvert à côté de moi.

Je suis allé à la fenêtre. Dans le lointain, une gerbe d'étincelles argentées partie du centre de Wermont se déployait dans le ciel. C'était la première fois dans la région qu'on saluait l'année nouvelle de cette façon. Une démonstration encore un peu chiche, des tirs espacés, et même une fusée qui monta en vrille et retomba sans produire plus de flammes qu'une allumette.

Un instant, cependant, j'ai été distrait des pensées que j'avais ressassées toute la soirée. Je me suis secoué, j'ai pris la bouteille de Bizonka dans l'armoire de coin, je suis allé à la cuisine et j'ai avalé une rasade double de la normale, dans un verre à moutarde. Quand je l'ai reposé, je me suis demandé si ma mère était réveillée. Avait-elle écarté les tentures dans sa chambre pour contempler les chétifs bouquets de feu offerts à l'avenir ? Y avait-elle senti un heureux présage pour 1996, l'année qui devait définitivement bouleverser sa vie ? Mon cœur se serrait plus encore de pitié, maintenant que j'avais la certitude que Branko s'était servi d'elle.

Je suis monté à l'étage, décidé à lui parler. Devant sa porte, cependant, je me suis arrêté, j'ai tendu l'oreille. Peut-être elle-même retenait-elle sa respiration pour écouter, de l'autre côté. J'hésitais. Comment aurais-je pu lui souhaiter sincèrement la bonne année et, tout de suite après, lui percer l'âme avec ce que j'avais découvert à force de fouiner une fois de plus dans les affaires de Branko ? Je n'ai pas pu me décider. J'ai continué jusqu'à ma chambre sur la pointe des pieds. Comme pour me reprocher ma lâcheté, les lames du parquet gémissaient plus bruyamment que si je les avais écrasées à pleine semelle.

Une fois couché, j'ai cherché en vain le sommeil. Sans cesse, je me repassais le scénario de la rencontre entre Branko et mon père que j'avais échafaudé dans le salon après avoir raccroché le téléphone. Ils s'étaient trouvés l'un et l'autre dans le même hôpital, mais comment étaient-ils entrés en relation ?

J'imaginais que c'était dans l'espace vert devant l'entrée principale. Il y avait là une pelouse agrémentée de quelques bosquets, traversée d'allées en pavés de béton rouges. Souvent, quand nous venions rendre visite à mon père, on y voyait des malades en savates et en pyjama sortis respirer, qui poussaient d'une main la tige mobile de leur perfusion. Quelques-uns étaient assis, jambes croisées, sur un banc. Ils bavardaient, grillaient une cigarette en levant le cou vers le soleil. Par une ironie cruelle, la météo s'était montrée particulièrement agréable au cours de l'ultime séjour de mon père.

Jusqu'à la semaine qui précéda sa mort, il était encore en état de quitter sa chambre pour une promenade l'après-midi. Lorsqu'il avait su qu'il était condamné, il avait même tenté de recommencer à fumer. Il en avait eu l'habitude autrefois, jusqu'au moment où il avait connu ma mère. Elle avait le tabac en horreur, elle était capable de simuler une quinte de toux à la seule vue d'un paquet de cigarettes ou d'un briquet. Il s'imaginait qu'il retrouverait le goût de la nicotine, dont il avait gardé la nostalgie mais, tout ce qu'il avait obtenu, c'étaient des vertiges et une nausée épouvantables. Réaction due aux médicaments selon lui, car il ne pouvait croire que cette répulsion soit l'effet le plus naturel du tabac quand on n'en a pas l'habitude ou qu'on l'a perdue.

Il en était réduit à absorber l'air pur, la senteur de l'herbe coupée deux fois par semaine et, s'il avait plu la nuit, les parfums suaves de la colline boisée où est implanté le CHU.

Branko, à qui les médecins avaient, selon Bulteau, retiré un peu de mitraille des jambes, était en rééducation. Il se déplaçait en chaise roulante, appuyé à un déambulateur, ou simplement à l'aide de béquilles. J'avais opté pour les béquilles.

Un jour, il faisait un soleil magnifique, il est sorti. Il a humé le vent sur l'esplanade devant l'entrée, tel un renard qui quitte son terrier. Puis il a pris une allée à la manière de cette bête innocente, qui se met en marche sans intention, mais qui, bientôt, brisera la nuque d'un campagnol. Les béquilles frappaient les pavés en cadence avec un cliquetis d'engrenage.

Loin devant lui, il a aperçu un homme au crâne rasé, assis sur un banc, la perche de sa perfusion luisant dans la lumière à son côté. Un solitaire, qui descendait par l'ascenseur de l'étage du service oncologique, traversait le hall sans un regard à qui que ce soit et s'éloignait vers la pelouse dans le ronflement des roulettes de son goutte-à-goutte. Plus d'une fois, posté dans la cafétéria à l'accueil, Branko l'avait suivi des yeux, tout aussi solitaire. Ceux de cette race-là s'observent mutuellement, ils cherchent dans l'autre à quoi ils ressemblent eux-mêmes.

En même temps, une infirmière arrivait de l'autre bout du sentier, jeune et belle, tant qu'à faire, sanglée dans sa blouse blanche. Elle dépassait le banc où se trouvait mon père, le saluait gentiment, sans insister, à cause de son crâne nu et de sa maigreur, signes d'un malade avec qui il est désormais inutile de trop se lier. Près de Branko, en revanche, elle s'arrêtait. Rien de plus gratifiant qu'un béquillard qui clopine vers la santé qu'on lui a rendue.

« Une petite escapade au soleil ? »

Branko sourit, il ne répond pas, il n'a pas compris, son français est encore trop élémentaire.

« Ça va ?

— Oui, oui.

— Vous marchez bien déjà !

— Je "marché" un peu, merci. »

Elle s'éloignait, aussi heureuse d'avoir trouvé la phrase à portée de cet étranger que si elle avait ajouté la mention « interprète » à son badge d'infirmière.

Mon père avait suivi cet échange, il avait levé la tête vers eux tandis qu'ils se parlaient. L'accent du convalescent lui avait fait dresser l'oreille. C'était l'intonation typique des Slaves, qui raye le français comme le verre un diamant, l'accent de ma mère. Branko, de son côté, avait remarqué l'intérêt de mon père. Alors, il s'est approché, l'air modeste et avenant, et il s'est assis sur le banc à claire-voie. Il a sorti son paquet de Marlboro de la poche de son pyjama et l'a tendu à mon père. D'un geste de la main, mon père a refusé, avec une moue de regret. Branko a fait mine de rempocher, mais mon père a dit :

« Ça ne me dérange pas. »

Branko a allumé une cigarette, a tenté quelques mots sur le beau temps et mon père lui a demandé s'il était polonais.

« Non, je suis croate. Pourquoi ?

— Ma femme est polonaise. »

C'est ainsi que la personne de ma mère a pris une première consistance dans les brumes de son esprit tortueux. C'est elle dès ce moment qui, sans le savoir, le poussait à lier connaissance avec mon père, un homme qui, au moins, n'avait rien contre les étrangers. Un premier ami possible, pour qui venait d'arriver sur une terre d'exil.

À quoi ressemblait-elle la Polonaise en question ? Il était curieux de le savoir. Il lui avait été facile de la repérer quand elle venait en visite avec Tadeusz ou avec moi. Pour autant, il ne s'était jamais immiscé dans nos entrevues familiales. Et mon père n'avait jamais parlé de lui. Cela restait entre eux. Les malades finissent toujours par tomber entièrement au pouvoir de leurs proches. Branko représentait la seule part d'indépendance qui demeurait à mon père, la dernière initiative de sa vie qu'il avait prise sans en référer à qui que ce soit.

Branko l'avait bien compris. Il restait à distance. Déjà son cœur frémissait à la vue de ma mère qu'il épiait désormais derrière les vitres de la cafétéria. Déjà il éprouvait de la sympathie pour Tadeusz. Déjà, à mon égard, germait en lui une secrète aversion. Quelle chose étrange de penser que votre ennemi fut longtemps tapi dans l'ombre et que rien ne vous en a averti. L'impression d'être observé si chère aux écrivains, la bonne blague !

Lorsque les derniers jours de mon père sont arrivés, alors que pratiquement plus aucun mot ne sortait de ses lèvres bleuies, Branko est passé dans sa chambre sans doute et il a constaté qu'il quittait la vie en écoutant en boucle le chœur des pèlerins de *Tannhäuser* que ma mère venait de lui offrir.

Mon père mort, Branko ne s'est pas signalé davantage à une veuve submergée de chagrin. Il a attendu son heure une année entière, en bourlinguant de boulot en boulot avec sa Golf, dans laquelle il dormait quelquefois. Le jour où il en a eu son compte, il a mis le cap sur la brasserie Crochepatte. L'adresse, on pouvait la lui donner dans tous les bistrots.

Seul problème : mettre une Golf en panne. Sous le capot, il avait hésité. Les bougies ? Le delco ? Le premier venu aurait réparé ce genre de bricole en moins de deux. La courroie de l'alternateur, par contre, ça ne se trouve pas dans les pas d'une caravane. Une fois démontée, il pouvait encore rouler un peu et s'arrêter à point nommé devant la maison. Dans la poche de son blouson, il avait préparé une boulette de viande, qui aurait distrait de son devoir le chien de garde le plus consciencieux.

Il n'avait plus qu'à entrer, à prétendre qu'il était de Medjugorgje et à siffler *Tannhäuser* au bord de l'étang, pour que ma mère se figure qu'elle était en présence d'un envoyé céleste, commissionné par mon père. On peut lire dans la Genèse que les anges jadis s'éprirent des filles des hommes. Il y avait donc des précédents, le jour où ma mère entra dans son lit.

Cette séquence-là, naturellement, je ne pouvais pas me la jouer comme je l'avais fait pour tout ce qui précédait. Elle ne se perdait même pas au milieu du flou pudique où se diluent les scènes de sexe dans les films tous publics. Elle se carbonisait plutôt, elle était dévorée par les flammes, comme cela se produisait quelquefois au cinéma Patton de Neufbourg, quand le film déraillait et que la pellicule s'embrasait, vu que Jean-Georges, le projectionniste, était allé boire un coup au café en face.

Est-ce ce feu ou le timide spectacle pyrotechnique de minuit qui a provoqué le cauchemar au bout de la nuit de mauvais sommeil où j'avais fini par succomber ? Je voyais notre maison ravagée par un incendie, ma mère pleurait dans la cour, enveloppée dans une couverture, Tadeusz arrosait stupidement la fournaise avec des bouteilles de bière. J'ai ouvert les yeux, le cœur lesté d'une tristesse de plomb. Nous allions sauver ma mère, mais notre famille serait détruite.

Il était presque dix heures. Je suis allé à la chambre de Tadeusz. Ses vêtements en bouchon gisaient par terre. Il était étendu sur le ventre, ses épaules nues par-dessus la couverture, ses bras en corbeille autour de l'oreiller. Je me suis assis au bord du lit. Il ne s'est pas réveillé. Sa tête seulement a esquissé le mouvement d'impatience des dormeurs dérangés.

Je suis resté un moment à le regarder. Ses cheveux blonds en pétard ajoutaient à son air de chien fou qui le rendait si sympathique à tout le monde. J'ai senti remonter jusqu'à la gorge l'amour effréné que je lui avais voué pendant notre enfance. Aujourd'hui encore, je me demande s'il y a une seule affection qui arrive à la cheville de celle que peuvent se porter deux frères ou deux sœurs à peu près du même âge. Dans tous les autres attachements, il subsiste une part de réticence, un quant-à-soi que l'on veut préserver, une gestion des sentiments, qui sont toujours plus ou moins édulcorés. L'amour des frères est brut.

Il arrivait que Tadeusz et moi, on se roule par terre, on s'arrache les cheveux par poignées, on se morde au sang mais, le soir, on expliquait qu'on s'était empointés avec quelques vauriens de Wermont. Comme tous les gosses, la mort me tracassait beaucoup, surtout après qu'un garçon de l'école fut écrasé dans une ferme, par une moissonneuse conduite par son père, qui ensuite avait tenté de se suicider. Moi, j'aurais donné la mort de n'importe qui contre celle de Tadeusz, à commencer par celle de mon père que j'envisageais froidement, mais même celle de ma mère, en dépit de la dévotion que j'avais pour elle. Si je me réveillais la nuit, j'allumais la lampe, je me hissais sur les coudes pour m'assurer que sa poitrine se soulevait régulièrement. Dans le doute, je le secouais. Il marmonnait : « Ça va pas, crétin ? » et ce nom d'oiseau était à mes oreilles le plus agréable des compliments.

Ce qui nous a séparés, ce sont les femmes. Un amour quel qu'il soit, je suppose, ne peut supporter la rivalité d'un autre amour. Le jour où Tadeusz m'a raconté sa première histoire de sexe, cela m'a fait l'effet d'un coup en plein cœur, comme un caillou dans une vitre, qui ne laisse qu'un petit impact, mais dont l'onde s'est répandue à toute la surface et la fera bientôt tomber en miettes. Avec la totale absence de pudeur à laquelle nous étions habitués entre nous, il ne m'avait épargné aucun détail, comment la boulangère de Wermont l'avait attiré dans le fournil sous prétexte de déplacer un sac de farine, lui avait ôté son t-shirt histoire de le dépoussiérer et, de chemise en chaussettes, lui avait administré une leçon d'anatomie comparée qui s'était terminée par terre, sur le sol brûlant devant la gueule du four. J'étais sonné. Cette femme, je le sentais, m'arrachait Tadeusz, elle l'emportait ailleurs, dans un univers où je n'avais plus rien à faire avec lui. Je restais là, seul, abandonné, empêtré dans l'enfance dont il s'était échappé sans m'attendre.

Ensuite, pendant un moment, je n'ai plus mangé de pain, je m'étais converti au bol de céréales. Le sexe lui-même, qui jusqu'alors me fascinait, tout à coup me levait le cœur. C'est ainsi que nous nous sommes éloignés l'un de l'autre, sans explications. Tadeusz me tenait pour un pisse-froid.

Et maintenant, à cela s'ajoutait que j'avais saboté l'amitié qu'il avait imprudemment offerte à Branko. Il m'en voulait avec la même injustice qui l'entraînait à me reprocher d'avoir ébranlé les illusions de ma mère, qu'il n'approuvait pourtant pas plus que moi.

Ce n'était pourtant qu'un début. Ce que j'avais à lui dire quand il ouvrirait les yeux les lui ferait drôlement écarquiller. Branko serait définitivement perdu pour lui. Et moi aussi, du même coup, je le pressentais. C'est bien ce qui s'est produit, en effet, c'est ce qui a mis entre nous la distance infranchissable qui aujourd'hui nous sépare et que nous n'osons plus franchir.

J'ai écarté les rideaux. Une lumière grise s'est déversée dans la pièce. Il pleuvait. En clignant des yeux, Tadeusz a grogné :

« Referme ça !

— Lève-toi, j'ai des choses à te dire.

— Fous-moi la paix !... Quelles choses ?

— Sur Branko. »

Il s'est soulevé à moitié, a péniblement calé son dos contre la tête du lit. Je me suis assis à l'autre bout.

« D'accord. Commence toujours, j'en ai aussi, des choses à te dire.

— Branko était à l'hôpital en même temps que papa. »

Je lui ai raconté mon coup de téléphone au CHU. Il a tout de suite compris. Quand j'ai voulu passer au scénario que j'avais gambergé la moitié de la nuit, il m'a arrêté :

« Ça va, ça va, André, ne te fatigue pas. Pas besoin d'insister, il nous a blousés jusqu'au trognon. »

J'aurais cru que mes révélations allaient le surprendre, le révolter. Il semblait les traiter comme quantité négligeable. Un peu plus, j'étais déçu.

« Tu as raison, on s'est fait avoir, mais ce qu'il a manigancé pour se fourrer chez nous, à côté de ce que je sais maintenant, c'est presque une plaisanterie. Ce type est un tueur, André, et pas un tueur à la petite semaine, pour la rubrique des faits divers du *Courrier de l'Ardenne*, c'est un criminel de guerre… »

Ce n'était sans doute pas le genre d'accusation à proférer assis dans son lit. Il a posé les pieds sur la carpette, a ramassé son jean, son sweater, est allé jusqu'à la fenêtre, s'est assis sur l'appui.

« Branko a fait partie de milices qui ont pratiqué le nettoyage ethnique. Les types comme lui ont incendié les villages, ils rassemblaient les vieux, les femmes, les enfants, et tout le monde y passait.

— Ce n'est pas possible.

— Je t'assure que c'est possible. Je le tiens de Léonard. La BSR a obtenu des renseignements sur son passé. Devant nous, d'ailleurs, est-ce qu'il a jamais nié qu'il avait combattu ? Non. On s'est imaginé qu'il avait mis la crosse en l'air, tellement on s'était toqués de lui. Eh bien, c'est tout le contraire ! La vérité, c'est que c'est un massacreur. »

Tout cela, il l'avait dit, les yeux rivés au plancher. Il a relevé la tête, une moue de dépit sur les lèvres.

« Qu'est-ce que j'ai pu être con !

— On a tous été manipulés, toi, moi, maman surtout. Maintenant, il faut absolument lui parler.

— Je sais. C'est ce qui me fait le plus de mal. Lui, après tout, qu'il crève en tôle ! »

Il est allé se peigner dans la salle de bains, pendant que je m'apprêtais dans ma chambre. Quand il est repassé, il avait mis une chemise blanche, il sentait l'eau de Cologne.

« On y va ? »

Dans l'escalier flottait une odeur douceâtre de pâtisserie au four. À la cuisine, notre mère était occupée à démouler un petit gâteau. Nous l'avons embrassée avec un dérisoire souhait de bonne année. Elle semblait résolue à oublier nos différends.

« J'ai préparé un cake pour Branko. On ne peut pas le laisser seul un jour comme aujourd'hui, vous serez bien d'accord ? »

Tadeusz a levé le front vers moi, j'ai baissé les yeux.

« Tu ne comptes pas aller le voir tout de même ?

— Mais si, parfaitement. Je ne te demande rien, Tadeusz, si ça te dérange. Je peux me débrouiller toute seule. Je prendrai la Volvo.

— Non, maman, tu n'iras pas.

— Comment ça, je n'irai pas ! C'est ce que je voudrais bien voir. Je suis encore libre de mes mouvements, il me semble.

— Il ne faut pas que tu y ailles. Il ne le faut plus.

— Pourquoi donc ?

— Branko est un imposteur, maman. André a appris hier qu'il avait rencontré papa à l'hôpital. Ils y étaient ensemble. »

Dos tourné, elle a posé le moule qu'elle tenait en main sur l'évier. Ses épaules se sont levées sous le coup d'une longue inspiration, et elles sont retombées, accablées. Puis, avec un regard douloureux :

« Qu'est-ce que tu as encore déniché ? m'a-t-elle demandé.

— J'ai téléphoné au CHU. Branko y était quand papa est mort. Alors, tu comprends, il a pu... Enfin, ce n'est pas par hasard qu'il est arrivé ici. Il a dû...

— Ça suffit, André, je vois ce que tu veux dire »

Elle a ouvert le robinet, a laissé couler l'eau chaude et, quand elle l'a refermé, elle a dit d'un ton têtu :

« Ça ne change rien. Vous pouvez penser ce que vous voulez, ça ne change rien.

— Il n'y a pas que ça, maman, a repris Tadeusz. Léonard est en possession d'informations selon lesquelles Branko a fait partie d'une milice en Yougoslavie, qui a assassiné des femmes et des enfants. »

Elle avait plongé le moule dans l'eau, elle l'a lâché. Un moment, tout s'est figé. Il n'y avait plus que la buée qui s'élevait doucement devant elle. Quand elle s'est retournée vers nous, ses yeux étaient prêts à pleurer.

« C'est méchant ! C'est méchant ! »

Est-ce qu'elle s'inclinait enfin devant les faits ? Elle s'est assise à la table et s'est mouchée très fort, comme une petite fille enrhumée.

« C'est méchant d'inventer des horreurs pareilles. Jamais Branko n'aurait fait de mal à des innocents. J'irai le voir cet après-midi. Il me dira la vérité.

— Non, maman, il n'en est pas question », a tranché Tadeusz.

Il s'est dirigé vers le tableau à côté de la cheminée où nous accrochions toutes les clés de la maison et il a empoché les clés de contact de la Volvo.

16

Tadeusz

Comment Léonard avait appris que Branko s'était sali les mains pendant la guerre de Yougoslavie, cela vaut la peine d'être raconté, ne serait-ce qu'à titre d'illustration de ce qu'on appelle l'ironie du sort. En effet, c'étaient les manœuvres mêmes de Bulteau pour mettre des bâtons dans les roues du juge Ramont qui avaient enfoncé son client. Sous prétexte que Branko ne comprenait pas bien le français, Bulteau avait demandé une nouvelle audition en présence d'un interprète. Cet homme, un Bosniaque, n'avait pas été d'un grand secours, vu que Branko, en fait, s'en tirait tout à fait correctement. Il avait dû ronger son frein pendant tout l'interrogatoire. Venir de Bruxelles pour des prunes, il y avait de quoi faire la tête. Bulteau avait bien remarqué ce qu'il avait pris pour de la mauvaise humeur.

En réalité, le Bosniaque avait une tout autre raison de se contorsionner sur sa chaise. Il avait reconnu Branko. Sa belle gueule, momentanément affublée d'un air d'humilité, il se l'était remise sur-le-champ. Deux années d'exil avaient peut-être relâché la cruauté de ses traits, elles n'avaient pu effacer la cicatrice au coin de son œil droit. Elle était là, comme un tatouage qui aurait permis à l'interprète de distinguer entre mille l'homme qui, en avril 1993, avait liquidé les habitants de son village.

Peut-être Branko, à un moment ou à un autre, lui avait-il décoché un de ces regards acérés qui m'avaient plus d'une fois glacé d'effroi. Toujours est-il qu'il était reparti, sans un mot, en s'inclinant rapidement devant le juge et en esquivant la main que Bulteau voulait lui tendre.

Le soir même, au café Rama, dans la rue Brand à Schaerbeek, où se réunissaient alors les Bosniaques échappés à l'enfer de la guerre civile, il avait raconté comment, le matin, il s'était trouvé en présence du Vétérinaire. C'était le nom sous lequel Branko leur était connu.

Le Vétérinaire faisait partie des milices qui avaient ravagé l'Herzégovine. Les Croates y avaient procédé à un nettoyage ethnique dans les règles, massacrant sans pitié encaquant les survivants dans des camps de concentration sinistres, comme l'Heliodrom de Mostar, la ville martyre dont nous avions vu à la télé le célèbre pont détruit par leurs troupes.

Les hommes qui écoutaient l'interprète avaient failli avaler leur thé de travers. Comment n'avait-il pas dénoncé le Vétérinaire séance tenante, alors qu'il avait un juge sous la main ? Comment avait-il pu laisser passer cette occasion unique ?

Évidemment, c'est qu'eux ne s'étaient pas trouvés nez à nez avec lui. À distance, ils se posaient en justiciers implacables, tandis que l'interprète, lui, s'était senti comme une bête entravée justement, à la merci d'un vétérinaire venu lui injecter la piqûre fatale. Devant ses amis du Rama, il avait marmonné quelques excuses sans doute, qu'il n'était pas tout à fait sûr, par exemple, qu'il fallait rester prudent, ne pas accuser à la légère. Mais, le samedi soir, après deux jours de torture, il avait téléphoné au tribunal de Neufbourg où le service de garde avait transmis la communication au domicile du juge Ramont, rentré chez lui pour le week-end de fin d'année, après la chambre du conseil. Il avait enfin craché le morceau qui l'empêchait de respirer.

Le juge, aussitôt, avait chargé Léonard de procéder aux vérifications nécessaires. Un membre de la BSR de Bruxelles avait fait voir la photo anthropométrique de Branko aux habitués du Rama. Ils étaient désormais une dizaine à l'identifier avec certitude. Les Bosniaques ignoraient le nom de Branko. Ils ne savaient que le Vétérinaire, un argument en faveur de leur témoignage car, à aucun moment au cours de l'entrevue avec le juge à laquelle avait assisté l'interprète, il n'avait été mentionné que Branko était vétérinaire, ce qu'il était bel et bien.

Sa profession, il l'avait même exercée illégalement après son arrivée en Belgique. Cela, Léonard l'avait découvert par lui-même, sans les bons offices du juge d'instruction, grâce aux services de renseignements de la BSR. En moins d'une semaine, depuis son arrestation, les gendarmes avaient retracé toute la trajectoire de Branko, depuis qu'il avait posé le pied sur le sol de l'aéroport à Zaventem, jusqu'au jour où sa Golf s'était échouée devant la brasserie Crochepatte de Wermont.

D'abord, il avait été soigné au CHU de Liège. Qu'il s'y soit trouvé en même temps que papa, cela, bien sûr, leur avait totalement échappé. Personne ne l'aurait jamais su si André n'avait eu l'idée de téléphoner à la réception, après avoir entendu Bulteau évoquer en passant, à propos du groupe sanguin de Branko, une fiche médicale établie à son arrivée par un établissement hospitalier.

Il n'y avait que le cerveau d'André pour établir ce genre de connexions a priori extravagantes. J'ai lu récemment dans le journal qu'il venait de proposer une nouvelle démonstration du théorème de Fermat, à laquelle aucun mathématicien n'avait jamais pensé. Il est pressenti pour la médaille Fields 2016, paraît-il, une sorte de Nobel de la discipline, si j'ai bien compris.

Après le CHU, Branko s'était d'abord embauché pour la cueillette des pommes chez un arboriculteur du Limbourg. Puis il avait été engagé par un vétérinaire venu soigner un des bergers allemands qui gardaient les vergers. Cet homme, un certain Destier, avait été étonné d'apprendre qu'un des cueilleurs avait eu la bonne idée de faire vomir le chien empoisonné par des maraudeurs en lui versant dans la gorge une bouteille d'eau salée, ce qui lui avait sauvé la vie.

En principe, Destier ne se serait pas déplacé pour un chien, mais peut-être sa femme avait-elle eu envie d'une manne de pommes en vue de ses conserves de compote pour l'hiver. Il ne s'occupait que du gros bétail et même presque exclusivement de césariennes.

Avant d'arriver sur la table du Filet d'Anvers, le bœuf BBB, en effet, devait commencer par naître. Un détail auquel les généticiens n'avaient pas été attentifs en le créant, c'est qu'avec sa morphologie à beefsteaks, il lui serait impossible de venir au monde par la voie naturelle. Aucune vache ne pouvait accoucher de tels monstres. À la rigueur, si la tête et les pattes avant réussissaient à passer, l'arrière-train resterait à coup sûr bloqué dans le ventre de la mère. Donc, tous les BBB débarquaient à l'étable par l'entaille pratiquée dans le flanc de la vache, si familiarisée à l'opération annuelle qu'elle accouchait debout pour la commodité du praticien.

Pendant la période des vêlages, les vétérinaires étaient non seulement débordés mais morts de fatigue, étant donné que les veaux de la nouvelle génération avaient conservé, de l'ancienne, la regrettable habitude de préférer la nuit pour se pousser vers la sortie de l'utérus maternel. Destier avait donc pris Branko à son service, il lui avait fourni la boîte césarienne Holtex, que les enquêteurs avaient retrouvée dans la Golf. Soit ils opéraient simultanément dans la même ferme, soit il le déposait dans l'une, tandis qu'il se rendait dans la suivante, à proximité. Comme le diplôme yougoslave de Branko ne bénéficiait d'aucune équivalence dans l'Union européenne, Destier ne se faisait pas trop scrupule à ne lui verser que dix pour cent des honoraires, ce qui représentait d'ailleurs déjà une somme rondelette. Ces interventions, en effet, coûtaient les yeux de la tête. Les éleveurs avaient beau pester, ils ne pouvaient s'en passer.

C'est l'un d'entre eux, un plus teigneux que les autres apparemment, qui avait dénoncé Branko – et Destier par la même occasion – par un coup de fil anonyme à la BSR, après avoir entrevu la tête de son vétérinaire supplétif sur une chaîne de télé locale, au moment où on le déférait samedi devant la chambre du conseil.

Toute cette histoire, Léonard me l'avait racontée en long et en large dans la réserve à vaisselle du Filet d'Anvers, avec la satisfaction évidente de me montrer comment la BSR savait y faire. Il n'était pas peu fier d'appartenir à ce corps d'élite qui, dans la guerre des polices de l'époque, damait le pion à la PJ plus souvent qu'à son tour.

Ce qui, pour lui, ne gâchait rien non plus, c'est que, pendant qu'on causait, il échappait à la plonge. Dans le petit frigo sur lequel il était assis, il avait trouvé deux bouteilles de bière – de la Jupiler, désolé pour la Crochepatte – que nous avions bues au goulot, comme des ouvriers sur le chantier. Au bout d'une heure, cependant, une des aides-cuisinières a entrebâillé la porte pour savoir s'il avait bientôt fini, vu la montagne de vaisselle qu'elles avaient sur les bras.

On est repassés dans la vapeur de l'autre pièce. Comme je l'avais mis en retard et que je n'avais de toute façon rien de mieux à faire, j'ai attrapé un essuie-verre et je leur ai donné un coup de main.

Les flûtes à champagne, les ballons pour le bourgogne s'égouttaient instantanément en sortant de l'eau quasi bouillante. Je n'avais qu'à passer sur la buée jusqu'à ce qu'à la lumière des néons au plafond, la dernière traînée ait disparu. Un travail élémentaire mais de précision, pendant lequel les confidences de Léonard décantaient de leur côté dans ma tête et y installaient, aussi transparente que les verres, l'évidence de la culpabilité de Branko.

Un homme qui avait assassiné des femmes et des enfants n'était pas à un meurtre près. Devant moi, maman avait déclaré à Bulteau que sa liaison avec Branko avait commencé le 8 décembre. Le 8, c'était le jour de l'Immaculée Conception. Ce soir-là, je m'en souvenais très bien, j'avais trouvé maman et Branko à table devant une bougie allumée pour la circonstance. Leur connivence m'avait déjà sauté aux yeux. Branko venait justement de terminer les aménagements dans le placard du couloir à l'étage. C'est en passant par la porte restaurée que maman s'était livrée à lui cette nuit-là, dans l'émotion de la fête de la Vierge. Pour qui n'a pas connu maman, il y aurait de quoi ironiser. Elle, pourtant, s'était certainement donnée avec une candeur immaculée.

Le lendemain, Suzanne avait transmis à Branko sa scabreuse invitation pour le dimanche 10, à onze heures. Branko ne voulait pas courir deux lièvres à la fois. Même un malfaiteur a sa part de sincérité, une part à laquelle il tient peut-être même davantage que les autres, parce qu'elle le rachète du reste.

Il s'est rendu au rendez-vous, bien décidé à une explication définitive. S'ils avaient couché ensemble, c'était fini ; s'il avait résisté aux avances de Suzanne, comme je voulais encore le croire, qu'elle lui fiche la paix une fois pour toutes ! La rencontre avait mal tourné. Suzanne, toujours si arrogante, si prompte à blesser, avait fait bondir le tueur croate tapi au fond des entrailles de Branko.

Le matin du 1er janvier, quand André est venu me réveiller, je n'avais plus l'ombre d'un doute. Que Branko ait connu papa à l'hôpital, ainsi qu'il me l'a appris alors, c'était la touche finale, le flash-back révélateur au bout d'un road-movie. Il n'est resté que maman pour croire en lui, contre vents et marées. Elle était certaine qu'il y avait une explication à tout, même à son horrible passé en Yougoslavie. Il suffisait d'aller la demander à Branko l'après-midi, en lui apportant le gâteau qu'elle lui avait préparé.

Quand je le lui ai interdit, quand je me suis emparé des clés de la Volvo, je tremblais comme si je commettais un sacrilège. De quel droit un enfant pourrait-il brimer sa mère ? Plus tard, j'ai constaté que la clé de la porte du placard vers la chambre du meunier n'était plus pendue à son clou. Égarée pendant la perquisition, sans doute. On ne l'a jamais retrouvée. Maman était confinée dans sa propre maison. Nous étions ses geôliers. Quel retour de manivelle pour quelqu'un qui s'était exilé de son pays, loin des siens, de sa langue, de son enfance – la seule part de la vie qui vaille vraiment –, dans l'espoir de vivre libre !

J'aurais préféré qu'elle se mette à hurler, qu'elle se jette contre moi pour me reprendre les clés. Elle est restée muette, immobile, tête basse, les mains sur le gâteau, réalisant au bout d'un moment qu'elle ne savait plus qu'en faire.

Alors, elle est allée jusqu'à la porte, l'a ouverte, a crié : « Zorba ! Zorba ! » Il est accouru sous la pluie, elle s'est penchée et lui a présenté le gâteau, en lui caressant longuement le cou, comme au seul être qui restait de son côté.

Elle est rentrée, a dénoué son tablier et est montée à sa chambre.

André a préparé du café. On a mangé des biscottes, face à face, sans se regarder.

C'était la même scène que le matin de la mort de papa, quand on est rentrés de l'hôpital. Maman était allée se reposer et on avait déjeuné avec des biscottes. Le boulanger nous livrait quatre gros pains de campagne toutes les semaines, mais il n'y avait que maman qui pouvait y couper de belles tranches régulières au couteau-scie, après avoir tracé un signe de croix sur la croûte.

J'ai laissé André ranger la table – qu'on aurait abandonnée ainsi sans gêne en temps normal. J'avais l'intention de me réfugier à la brasserie, quand nous avons entendu maman redescendre et prendre son manteau dans la penderie du vestibule.

« Je vais à la messe.

— Quelle messe ? On est lundi, maman.

— La messe du jour de l'an.

— ... Je t'accompagne.

— Tu as peur que je m'évade ? »

Comme une gifle.

« Mais non ! Tu as vu le temps ? On prend le Sprinter. »

1996 commençait avec un redoux inattendu. Quand j'étais rentré au petit matin, un vent d'ouest quasi printanier s'était levé brusquement, et, maintenant, il pleuvait des cordes. Elle a jeté un coup d'œil à la fenêtre et s'est résignée.

À l'église, trois ou quatre femmes en tout et pour tout étaient agenouillées près du chœur. En Pologne, sans doute, les catholiques célébraient l'octave de Noël du 25 décembre au 1er janvier, fête de la Circoncision du Christ. À Wermont, le chanoine n'avait plus qu'une poignée de zélatrices. Même sur maman, présente les autres années, il ne comptait plus, puisqu'il avait commencé sans l'attendre. Lorsqu'il a entendu ses talons clinquer dans la nef latérale, alors même qu'il ne pouvait pas la voir, il a marqué une pause. Un léger sourire a paru sur ses lèvres. La veille, le dimanche, maman avait passé outre à l'obligatoire messe dominicale, elle avait trop peur de rater Bulteau qui devait lui rendre compte de la chambre du conseil, et qui, finalement, ne s'était présenté que dans l'après-midi. Le chanoine était rassuré. Il l'avait crue malade, ce n'était pas trop grave.

Maman s'est arrêtée devant la Vierge noire et là, après avoir allumé son cierge comme d'habitude, soudain, elle a fait une longue génuflexion, la tête baissée sur la poitrine, au point que la pointe de son foulard derrière elle découvrait sa nuque frêle, qu'elle avait nue depuis sa nouvelle coupe. Elle est restée ainsi une longue minute. Elle priait pour Branko certainement, comme elle le lui avait promis à la prison. Puis elle a gagné sa place, sous le regard parallèle des dévotes.

Toutes l'avaient vue la nuit de Noël, collée à l'épaule de Branko ; toutes lisaient *Le Courrier de l'Ardenne.* Pas une, naturellement, n'aurait imaginé que maman était complice d'un meurtre. À part cela, néanmoins, ce qui lui arrivait, elle ne l'avait pas volé, n'est-ce pas ? Elle avait été bien pressée de se jeter dans les bras du premier venu. C'est une satisfaction de constater que la morale quelquefois reprend ses droits.

Ainsi réconfortées, elles pouvaient se donner les gants de plaindre sincèrement cette pauvre Mme Broncart. On n'est pas des monstres, tout de même.

Sur le parvis, tandis que je l'attendais à la fin de l'office, elles lui ont distribué des inclinations de tête compatissantes. Et moi, je leur ai retourné mes mimiques les plus reconnaissantes, la mort dans l'âme, au nom des intérêts supérieurs de la Crochepatte, à supposer qu'elles en aient quelquefois garni leur frigo.

Ce que maman a pu faire le reste de la journée, je n'en ai pas la moindre idée. Je n'osais pas penser à elle. Je me suis enfermé dans la brasserie, comme j'en avais eu le projet, avant sa décision d'aller à la messe.

Vers six heures, le téléphone mural a sonné. C'était Elsa, elle voulait que j'aille jusqu' à L'Embuscade.

« Qu'est-ce qui se passe ?

— Je t'expliquerai. Ce serait trop long au téléphone. On a retrouvé mon vélo.

— Ton vélo ? Quel vélo ? Tu as perdu ton vélo ?

— Viens, je te dis. »

Tandis que je roulais vers Neufbourg sous une pluie battante, son histoire de vélo m'est revenue. Suzanne le lui avait emprunté pour se rendre à son rendez-vous avec Branko. Le mardi, quand elle avait cru que sa pensionnaire avait déménagé à la ficelle, Elsa était allée déclarer la disparition de la bicyclette à la gendarmerie. Depuis, on n'en avait pas reparlé. J'imagine qu'Elsa aurait trouvé indécent de la ramener avec une malheureuse bécane absente, alors que Suzanne était morte.

Sur la porte d'entrée de L'Embuscade, un panonceau annonçait « Fermé les 1er et 2 janvier pour cause d'inventaire ». Je suis passé par-derrière, par l'entrée des fournisseurs. Elsa m'a emmené dans son salon. Elle avait préparé du café dans un thermos, et des spéculoos dont elle avait donné quelques mies à son canari, que la pluie déprimait.

« Tu ne te souviens pas de mon vélo, que j'avais prêté à Suzanne le jour de sa mort ?

— Si, si, ça m'est revenu.

— On l'a retrouvé ce matin ! Tu ne devineras jamais où.

— Dans les bois, sûrement.

— Pas du tout ! Au camping Beau Rivage !

— Ah bon…

— C'est Halmadray, le gérant, qui m'a téléphoné. Le vélo était chez lui !

— Il aurait pu te le dire plus tôt.

— Il était caché. Il n'aurait pas pu le voir. Il aurait d'ailleurs pu rouiller des années à l'endroit où il se trouvait. Sous une caravane ! Tu sais, une de ces caravanes très basses, avec des petites roues, pour ainsi dire décoratives. Il faut ramper pour aller en dessous.

— Et le gérant est allé voir en dessous ?

— Non ! Il éloigne les caravanes qui sont au bord de la rivière quand il y a un risque de crue. Les roues, c'est pour ça qu'il les laisse. Ce matin, vu le dégel et vu ce qui tombait, il a tracté celles qui étaient trop près de la rivière avec sa jeep pour les mettre en sécurité plus haut. Il y en a une qui accrochait, il a tiré, tiré, et mon vélo est apparu, le guidon complètement tordu du coup, malheureusement.

— Comment il a su que c'était le tien, de vélo ?

— Il n'y a pas cinquante bicyclettes bleues à Neufbourg. Il l'avait reconnue, forcément. Puis, moi, maintenant, je l'ai identifiée de toute façon.

— Tu es allée là-bas ?

— Oui ! Tu comprends bien que j'ai téléphoné immédiatement aux gendarmes, vu que j'avais fait une déclaration de disparition. Là-dessus, la BSR est venue me chercher pour vérifier. Léonard voulait être tout à fait sûr.

— Qu'est-ce qu'il fichait là, ton vélo, ils te l'ont dit ?

— Réfléchis un peu ! Celui qui a tué Suzanne, quand il s'est débarrassé du corps, il s'est retrouvé avec le vélo. Qu'est-ce qu'il a fait ? Il est reparti avec !

— Dans le coffre de la voiture ?

— Quelle voiture ?

— La Golf.

— Tadeusz, s'il te plaît, pourquoi cherches-tu à compliquer les choses ? Le meurtrier, le vrai meurtrier, n'avait pas nécessairement d'auto. Il est venu rejoindre Suzanne à pied. Et après son coup, il est monté sur le vélo et est rentré là où il habitait, au camping Beau Rivage, comme une bonne dizaine d'autres journaliers de Guyaux. »

17

André

Le soir du 1er janvier, vers six heures, par la fenêtre de ma chambre, j'ai vu Tadeusz courir sous la pluie jusqu'au Sprinter et démarrer sans attendre le souper, sans explications.

Le matin, il avait accompagné ma mère à l'église. Pendant ce temps, j'avais démonté le sapin de Noël. J'ai replacé les boules et les guirlandes dans la boîte de carton où on les rangeait d'année en année. J'ai sorti l'arbre, qui abandonnait un sillage d'aiguilles derrière lui, je l'ai porté dans le bûcher, où je l'ai débité à la hache.

Comme je l'avais proposé la veille à ma mère, j'ai laissé les santons sur le bord de la cheminée, les trois Rois un peu en retrait sous un mouchoir, dans l'attente du 6 janvier. C'étaient des figurines en plâtre, destinées à être peintes. Mon père avait colorié le manteau de la Vierge en bleu et celui de saint Joseph en brun. Il s'était attaqué à un Mage –

pas Balthasar, le Noir, resté blanc – un des deux autres, Gaspar ou Melchior. Il avait teinté son turban en pourpre, et en jaune le coffret qu'il tenait à bout de bras. Les autres, les bergers, les angelots, le petit Jésus étaient encore dans leur état d'origine, pâles, le visage sans vie comme des masques. Il s'était sûrement promis de continuer l'année suivante, mais la crèche était demeurée en carafe, comme tant d'autres de ses entreprises, y compris sa vie.

En recouvrant les trois Rois, j'ai songé à Branko, lui aussi venu d'un pays lointain, pour faire présent du bonheur à ma mère. L'épisode des Rois, selon l'Évangile, s'est terminé dans le sang du massacre des saints Innocents, celui de Branko, après ce que Tadeusz avait découvert, y baignait tout autant.

À son retour de la messe, le visage de ma mère m'avait paru plus tranquille, encore qu'elle semblait très fatiguée. Elle nous a coupé du pain, elle a dit qu'elle préparerait quelque chose de chaud le soir, mais que, pour l'instant, elle avait besoin de se reposer.

L'après-midi, je me suis replongé dans mes cours. J'aurais pu craindre de ne pouvoir me concentrer. C'est le contraire qui s'est produit. Aussitôt la première formule posée sur ma feuille de brouillon, j'ai été happé par un autre monde, le monde des mathématiques. On peut s'éprendre des maths simplement pour elles-mêmes, pour leur rigueur, leur souveraineté. À ce moment, cependant, je me suis mis à les aimer comme mon refuge, à l'abri des laideurs de la vie. Aujourd'hui encore, je ne me sens tranquille que dans l'univers immuable des nombres en suspension dans l'infini, loin de toute réalité, nouant sans passion leurs relations étranges, mus par leur seul attrait pour la beauté.

Quand le Sprinter a disparu sur la route, je suis descendu à la cuisine. Ma mère préparait le repas, du chou rouge au four accommodé avec la graisse de l'oie qu'elle avait gardée de Noël, un des mets préférés de Tadeusz, justement. Sur la nappe, en triangle, face à la place vide qui avait été celle de mon père puis celle de Branko, nos trois assiettes. J'ai demandé :

« Tadeusz va revenir ?

— Il est parti ? »

Elle n'a pas cherché à en savoir plus. Je me suis installé, elle m'a servi directement.

« On ne l'attend pas ?

— Tu sais quand il va rentrer ? Moi, non. Il se passe un tas de choses qui m'échappent dans cette maison. Ce n'est pas à toi que je dois l'expliquer. »

Elle s'est assise, elle m'a souri. Sans ironie, sans reproche, avec une pointe de tristesse seulement.

« Tu m'en veux, maman ?

— Sur le moment, je t'en ai voulu d'avoir téléphoné à l'hôpital. Je trouvais ça tellement… mesquin. C'était stupide de ma part, excuse-moi. Il valait mieux que je sache que Branko avait rencontré papa.

— Il ne te l'avait pas dit, naturellement.

— Non.

— Il avait bien préparé son coup, franchement. Il nous a roulés dans la farine. Profiter de l'agonie d'un malade, détourner ses derniers moments pour s'insinuer dans la vie de sa veuve, et, le bouquet, se faire passer pour un messager de l'au-delà, franchement, quel culot !

— Ne dis pas ça, André, ce n'est pas vrai.

— Bien sûr que c'est vrai ! Il s'est servi de ton deuil, de ta détresse. Il a abusé de ta bonne foi. Tu as cru que son arrivée était un miracle !

— Je le crois toujours.

— Mais enfin, maman, ouvre les yeux !

— Ils sont ouverts ! Ou plutôt, la Vierge me les a ouverts. Tout à l'heure à l'église, je l'ai suppliée de faire apparaître la vérité. J'ai réfléchi à ça tout l'après-midi. Au miracle, pour commencer. Et j'ai compris.

— Qu'est-ce que tu as compris ?

— J'ai compris qu'on s'imagine que Dieu fait des miracles. Ce n'est pas possible, parce que ce serait injuste. Il y a plein de gens qui demandent le même miracle, les paralytiques à Lourdes, par exemple. Ils sont là, des dizaines, au premier rang, et il n'y en a qu'un, de temps en temps, qui guérit. Pourquoi lui et pas les autres ? Comme si Dieu faisait circuler un chapeau qui ne contiendrait qu'un seul billet gagnant ! Dieu ne peut pas jouer à cette loterie.

— Donc, tu n'y crois pas, aux miracles !

— Si, j'y crois. Seulement, la vérité, c'est que ce sont les hommes qui font les miracles. Le miracle sort d'eux-mêmes quand ils pensent très fort que c'est cela justement que Dieu voudrait faire s'Il pouvait intervenir en personne. Mon miracle, c'est papa qui l'a préparé. C'est lui qui s'est chargé de la miséricorde de Dieu envers moi. Il a confié à Branko la mission de venir ici quand il serait mort, il lui a dit d'aller siffler l'air des pèlerins au bord des étangs, afin que le miracle de mon retour à la vie s'accomplisse. Et il lui a fait jurer de taire cet arrangement secret entre eux deux, parce qu'il savait que j'avais besoin d'une dose de mystère pour revenir à l'existence. »

Voilà bien la puissance imparable de la religion ! Quels que soient les faits, elle est capable de les retourner à son avantage, si contraires qu'ils soient. Si Dieu vous envoie la peste, cherchez bien, vous trouverez que c'est un effet de Son infinie bonté, pour vous éviter le choléra !

« Mais, maman, tous ces crimes en Yougoslavie !

— Dans toutes les guerres, il y a des innocents qui meurent. C'est ainsi. Branko n'a voulu la mort d'aucun d'entre eux, j'en suis sûre. Les Croates n'ont rien fait. Ce sont les Serbes qui massacrent partout. Tu te rappelles, cet été, à la télé, Srebrenica ? C'était qui ? Les Serbes !

— Il y a eu des crimes dans tous les camps, les Serbes, les Croates, les Bosniaques.

— Peut-être, mais pas de la main d'un catholique, d'un homme qui vient de Medjugorgje ! »

À quoi bon insister ? J'étais prêt à mettre encore le meurtre de Suzanne Bocols sur la table, mais j'ai renoncé. N'importe comment, elle avait mis Branko hors de cause.

Après manger, quand elle s'est levée, elle a été prise d'un léger étourdissement. Elle a chancelé et s'est agrippée des deux mains au bord de la table. Je me suis précipité mais, d'un geste, elle m'a retenu.

« Ce n'est rien, ce n'est rien… »

Qu'est-ce que cet air suffisant de martyr pouvait m'horripiler ! Elle voulait souffrir seule, stoïquement, elle n'avait pas besoin de quelqu'un qui, de toute façon, ne la comprenait pas. Elle était contente même, en vertu de cette idée complètement idiote propre au christianisme que, plus on déguste, plus on plaît à Dieu. Ses tourments, elle en était convaincue, activaient la délivrance de Branko. Lui, innocent emprisonné, et elle, captive de ses fils dans sa propre maison, unissaient à distance leurs peines pour la manifestation de la vérité qu'elle avait demandée à la Vierge. Chez les catholiques, le Ciel ne donne rien pour rien. Tout se paie cash, en tourments anticipatifs. Avant de triompher, il faut dérouiller.

Nous avons fait la vaisselle, puis elle est montée se coucher, plus affreusement pâle encore. Dans quel état l'avions-nous mise, Tadeusz et moi ! Je m'adressais des reproches. Si seulement mon frère avait été là ! Je l'ai attendu, en me morfondant dans le salon, devant la télé.

Vers neuf heures, enfin, il est revenu. Complètement chamboulé. Il n'a même pas voulu réchauffer une assiette de chou. Ce qu'il venait d'apprendre lui avait coupé l'appétit. Et, en effet, il y avait de quoi ! Le vélo utilisé par Suzanne Bocols le jour de sa mort avait été retrouvé au camping Beau Rivage, dissimulé sous une caravane !

« Évidemment, ça change tout, tu comprends ? Branko n'a pas pu transporter ce vélo au camping. Ça ne tient pas debout. C'est quelqu'un d'autre qui l'y a amené.

— Un complice ?

— André ! Un complice dans une histoire entre une femme et le mec qu'elle veut draguer ! C'est vraiment le genre de situation où on se fait accompagner ! »

Bien entendu. À moins d'être complètement idiot, il fallait admettre qu'il y avait désormais un deuxième suspect, tellement suspect qu'il risquait fort d'être coupable, ce qui mettrait le premier hors du coup. Cet individu qui s'était approprié le vélo de la victime, Tadeusz ne savait pas qui c'était, mais sûrement les gendarmes étaient sur les dents, ils ne tarderaient pas à lui mettre la main au collet.

Après ça, silence, comme on l'imagine. Je n'étais pas moins secoué que mon frère. Deux heures plus tôt, au cours de la même soirée, quand ma mère me confiait qu'elle avait prié la Sainte Vierge pour que la vérité éclate, est-ce que sa crédulité ne m'avait pas fait ricaner à part moi ? Et maintenant, voilà que l'impossible fondait brusquement du Ciel. À croire qu'elle avait été exaucée ! L'ombre du meurtre qui pesait sur Branko se dissipait comme par enchantement. Il y avait de quoi tomber à genoux, se frapper la poitrine et faire pénitence !

En tout cas, il fallait aller rassurer notre mère immédiatement, lui ôter du cœur le poids qui la rendait malade.

« D'accord, on y va, a approuvé Tadeusz. Juste une minute. »

Il a décapsulé une Crochepatte, a avalé quelques gorgées pensivement. Tout à coup, il s'est essuyé les lèvres et il a risqué une idée, comme s'il espérait retourner encore une fois la situation.

« Le type qui a emmené le vélo l'a peut-être trouvé tout simplement, par hasard, abandonné par Branko après le crime, quand il avait déjà emporté le cadavre dans les bois, qu'il était de retour ici. C'est quelqu'un qui est passé devant chez Guyaux, qui l'a vu, qui l'a chopé.

— Pour le planquer en dessous d'une caravane ? S'il l'avait volé, c'était pour l'utiliser, pas pour l'enterrer.

— Tu as raison. »

On est montés voir notre mère. Tadeusz a entrouvert la porte de la chambre. Il a allumé. Elle a gémi et a tourné la tête sur le côté en ramenant la couverture sur elle. Tadeusz a refermé. Il a chuchoté :

« Laissons-la dormir. Il sera encore temps demain. »

Le matin, je me suis réveillé plus accablé qu'en me couchant. Il s'agissait maintenant d'annoncer le revirement de l'enquête à ma mère, sans plus tarder. Hélas ! elle allait se réjouir. Pourtant, à supposer que la lumière soit faite sur la mort de Suzanne Bocols, à supposer que Branko en sorte blanchi, il restait encore toutes les autres obscurités de sa vie, qu'elle voudrait d'autant moins considérer. Une fois de plus, il faudrait jouer les rabat-joie.

Je suis passé dans la chambre de Tadeusz, je voulais qu'on y aille ensemble, mais il était déjà descendu. À la cuisine, avec ma mère, certainement, trop content de prendre les devants pour lui annoncer la bonne nouvelle. Les problèmes en suspens, il m'en laissait généreusement le soin.

Mais je l'ai trouvé seul à table, occupé à piocher de la main droite dans une omelette au lard, la gauche appuyée sur *Le Courrier de l'Ardenne* plié en deux.

« Où est maman ?

— Pas levée. »

Je crois bien que cela n'était jamais arrivé. Même quand elle était souffrante, elle était toujours debout la première, avant mon père, sauf à la Saint-Nicolas, peut-être, quand Tadeusz et moi, on ne tenait plus au lit, tellement on brûlait de découvrir les jouets déposés la nuit à côté de nos chaussures respectives, devant le fourneau de la cuisine.

« Viens voir. C'est déjà dans le journal. “Le vélo de Suzanne Bocols retrouvé dans un camping.” »

Je me suis penché. Quelques lignes relataient la découverte du vélo sous une caravane du Beau Rivage. La pièce à conviction avait été saisie par la gendarmerie, d'où la photo panoramique des lieux, à défaut de l'engin lui-même. En médaillon, la tête du gérant, qui avait confié que l'occupant avait tiré sa révérence la veille de Noël. Son nom, il le connaissait mais, malheureusement, il s'était refusé à le révéler, afin de ne pas interférer avec les développements de l'enquête, dont *Le Courrier* ne manquerait pas d'informer ponctuellement ses fidèles lecteurs.

« Un beau coup de pub pour le camping ! C'est le gérant qui a appelé le journal, bien entendu.

— Finalement, tout le monde sera au courant avant maman. »

Tadeusz a haussé les épaules, il avait l'air beaucoup moins préoccupé d'elle que la veille. Il avait même retrouvé l'appétit. J'ai insisté : « Tu es allé la voir ?

— Non.

— Alors, j'y vais. »

Je suis monté. Elle n'était pas dans sa chambre. Un moment, j'ai pensé qu'elle s'était évadée pendant la nuit, mais un bruit étouffé – un hoquet, un sanglot ? – m'a conduit jusqu'à la porte de la salle de bains.

« Ça va, maman ?

— N'entre pas ! Ça va, j'arrive. »

Elle est descendue peu après. Blême à faire peur. Exactement le teint de mon père dans ses derniers temps.

« Tadeusz, il faudrait que tu me donnes les clés de la Volvo, je dois aller chez le docteur. »

Elle était restée à l'entrée de la cuisine, comme une étrangère venue demander humblement un service aux occupants. J'étais debout, Tadeusz s'est levé, sur le point lui aussi d'aller jusqu'à elle pour la soutenir. Mais comment soutenir une femme qui est votre mère ? Par les épaules ? par la taille ? On est restés cloués sur place.

Tadeusz a dit :

« Je… je vais te conduire. Tu ne peux pas y aller seule, si tu n'es pas bien. »

Elle a soupiré devant ce qu'elle prenait sans doute pour ses précautions de geôlier.

« Bien, comme tu veux. Allons-y, alors. Les consultations commencent à huit heures. »

Ils sont partis. On n'avait pas parlé de la découverte du vélo. Sûrement, Tadeusz le ferait pendant le trajet. Tout compte fait, cela me soulageait, cela repoussait d'une heure ou deux le moment de reconsidérer objectivement la situation avec ma mère. Dans l'immédiat, j'avais faim, je ne pensais qu'à manger en paix, mais le téléphone a sonné. Bulteau !

« Tadeusz ?

— Non, c'est André.

— André ? Passe-moi ta mère.

— Elle n'est pas là.

— Ah… Vous avez vu le journal, ce matin ?

— Oui.

— Et alors, qu'est-ce qu'elle dit de ça, Teresa ?

— Elle ne l'a pas encore vu, elle est partie chez son médecin.

— Ah…, la pauvre, toutes ces histoires l'ont secouée ! Dimanche, je lui ai déjà trouvé une mine de déterré. Mais maintenant, elle a de bonnes raisons de retrouver la forme, hein ? Fameux coup de théâtre, mon petit André ! Personne apparemment ne savait que Suzanne était allée à son rendez-vous en vélo. Le type qui a escamoté la bécane n'a qu'à bien se tenir, tu peux me croire.

— Sûrement.

— Écoute, je file voir le juge d'instruction pour en savoir plus long. Il aurait pu me téléphoner hier, mais faut pas trop en demander à ces messieurs de la magistrature, surtout quand ils ont été un peu vite en besogne pour mettre un bonhomme à l'ombre. Je passerai chez vous, fin de matinée. D'accord ?

— Oui, bien sûr.

— Et rassurez tout de suite votre mère, sacrebleu ! Qu'est-ce que vous fabriquez ? Où est Tadeusz ?

— Avec maman.

— Bon. À tout à l'heure. »

Il est arrivé un peu avant midi, accueilli par les jappements de principe de Zorba. Je me suis penché à la fenêtre de ma chambre. Tadeusz est sorti de la brasserie. Il l'a accompagné par le côté de la maison. Je suis descendu.

Ma mère était rentrée de la consultation, très apaisée. Quand je lui avais demandé comment ça s'était passé, elle avait même assuré avec un sourire : « Tout ira bien maintenant, André. » J'ai supposé que Tadeusz lui avait expliqué les dernières péripéties de l'enquête et que cela contribuait à sa meilleure mine. Mais je n'ai pas voulu le lui demander devant elle. D'ailleurs, il s'était à peine arrêté, il avait affaire à la brasserie. Puisque Bulteau allait venir, je préférais m'en remettre à lui pour faire un point complet de la situation.

Il s'est installé à sa place, il a attendu sa Crochepatte en accompagnant les mouvements de ma mère de battements de paupières affectueux. Quand elle s'est assise, il l'a d'abord complimentée pour sa belle figure. Il est vrai que maintenant elle semblait se remettre tout à fait.

« De mon côté, j'ai aussi de bonne nouvelles ! »

Sa bouille avait l'air plus ronde encore que de nature.

« D'abord, pour la mise en bouche : le sang sur le bistouri. Le juge a reçu le rapport du labo. L'ADN est celui de Branko. Comme de juste, Ramont m'a dit de ne pas trop vite chanter victoire. Un instrument chirurgical est systématiquement nettoyé et désinfecté après chaque intervention. La tache de sang donne donc à penser que l'utilisateur en a fait usage dans d'autres circonstances, précipitamment, maladroitement puisqu'il s'est coupé malgré la pratique qu'il a de l'ustensile, et sans prendre soin de le stériliser après usage selon les règles de l'art. Possible, mais on est à cent lieues des conclusions qu'on aurait pu tirer de la présence de l'ADN de la victime ! M. le juge chicane parce qu'il a du mal à avaler le flop ! »

Inutile de dire que ma mère buvait du petit-lait. Bulteau est passé gaiement au plat de résistance : le vélo. Elle ne semblait pas particulièrement surprise. Tadeusz l'avait sûrement déjà branchée. Elle écoutait Bulteau, comme une maîtresse d'école un élève, satisfaite de constater qu'il a enfin compris ce qu'elle s'évertuait à lui apprendre depuis si longtemps.

Tout de même, Bulteau en savait plus long que *Le Courrier de l'Ardenne*. Le locataire de la caravane était un certain Hans Kortendik, un Hollandais d'une cinquantaine d'années, la génération « Provo », les beatniks locaux, dont certains avaient pris la route et ne s'étaient pas encore posés. Depuis plusieurs saisons, il faisait le sapin de Noël chez Guyaux et, ensuite, il descendait dans les vignobles, en Bourgogne, pour les émondages de printemps. Le parquet avait lancé un avis de recherche et, la veille déjà, la brigade territoriale de Nuits-Saint-Georges avait épinglé le suspect. Le matin, une commission rogatoire était partie là-bas, emmenée par Léonard.

« Alors, le juge va libérer Branko ? a conclu ma mère, sûre déjà que le dossier était plié.

— Doucement, Teresa ! Vous pensez bien que Ramont va retarder tant qu'il pourra le moment de reconnaître qu'il s'est planté. Il attendra le retour de Léonard. Si Kortendik a avoué, naturellement, l'affaire est dans le sac, la levée d'écrou sera immédiate. Que ce type ait une explication plausible, cela m'étonnerait fort, mais il peut toujours nier, s'entêter. Il faudra sans doute un peu de patience.

L'essentiel, c'est que nous soyons maintenant sur la bonne voie. Nous sauverons Branko. »

Incroyable ! On aurait dit que Branko s'était transformé en une pauvre victime, innocent comme l'agneau qui vient de naître, persécuté par un juge inique ! C'était plus que je ne pouvais supporter.

« Il reste tout de même le passé criminel de cet homme en Yougoslavie !

— Quel passé criminel, André ? a demandé Bulteau, le sourcil soudain en berne.

— Sa participation à la purification ethnique !

— Comment ça, purification ethnique ? Qu'est-ce que tu racontes ?

— Branko a massacré des civils, des musulmans bosniaques, le juge est au courant. Il ne vous a pas averti ?

— Non… Évidemment, non… Eh bien, c'est une autre paire de manches… »

Il s'est mis à se tapoter les lèvres du bout des doigts, la tête penchée, les yeux baissés, puis il les a levés lentement vers ma mère pour voir sa réaction. Elle a esquivé immédiatement son regard et s'est retournée vers moi, la voix pleine d'aigreur.

« Tu sais parfaitement qu'il n'y a pas un mot de vrai dans tout cela. Branko n'a pas plus tué ces gens qu'il n'a tué Suzanne Bocols. Tu l'as accusé du meurtre de cette femme, et vous deux tout autant. Et qu'est-ce qu'il en reste de vos belles certitudes ? Rien ! Rien du tout ! Branko ne saurait faire de mal à personne, je le sais, moi. »

18

Tadeusz

Branko a été libéré le mercredi 3 à dix-sept heures. Bulteau a téléphoné dans l'après-midi : le juge Ramont avait prononcé la relaxe immédiate. Le procureur du Roi n'avait fait aucune objection. Maman était à l'appareil. Il lui a demandé si nous pouvions aller chercher Branko. Avec ses deux filles chez lui pour les vacances, ça l'aurait arrangé qu'on s'occupe de son client. C'est moi qui y suis allé. Maman voulait cuisiner quelque chose de spécial pour fêter l'événement. Elle était radieuse.

Trop, bien sûr. Il aurait fallu la raisonner, mais je n'en avais pas le courage. La veille, elle m'avait fait suffisamment peur. Elle s'était sentie si mal au réveil que je l'avais emmenée chez le médecin. Pas un mot pendant tout le trajet, les yeux fermés, les lèvres plaquées à un de ses minuscules mouchoirs en dentelle qu'elle avait imbibé de menthe poivrée.

Quand elle était ressortie du cabinet et m'avait rejoint dans la salle d'attente, elle n'était guère mieux, mais elle semblait rassurée.

« Rien de grave, l'estomac un peu patraque.

— Il t'a prescrit quelque chose ?

— Même pas. Du repos, c'est tout. »

Au retour, malgré la pluie, elle avait descendu la vitre de sa portière de quelques centimètres. Le cou en extension contre l'appuie-tête, elle tendait ses narines agitées de petits frémissements vers l'ouverture, d'où quelques gouttes parfois se précipitaient vers elle comme des larmes venues de l'extérieur. J'aurais dû lui parler du vélo retrouvé, mais je ne me décidais pas, j'attendais un meilleur moment, quand elle serait vraiment remise.

Finalement, c'est Bulteau débarqué vers midi, qui lui avait tout expliqué. Le sang sur le bistouri était celui de Branko et, avec la découverte du vélo, l'enquête se réorientait de manière décisive vers le type de la caravane.

Elle avait accueilli le rebondissement sans sourciller, au point que j'avais d'abord pensé qu'André l'avait déjà rassurée. Mais, plutôt, cette surprise n'en était pas une pour elle, ce n'était qu'exaucées, ses prières de la veille à la Vierge noire. André n'avait jamais eu vraiment l'intention de la réconforter. Quand il l'avait vue si heureuse du dénouement que Bulteau prévoyait désormais à brève échéance, il n'avait pu s'empêcher de renfoncer le couteau dans la plaie et il était revenu sur les crimes de Branko en Yougoslavie. Bulteau, étonné – le juge ne lui en avait pas parlé –, n'avait fait aucun commentaire. Maman ne s'était pas laissé démonter. Une calomnie supplémentaire sur Branko ! Elle n'en croyait pas un mot. Elle était tout à son bonheur. Dans la journée, ses malaises du matin s'étaient envolés.

Maintenant qu'elle avait décidé de tuer le veau gras pour le retour du prisonnier, je préférais ne pas les faire resurgir en lui rappelant que la libération de Branko le dédouanait sans doute du meurtre de Suzanne, mais que, comme André, j'attendais des éclaircissements sur son passé et sur la façon dont il était arrivé chez nous.

Au téléphone, Bulteau avait précisé que nous pouvions récupérer la Golf de Branko à la gendarmerie de Neufbourg. Je suis donc parti en Volvo avec André. Il m'a déposé à la brigade, puis est rentré à la maison. Mon intention était d'aller reprendre Branko avec sa propre voiture, afin de lui montrer que l'ère de l'hospitalité était révolue, que je n'allais plus le balader dans la nôtre.

J'étais occupé à retirer les clés et à signer les documents auprès du planton quand Léonard est sorti de son bureau.

« Il me semblait bien que j'avais reconnu ta voix ! Entre une minute. »

J'ai regardé ma montre.

« Je dois être à la prison dans une heure.

— T'en fais pas, il ne s'envolera pas ! »

Je suis passé dans une pièce étroite meublée de quelques armoires métalliques, de deux chaises – il m'en a désigné une –, et d'un bureau, derrière lequel il s'est installé. Il avait un siège réglable en hauteur qu'il devait avoir hissé à bout de vis, car une fois juché dessus, il avait presque l'air d'un arbitre de tennis. D'un tiroir du bureau, il a extrait un petit flacon et deux gobelets. Il m'a adressé un clin d'œil.

« Marc de Bourgogne. Cadeau des collègues de Nuits-Saint-Georges. Tu m'en diras des nouvelles. »

Je ne sais pas pourquoi cet homme m'avait à la bonne. Peut-être parce que nous avions fait la vaisselle ensemble. Un flic, on s'en doute bien, n'a pas beaucoup d'amis.

« Alors, c'est toi qui vas chercher l'oiseau ?

— Oui.

— Il pourra se vanter d'avoir eu chaud aux fesses ! Je le dis toujours : les enquêtes, c'est comme les femmes, ce n'est pas forcément le premier amour qui fournit la mariée. »

Il s'est humecté la bouche d'un air parfaitement satisfait. Trois jours auparavant, il était prêt à passer la corde au cou de Branko. Qu'à cela ne tienne ! Il avait changé son fusil d'épaule sans le moindre état d'âme. Oublié Branko ! Il ne s'intéressait plus qu'au nouveau coupable, Kortendik, le Hollandais de la caravane du Beau Rivage, qu'il était allé interroger en Bourgogne, où on venait de l'arrêter.

« Un gaillard porté sur le vélo, ça ne pouvait être qu'un Hollandais ! »

Le rire secouait son petit ventre qui butait contre le plateau du bureau, tandis que, du tiroir où il gardait le marc, il retirait maintenant une chemise en plastique. Elle contenait quelques photos de Kortendik.

Sa tête me disait quelque chose, mais quoi ? Sur le moment, je n'arrivais pas à la remettre. Léonard m'a mis sur la voie : « Un gars de chez Guyaux, un bon client de L'Embuscade ! » Ça m'est revenu brusquement. Kortendik était le type avec qui Suzanne avait dansé le soir où Branko et moi l'avions rencontrée. Elle s'était servie de lui pour aguicher Branko, avant de le laisser tomber comme une vieille chaussette. J'entendais encore la phrase cinglante qu'elle lui avait décochée : « Maintenant, ça suffit, minus ! »

Il faut dire que, si Kortendik manifestait, selon Léonard, la propension typique de ses compatriotes pour le vélo, en revanche, il ressemblait plus à un pygmée qu'à un Hollandais. Tout était bien développé chez lui, les épaules, le cou, les biceps, sauf malheureusement la taille. Une distraction de la nature. Suzanne l'avait rembarré avec une de ces flèches dont elle avait l'habitude. Il avait encaissé et se l'était arrachée sans doute, mais elle était empoisonnée.

Après cela, en effet, comme il l'avait expliqué à Léonard chez les gendarmes de Nuits-Saint-Georges, il n'avait cessé de penser à elle. Il la convoitait avec la hargne de ceux qui se sentent rejetés injustement. À la cantine de Guyaux, elle s'était vite aperçue qu'il la dévorait des yeux. Alors, elle en avait rajouté. Elle prenait plaisir à l'aplatir devant les autres, elle ne l'appelait plus que minus et, le comble, si, en s'adoucissant brusquement, elle lui demandait une faveur, c'était pour lui confier des billets enflammés à transmettre à Branko, qui n'en avait rien à faire. Une fois même, avant de fermer l'enveloppe, elle lui avait fait voir une photo topless d'elle, avec une invitation explicite pour Branko.

L'effet de cette anecdote, qui m'avait transformé en écrevisse, Léonard l'a heureusement attribué à la deuxième rasade de marc que je venais d'avaler de travers. Il m'a resservi avant d'en venir au crime.

Le fameux dimanche à onze heures, Kortendik avait guetté Suzanne quand elle était arrivée à la cantine. Comme Branko ne venait pas, il avait résolu de tenter sa chance. Mortifiée de voir que l'homme qu'elle espérait lui faisait faux bond, elle avait mouché la demi-portion qui prétendait le remplacer avec une telle cruauté qu'il avait ramassé un couteau sur l'évier et l'avait frappée.

L'arme du crime n'était pas du tout le bistouri de Branko, mais la lame tout aussi courte, étroite et rigide d'un couteau à huîtres. Après s'être débarrassé du corps, Kortendik l'avait simplement rincé sous le robinet d'eau froide. La cuisinière qui avait remplacé Suzanne l'avait innocemment utilisé la veille de Noël quand, pour terminer la saison, Guyaux offrait aux débardeurs un verre de Maitrank accompagné d'un plateau de fruits de mer.

Ces aveux, Kortendik les avait livrés à Léonard sans faire d'histoire.

« Quand je suis arrivé à Nuits-Saint-Georges, il m'aurait presque embrassé ! Tu sais ce qu'il m'a dit en me voyant entrer dans sa cellule ? "Enfin, vous voilà !" Il ne pensait qu'à soulager sa conscience. Le jour où il m'a remis le billet de Suzanne pour Branko, il n'avait pas encore la force d'avouer par lui-même. Secrètement, il espérait que je devinerais. J'ai manqué de flair. Pourtant c'est connu : dès que le remords se met à les ronger, les criminels ont tendance à se frotter aux flics. Ce billet, il aurait pu le garder indéfiniment pour lui. Il avait déjà attendu deux semaines avant de me le remettre, soi-disant qu'il venait de le retrouver en bouclant son sac, la veille de Noël. En me le donnant, il savait qu'il s'exposait. Mais voilà : "Le papillon va de lui-même à la bougie." Ce n'est pas de moi, c'est de Dostoïevski. Tu connais ? *Crime et Châtiment ?* Après son crime, Raskolnikov n'arrête pas de tourner autour du juge d'instruction, Porphyre machin-chouette – j'ai oublié son nom. Kortendik était très déçu que je ne l'aie pas démasqué immédiatement. Il comptait sur moi. Il savait que je pouvais le comprendre. Ce n'est pas un mauvais bougre. Juste un homme humilié. »

Pourquoi Kortendik lui faisait confiance, Léonard ne l'a pas précisé. Sans doute parce que, tout criminel qu'il fût, il avait besoin de sympathie et qu'il en avait senti chez Léonard, qui était à peine plus grand que lui. Quand le coupable passe à table, ce n'est pas forcément parce qu'il s'incline devant la raison du plus fort, ça peut être aussi sur un coup de cœur, pour faire plaisir à quelqu'un qui a éveillé son affection.

Léonard a repris une gorgée, puis il est resté un moment songeur, les yeux fixés sur le fond de marc qu'il faisait tournoyer dans le gobelet.

« Tu vois quel boulot on doit se farcir, nous, les flics ? Kortendik : un coup de sang contre une femme qui l'a poussé à bout et hop ! au violon ! Et Branko qui zigouille des innocents à la chaîne, on le relâche avec des excuses.

— Il ne sera pas poursuivi pour ce qu'il a fait en Yougoslavie ?

— Là, ça m'étonnerait.

— Il y a une loi, même pour les crimes commis à l'étranger, non ?

— Oui, la compétence universelle, mais il faudrait d'abord quelqu'un qui accuse Branko. Les Bosniaques de Bruxelles qui l'ont reconnu, pas de danger ! Ils sont terrorisés. L'interprète a mis trois jours avant de contacter le juge, et encore, avec toutes sortes de précautions. Ils espèrent peut-être que quelqu'un fera quelque chose, mais pas eux-mêmes. Ils ne bougeront pas. »

Pendant tout le trajet vers la prison, je n'ai pas cessé de remâcher les réflexions de Léonard. Finalement, j'avais pitié de Kortendik. Moi aussi, je m'étais fait larguer par Suzanne – sans insulte, encore heureux ! Je me sentais proche de lui.

Les choses auraient été bien plus simples si Branko avait tué Suzanne. La justice, d'une certaine façon, l'aurait rattrapé. On aurait pu considérer qu'il payait en bloc tous ses méfaits. Et après, bon débarras !

Maintenant, à cause de son histoire avec maman qui continuait à croire en lui, il fallait jouer les prolongations. Sa combine pour s'introduire chez nous, elle la lui pardonnerait vraisemblablement, mais ses assassinats en Yougoslavie, s'il les reconnaissait, elle ne pourrait jamais. C'était impensable.

Devant elle, il allait essayer de mentir. Il fallait à tout prix que nous ayons une conversation avant de rentrer, que je lui fasse cracher le morceau à l'avance.

Je suis arrivé à la prison avec dix minutes de retard. Je m'imaginais déjà Branko en train de m'attendre sur le trottoir. Il n'y était pas.

Le préposé, dans le hall des visiteurs, m'a expliqué que la levée d'écrou allait seulement se terminer, vu le manque de personnel pendant les fêtes. J'ai attendu en parcourant une brochure de la Croix-Rouge qui proposait aux détenus de devenir donneurs de sang. Une façon plus intelligente de le verser, me suis-je dit malgré moi, en pensant à Branko.

Lorsqu'il est arrivé, il s'est précipité pour me serrer dans ses bras. J'ai essayé de l'éviter. Impossible. Il me broyait les côtes.

« Ah ! Tadeusz ! Tadeusz ! Merci, merci ! »

Il ne m'a lâché que pour essuyer une larme qui s'était logée dans la cicatrice sous son œil.

Dehors, la vue de la Golf en a fait jaillir d'autres, il croyait à une délicate attention de ma part. Il n'a pas voulu prendre le volant. Trop énervé. Il m'a montré ses mains : elles tremblaient.

Nous sommes partis. Il soupirait d'aise, de toutes ses narines, il se tournait à gauche, à droite, comme un touriste qui ne veut pas perdre une miette du paysage, il demandait des nouvelles, comment j'allais, la brasserie, les affaires. Comme s'il avait tiré non pas neuf jours en prison, mais dix ou quinze ans. Et André ? Et maman ? Ah ! maman ! Maman est une sainte !

Bulteau lui avait expliqué le dénouement de l'affaire. Kortendik coupable ! Comment était-ce possible ? Jamais il n'aurait cru une chose pareille de lui !

Je le laissais dire. J'attendais qu'il déverse le trop-plein de ses émotions pour l'aborder à froid. Au bout d'un moment, il s'est tu, il s'est absorbé dans la contemplation des bas-côtés de l'autoroute, d'un air béat.

Il ne restait presque plus d'essence. J'ai bifurqué vers une station-service. Pendant que je faisais le plein, il se dégourdissait les jambes sous l'auvent, il passait d'une pompe à l'autre en faisant risette à tous ceux qui se servaient.

On est allés payer. Son portefeuille débordait de coupures de deux mille, la paie qu'il avait touchée juste avant son arrestation. Le petit jeune à la caisse n'avait pas l'air rassuré. Sûrement, il s'est demandé si ce type, avec son accent bizarre, n'était pas en cavale sur l'autoroute après un braquage.

J'ai proposé de prendre un café. On est montés à l'espace restauration, à l'étage. On a commandé des cappuccinos qu'il a réglés tout de suite, royalement, en refusant la monnaie. En ramassant les billets, la serveuse s'est arrangée pour le frôler de toute la longueur de son avant-bras. Il avait déjà fait une touche, je le détestais.

Par où entamer le déballage auquel je voulais l'obliger avant de rentrer à la maison ? Le plus délicat, c'était son passé en Yougoslavie. Si je l'attaquais sur ce terrain, il risquait de se braquer. L'œillade qu'il a rendue à la serveuse m'a poussé vers l'autre piste, celle du stratagème qui l'avait amené jusque dans les bras de maman.

« C'est à avoir peur de t'emmener dans un bistrot, dis donc ! Tu peux entrer n'importe où, tu en tombes aussitôt une nouvelle ! »

Il a cru que je faisais allusion à Suzanne, à L'Embuscade.

« J'essaie d'être sympa, c'est tout. Si tu penses à Suzanne, je ne voulais pas Suzanne, Tadeusz. Je ne cherche pas les femmes.

— Admettons que tu ne les cherches pas toutes.

— Aucune, Tadeusz, aucune. »

Je n'ai pas répliqué immédiatement. Avant de passer à l'offensive, pour le déstabiliser, je l'ai fixé avec toute l'ironie que méritait son air de fausse modestie.

« Aucune, sauf maman… »

Il a changé de couleur. Il a baissé les yeux, le bec cloué.

« Ne dis pas non. C'est maman elle-même qui me l'a avoué : vous couchez ensemble. »

Tout de suite, j'ai regretté d'avoir utilisé cette formule. Lui-même a rejeté le front en arrière, comme pour en secouer la crudité. Il a murmuré :

« Teresa et moi, nous nous aimons. J'aime maman et maman m'aime, Tadeusz. Il n'y a rien de mal.

— Il n'y aurait rien de mal si tout cela était arrivé naturellement, mais ce n'est pas le cas. Tu t'es introduit chez nous comme un voleur. Tu avais tout combiné soigneusement, tu venais pour t'emparer d'elle.

— Ce n'est pas vrai !

— Écoute, Branko, on va jouer cartes sur table. André et moi, nous avons appris que tu étais à l'hôpital en même temps que notre père. Vrai ou faux ? »

Il était estomaqué. Il a jeté un regard autour de lui, comme s'il voulait s'assurer que personne n'avait entendu, alors que la cafétéria était pratiquement déserte, ou comme s'il repérait les issues de secours.

« Alors ?

— Vrai.

— Et donc, tu avais repéré maman dès ce moment-là.

— Je l'avais vue, oui…

— Quand tu es arrivé chez nous, tu as provoqué toi-même la panne de la Golf.

— Oui. »

Je n'ai pas résisté au plaisir de lui faire croire que j'avais tout deviné depuis le début.

« Tu aurais dû te débarrasser de la courroie de l'alternateur au lieu de la planquer sous ton siège. Figure-toi que je l'ai découverte tout de suite. Ça m'a mis la puce à l'oreille. Pas déchirée, sans la moindre effilochure. Tranchée nette. Bizarre, non ?

— Ah... »

Je le sentais à ma merci. J'en ai profité pour l'asticoter.

« Comment tu l'as coupée ?

— Avec mon bistouri.

— Je m'en doutais ! »

En fait, je ne m'en doutais absolument pas mais, maintenant, j'étais prêt à tirer parti de tout ce qui se présentait.

« Et tu t'es blessé !

— Oui.

— D'où le sang sur le bistouri. Tu n'as pas eu l'occasion de le nettoyer, bien sûr. »

Il n'a pas répondu. J'ai bu quelques gorgées de café. Je savourais le plaisir d'avoir élucidé un élément inexpliqué de l'enquête. Cela lui a donné le temps de se ressaisir. Il a levé les yeux sur moi. Un regard implorant. Il a dit presque à voix basse :

« Je ne suis pas venu pour tromper Teresa, Tadeusz, je t'assure.

— Ah oui ? Tu venais pour quoi ?

— J'avais fait une promesse.

— Une promesse ! À qui ça ?

— ... À la *Gospa.*

— La *Gospa* ?

— Oui, la Sainte Vierge. »

Je m'étais penché vers lui pour l'écouter, je me suis reculé contre le dossier de ma chaise.

« N'importe quoi ! »

Il a bien compris qu'il ne m'attirerait pas sur ce terrain-là. Il a soupiré, puis il a repris avec plus d'assurance.

« Je pensais rester chez vous seulement un jour ou deux, pas plus. Mais Teresa a tout de suite été si bonne avec moi. Je vivais seul. J'étais perdu depuis que j'étais arrivé dans votre pays. Personne ne s'occupait de moi.

— Tu cherchais une femme.

— Non, non ! Je ne voulais pas de femme. Je n'ai pas eu de femme pendant deux ans. Je repoussais les femmes qui me voulaient, comme Suzanne. Je n'ai jamais répondu à Suzanne. Pourtant, elle me poursuivait, tu le sais.

— Admettons.

— Pour moi, il n'y avait que Teresa. Teresa n'est pas comme les autres femmes. Je te l'ai dit, Tadeusz, Teresa est une sainte. Avec Suzanne, qu'est-ce que j'aurais pu avoir ? Un moment de plaisir, puis après ? De la tristesse. Ça n'aurait rien changé à ma vie déjà assez moche comme ça. Je lui aurais ajouté plus de tristesse encore. Elle n'aurait pas été meilleure.

Chargée d'une chose inutile au-dessus des autres, c'est tout. »

Il parlait lentement. Il devait chercher ses mots dans la modeste réserve qu'il avait constituée depuis son exil. Il les emboîtait un à un, à cru, d'autant plus percutants. Sans le vouloir, en expliquant ce qu'il avait voulu éviter avec Suzanne, il me révélait ce qui m'était arrivé à moi, avec elle. Une aventure absurde dont je n'avais retiré que de l'amertume. Un gâchis insensé au bout de quelques autres. Il me faisait la leçon. Pas mal pour un homme que j'avais résolu d'accuser !

« Avec Teresa, c'est le contraire qui se passait. Quand elle me parlait, quand elle me regardait, je sentais que je devenais meilleur. Je savais que je ne pouvais pas lui apporter beaucoup, mais elle, c'était comme si elle lavait mon âme. Elle était comme une eau claire. Les autres femmes, c'était de l'eau qui avait déjà servi. Cette eau-là ne lave plus, elle salit. Pour laver, il faut de l'eau pure. Teresa est une eau pure.

— Et, en fait de lavage, tu avais besoin d'une fameuse lessive !

— Quoi ? Je ne comprends pas.

— Tu avais beaucoup à laver, après ce que tu avais fait en Yougoslavie.

— Qu'est-ce que tu veux dire ?

— Je veux dire que la police a aussi appris que tu avais massacré des innocents en Bosnie. Tu as participé au nettoyage ethnique, Branko ! »

Balayées les belles métaphores sur les eaux limpides ! Qu'est-ce qu'il avait à dire à cela ?

D'un geste brusque, il a repoussé sa tasse de café qui a basculé sur sa soucoupe. Il m'a fusillé du regard féroce dont il m'avait menacé déjà quelques fois.

« Ne te mêle pas de ça, Tadeusz ! Jamais ! On s'en va. Donne-moi les clés. »

19

André

Contrairement au pronostic de Bulteau qui pensait que le juge Ramont atermoierait avant de le relâcher, dès le mardi soir, Branko, blanchi par les aveux du Hollandais, fut de retour à la maison. Où aurait-il pu aller ailleurs ? Ma mère n'aurait pas compris que nous ne le reprenions pas chez nous. Elle était convaincue qu'il pourrait nous expliquer tout ce qu'il restait à expliquer.

Tadeusz l'a ramené dans sa Golf vers sept heures. Je ne voulais pas rater cela, je suis descendu à la cuisine. Branko est entré le premier, son sac polochon d'un côté, Zorba de l'autre, qui voulait à tout prix lui fourrer le museau dans la main. Ma mère avait entendu la voiture, elle avait ôté son tablier. Elle faisait face à l'entrée, dos à la table, les paumes en arrière, serrées sur le rebord.

Branko s'est arrêté sur le seuil un instant, il a lâché son sac, puis s'est précipité. Elle a fermé les yeux et s'est jetée dans ses bras.

Ils se sont étreints longuement, le visage de ma mère enfoui dans l'épaule de Branko, ses mains lui pétrissant le dos, ses jambes en ciseaux dans les siennes. Pas de baiser sur les joues ou sur les lèvres : c'était presque pire.

Tadeusz, qui avait repoussé Zorba dehors, était planté contre la porte, la mine sombre, avec un tic agacé au coin de la bouche. Moi, j'aurais voulu rentrer sous terre. J'étais près du plan de travail, où ma mère avait abandonné le poêlon à sucre, avec lequel elle s'apprêtait à préparer le dessert. En me détournant, je l'ai accroché, il est tombé par terre. Tout de même, elle a lâché Branko.

« Ce n'est rien, il était vide », ai-je marmonné en ramassant le poêlon. En même temps, Branko a fait un pas sur le côté, afin de nous avoir tous les trois sous les yeux. Il a gonflé la poitrine comme s'il allait faire une déclaration solennelle, il s'est lancé, la voix plus basse que d'habitude.

« Je pense que je dois expliquer. »

Mais, ma mère, aussitôt, a levé la main comme pour lui fermer la bouche.

« Non, non ! Les explications, ce sera pour tout à l'heure. J'ai passé l'après-midi à cuisiner. Vous n'allez pas me gâcher ça ! Tout le monde va s'habiller convenablement, on passera à table à huit heures et on se parlera comme des gens raisonnables. On va tout tirer au clair, c'est promis, les garçons. N'est-ce pas, Branko ? »

Il était aussi ébahi que Tadeusz et moi. Il n'avait pas prévu que ma mère prenne la main comme ça, tout à coup. Mais pourquoi pas ? Ça le soulageait, et nous, on n'était pas fâchés qu'elle lui ait coupé l'herbe sous le pied, même si elle semblait faire cause commune avec lui.

On s'est séparés, Tadeusz et moi vers nos chambres, et Branko vers la chambre du meunier, en repassant par l'extérieur.

À huit heures, nous étions à table, devant le potage que ma mère avait servi. Elle et Branko se sont signés. Nous avons mangé en silence. Ensuite, ma mère a repris les assiettes creuses, s'est rassise et a posé une main sur Branko.

« En attendant le deuxième service, tu vas commencer les explications. Dis-nous d'abord ce qui s'est passé au CHU. Tu as connu Jacques, mon mari ? »

Branko, à son tour, a placé sa main libre sur celle de ma mère, il l'a regardée avec un air contrit, la nuque penchée, les yeux au ciel, tel un pécheur devant son confesseur.

« Il faut que tu saches d'abord que je n'ai jamais voulu te mentir, Teresa. Jamais, jamais, je n'aurais supporté de te faire le moindre mal. Je n'ai jamais parlé du CHU parce que je ne pouvais pas t'en parler. J'avais promis. Ce n'était pas pour te tromper. »

Le regard de ma mère s'est attendri, comme si ces paroles qu'elle buvait avec confiance lui donnaient déjà un début d'ivresse. Branko s'est mis à raconter, lentement, laborieusement, mais avec une justesse étonnante pour un homme qui parlait français depuis si peu de temps.

Ce qui s'était passé au CHU n'était pas tellement loin de ce que j'avais imaginé. Pas de promenade au soleil sur le gazon de l'hôpital, cependant, pas d'infirmière, pas de conversation impromptue avec mon père. C'est le Père Thomas qui était à l'origine de toute l'affaire.

Branko était arrivé en Belgique grâce à son abbaye. Les Croates sont catholiques, ils ont toujours pu compter sur l'aide de leurs coreligionnaires à l'étranger. Certes, pendant la Seconde Guerre mondiale, le régime pronazi des oustachis, en massacrant les Serbes autant que les Juifs, avait salement discrédité la Croatie. Tito avait réussi à étouffer les ressentiments. Heureusement, un an après sa mort, miracle ! La Vierge apparaît à Medjugorgje, chez les Croates de Bosnie-Herzégovine ! Du coup, la *Gospa* elle-même les réhabilitait aux yeux de leurs frères dans la foi, à travers le monde.

C'est donc un enfant de Marie, pour ainsi dire, que l'abbaye du Père Thomas avait pris en charge. Elle avait fait panser à ses frais ses plaies de guerre au CHU. Le jour où le Père Thomas rendit visite à mon père, il venait, en fait, pour prendre des nouvelles de son protégé. En chemin vers la chambre de Branko, il était tombé par hasard sur mon père, qu'il connaissait par les tables rondes de brasseurs auxquelles ils avaient participé. Ému par une visite qu'il croyait destinée à lui seul, mon père s'était longuement confié à ce bon gros moine qui, sous le cerclage de son ventre, dissimulait un cœur sentimental.

Ce n'était pas tant sa mort prochaine qui préoccupait mon père que le sort de ma mère. Il se désolait de l'avoir enlevée à sa patrie pour la reléguer dans un bled perdu où, absorbé par le brassage de sa bière, il ne s'était que fort mal occupé d'elle. Le plus pénible était l'amour tardif que sa maladie avait déclenché en elle, comme si elle se reprochait l'indifférence de leur vie conjugale, dont il était pourtant le seul responsable.

Le Père Thomas l'avait réconforté de son mieux, du réconfort des prêtres. De là où il serait bientôt, par le lien mystérieux des âmes, il resterait présent au cœur de la femme qu'il aimait. Si mes souvenirs de catéchisme sont bons, c'est ce qu'on appelle la communion des saints. Mon père n'avait jamais pensé à cette communication entre le ciel et la terre. Il s'y était raccroché avec l'énergie du désespoir. Dès ce moment, sans doute, l'idée fantasque qu'il pourrait envoyer un signe à ma mère après sa mort avait germé dans son esprit affaibli.

Le Père Thomas avait quitté la chambre de mon père pour celle de Branko. Et là, toujours sous le coup de l'apitoiement, il avait demandé à son protégé de soutenir dans ses derniers moments ce malade qui lui était cher. C'est ainsi que Branko avait lié connaissance avec mon père. Pas plus que ma mère plus tard, mon père n'avait résisté à son charme. Le souci qu'il avait de ma mère, la consolation que le Père Thomas lui avait fait entrevoir par la communion des saints, il en avait bientôt fait part à Branko.

Branko avait évité la chambre de son nouvel ami quand ma mère venait à son chevet. Même s'il n'en fit pas mention devant nous, ce soir-là, il l'avait observée à distance certainement. Son image fragile s'était incrustée en lui. Ensuite, il n'avait pu l'oublier.

Dans ses derniers jours, en présence de Branko, mon père ne parlait quasiment plus. Lui qui avait toujours détesté Wagner écoutait sans cesse le CD du chœur des pèlerins, parce que ma mère le lui avait offert. À la surface de son esprit de plus en plus troublé flottait la perche de la communion mystérieuse que lui avait tendue le Père Thomas.

Mon père aurait pu se contenter de cette consolation à l'eau bénite, mourir sur ses deux oreilles. Cependant, il n'avait rien d'un mystique.

La veille de sa mort, il avait pris une ultime précaution pour que s'accomplisse le signe qu'il voulait donner à ma mère. Il avait fait promettre à Branko d'en devenir le porteur secret. Après tout, le Christ lui-même ne s'était-il pas assuré les services d'un jardinier pour apparaître à Marie-Madeleine après sa mort ? Branko avait juré, solennellement, par la *Gospa*.

« Tu vois, Teresa, ce n'était pas un miracle. » Il s'est tu, l'air franchement désolé. Mais, aussitôt, attirant sa main à ses lèvres, ma mère a rectifié : « Bien sûr que si, c'était un miracle, un vrai miracle. »

Elle rayonnait. Comme elle nous l'avait prédit, Branko avait fourni une explication toute simple à son arrivée chez nous. Bien plus, cette explication collait tout à fait à sa conception du miracle, celle qu'elle m'avait soutenue l'avant-veille. Ce que Branko avait fait pour elle décuplait son amour. Elle le couvait des yeux avec adoration.

Pourtant, si on y réfléchit bien, cette bouffée d'amour pour Branko, c'est à mon père plutôt qu'elle aurait dû l'adresser. C'est lui, afin de cicatriser la déchirure de leur séparation, qui avait arrangé ce clin d'œil d'outre-tombe. À l'instant de mourir, qui se soucie encore de ceux qui resteront ? La mort referme l'individu comme une coquille sur sa propre personne, me semble-t-il. Mon père, lui, avait pensé à ma mère jusqu'au bout.

Dans toute cette histoire, il y avait le mélange de mensonge et de sincérité qui est sans doute le fond ordinaire de l'existence, dont il faut bien s'accommoder pour vivre ensemble. Il n'y a que de rares heures où, comme à la fin d'un bon vieux roman, la vérité occupe toute la place et rejette les mensonges dans l'ombre. Branko était arrivé à une telle heure. Contrairement à ce que j'aurais cru, il ne chercha à l'éluder en aucune manière.

Au cours de ses premières révélations, il savait déjà parfaitement jusqu'à quels aveux il irait. Ce qu'il avait caché à ma mère à propos de mon père n'était qu'une plaisanterie par rapport à ce qu'il lui restait à dévoiler de son passé. Lorsqu'il avait raconté comment le Père Thomas lui avait demandé de s'occuper de mon père, déjà, il avait pris soin d'amorcer la suite. Selon ses propres termes, le Père Thomas lui avait confié cette mission « pour sa pénitence, en rémission de ses péchés ».

Sur ces mots, il avait fait une pause dans son récit. Il avait regardé ma mère avec insistance pour s'assurer qu'elle prenait bien conscience de ce que présageaient les péchés qu'il venait d'évoquer. Mais ma mère ne s'était pas départie de son sourire.

À ce moment-là, elle ne doutait pas que, si Branko avait commis des péchés, ils devaient être bien véniels, quelques jurons, un peu de gourmandise, un accès de mauvaise humeur, peut-être. Avec elle, sans conteste, il avait toujours été la délicatesse même. Branko était un ange. Un ange qui lui était apparu par miracle, comme elle l'en avait assuré de toute sa foi, quand il s'était tu.

Elle a quitté sa chaise, s'est accroupie devant le four et en a retiré le faitout en terre cuite où elle avait mis à mijoter des côtes de porc marinées. Elle l'a posé sur la table et a soulevé le couvercle.

« Avant de passer aux derniers détails, vous allez d'abord me dire ce que vous pensez de ceci ! »

Elle a servi Branko en premier, puis a saisi nos assiettes et les a garnies avec toutes sortes d'attentions.

« Celle-ci, Tadeusz ? Oui ? Tiens, mon grand ! Et toi, André ? Celle-là ? Ça va ? Encore un peu de sauce ? Il faut que tu prennes des forces pour tes examens ! »

Elle s'est rassise à sa place. Nous avons commencé à découper la viande qui sentait le miel et le citron. Mais, après la première bouchée, Branko a reposé sa fourchette.

« Excuse-moi, Teresa... Je pense qu'il vaut mieux que je parle du reste tout de suite.

— Allons, allons, nous avons le temps ! Mange d'abord, ça va refroidir ! Ce n'est pas bon ?

— Je ne peux pas manger, Teresa. C'est impossible. »

Ma mère a posé ses couverts sur le bord de l'assiette, intriguée encore, plutôt qu'inquiète.

« Tadeusz m'a dit tout à l'heure que vous aviez appris ce qui s'est passé en Bosnie, quand j'y étais. »

Il a prononcé cette phrase en fixant mon frère durement comme si ses pupilles contractées pouvaient lui écorcher le visage. Tadeusz, de son côté, n'osait pas lever les yeux.

Cependant, ma mère a repris d'un ton assuré, certaine qu'elle tenait tout prêt un argument péremptoire qui allait régler immédiatement la question.

« Écoute, Branko, tu as fait la guerre, tu l'as dit bien souvent, nous le savons. C'est un grand malheur. Mais tu n'y peux rien. Mon père aussi avait fait la guerre. Il a participé à l'insurrection de Varsovie en 1944 avec l'armée de Komorowski. Il a tué beaucoup d'hommes pour permettre aux Russes d'entrer dans la ville. L'armée rouge était à quelques kilomètres, sur la Vistule. Tu sais ce qu'ils ont fait, les Soviétiques ? Ils ont attendu l'arme au pied que les Allemands aient écrasé les partisans, avant d'entrer dans la ville et d'écraser les SS à leur tour. Mon père disait qu'il n'y avait rien à comprendre dans la guerre. Il ne voulait pas en parler. La guerre ne mérite que le silence. Il s'appelait Tadeusz, comme toi ! » a-t-elle lancé à mon frère.

C'était la première fois que ma mère mentionnait le passé militaire de son père. Nous n'avions jamais pensé à l'interroger beaucoup sur sa famille polonaise. Elle disait : « Mes parents étaient de pauvres gens. Ils sont morts. » C'est tout. Et voilà brusquement qu'elle faisait surgir ce vénérable Tadeusz qui la rangeait, semblait-il, aux côtés de Branko, et qui se levait pour faire la leçon au Tadeusz blême, à l'autre bout de la table, qui prétendait contre son grand-père qu'il fallait parler de la guerre.

Mais ma mère venait de jouer un jeu dangereux. Car mon frère – savait-il qu'il portait le nom de son aïeul, ou venait-il de l'apprendre, je ne m'en souviens plus –, inconsciemment sans doute, s'est emparé à son tour de son homonyme pour répliquer en bégayant : « Mon grand-pè...re, maman, est-ce qu'il a tué des inno...cents ?

— C'étaient des combats de rue, il se battait comme il pouvait, avec seulement des bouteilles d'essence parfois. Peut-être que des civils ont été touchés, c'est sûr, mais il visait les SS.

— Ce n'est pas ce que je de...mande. Est-ce qu'il tuait des gens désarmés, comme les Allemands dans les vil...lages juifs, tous, un à un, une balle dans la nu...que, les hommes, les fem...mes, les enfants ?

— Bien sûr que non ! »

Tout en se récriant, elle s'est tournée vers Branko, prise d'un doute affreux soudain, attendant qu'il s'indigne tout autant qu'elle. Mais Branko restait muet. Il avait ramené ses mains nouées au niveau de sa ceinture et, ce faisant, sa montre-bracelet s'était dégagée de sa manche. Il fixait l'aiguille des secondes, dont il me semble qu'on entendait brusquement le tic-tac, comme s'il surveillait l'heure programmée pour la déflagration finale.

« Et toi, Branko ? a demandé Tadeusz, faiblement.

— Moi ? ... Oui.

— Toi, oui, quoi ? a repris ma mère au supplice.

— J'ai tué des innocents dans les villages. »

Sa voix était assourdie, d'une extrême humilité.

« Pendant les combats ?

— Non. Il n'y avait pas de combat. On tuait les gens seulement.

— Les gens ? Les habitants des villages ?

— Oui.

— Ils vous avaient attaqués ?

— Non, non. Ils n'avaient pas d'armes. On bouclait le village. On tuait tous les musulmans. Leurs voisins croates nous les désignaient. On les abattait.

— Ce n'est pas possible… Mais pourquoi ? Pourquoi ?

— Tout le monde tuait tout le monde, Teresa. Les Serbes tuaient les Croates, les Croates tuaient les Serbes, on tuait les Bosniaques. Pour faire le vide. Pour mettre les nôtres à la place des leurs et, eux, les leurs à la place des nôtres. C'était horrible. Mais on faisait aux autres ce qu'ils nous faisaient à nous. On était tous devenus fous.

— Mais tu devais refuser ! »

Cette fois, ma mère avait poussé un cri. Branko baissait la tête. Ses doigts repliés s'enfonçaient dans la chair de ses mains.

« Je sais, Teresa, je sais. Seulement, le capitaine nous disait de le faire, il disait que ces gens-là étaient mauvais, qu'ils poussaient leurs fils à nous combattre, qu'ils méritaient ce qui leur arrivait

— Et personne n'a refusé ?

— Si, si. Quelques-uns. J'aurais dû, moi aussi. Il ne leur est rien arrivé. On les a méprisés, c'est tout. Parce qu'il y avait le groupe.

— Quoi, le groupe ?

— On n'osait pas faire autre chose que les camarades. Ils me disaient : "Toi, tu as l'habitude. Tu abats les chevaux qui ont une jambe cassée, non ?" Parce que j'étais vétérinaire, tout le monde le savait, je soignais les chevaux surtout, il y en a beaucoup chez nous. Quand il faut, on les abat d'une balle dans la tête. J'en avais achevé comme ça bien souvent. C'était comme si les autres pensaient que c'était plus facile pour moi. Je ne pouvais pas faire moins qu'eux.

— Ah, mon Dieu, mon Dieu ! »

Les larmes dévalaient sur les joues de ma mère. Maintenant qu'il avait avoué le plus pénible, qu'il savait que tout était fichu pour lui de toute façon, Branko continuait plus posément.

« Une fois que c'est commencé, tu perds la tête. C'est le premier le plus difficile. Après..., après, tu répètes simplement. Quand tu te bats, tu as peur de la mort mais, quand tu massacres, tu n'as plus peur. La mort, c'est toi qui la donnes. Tu deviens tout-puissant comme la mort. Tu es pris dans une tempête de folie. Après, tu te demandes ce qui s'est passé. Tu ne peux plus dormir. Il y en a qui déraillent complètement, qui se jettent les uns contre les autres. Mais c'est trop tard, tu as du sang sur les mains, tu peux frotter tant que tu veux, ça ne part plus. »

Ma mère était atterrée. Je me suis levé, je voulais la soutenir, la prendre par les épaules peut-être. Mais, cette fois encore, elle m'a repoussé d'un battement de main, comme on écarte une mouche. Ce qui se passait ne regardait qu'elle et Branko.

« Pourquoi ne m'as-tu rien dit de tout ça ? »

Elle ne criait plus. C'était la fin. Il n'y avait plus rien dans cet étalage d'atrocités que des cris auraient pu faire reculer. Elle soldait leurs comptes.

« C'est une chose impossible à dire, Teresa. Là-bas, je croyais que je serais tué, que ce serait fini comme ça. J'ai été blessé seulement. On m'a fait sortir, je suis arrivé ici. Je me suis confessé au Père Thomas.

— Ah oui… au Père Thomas ! Mais, à moi, rien.

— J'aurais dû m'enfuir quand j'ai compris que tu commençais à m'aimer. Je ne voulais plus qu'une femme m'aime. J'aurais dû te dire non tout de suite. Mais j'ai été lâche. Pour cela et pour tout le reste. »

C'était une déclaration d'amour en somme, mais l'amour d'un bourreau, qui en voudrait ? Peut-être ma mère se cherchait-elle malgré tout un minuscule motif, non plus d'amour, mais d'indulgence. Elle lui a avancé une dernière chance de rachat, humblement, à voix basse.

« Les enfants, les tout petits au moins, vous ne les avez pas… ?

— Si. Tout le monde, je te l'ai dit. »

Elle n'a pas insisté. Elle a sorti un de ses petits mouchoirs en dentelle, elle s'est mouchée bruyamment, à la façon des enfants, justement, en leur nom, qui sait ? Puis elle a ajouté :

« Il faut que tu t'en ailles. Demain matin, je veux que tu sois parti. Ne reviens jamais. »

Lui aussi semblait anéanti. Il ne bougeait pas. Tadeusz a quitté sa place, il s'est mis à côté de sa chaise, comme font les policiers quand ils arrêtent sans brusquerie un criminel passé aux aveux. Branko a fini par se dresser. Il a considéré la nuque courbée de ma mère pour ajouter quelque chose sans doute. Mais il n'a rien trouvé. Peut-être a-t-il songé aux nuques des femmes qu'il avait exécutées. Il est sorti avec Tadeusz.

Voilà, c'est tout. Je ne l'ai jamais revu.

20

Tadeusz

Il y a quelque chose en nous, je pense, qui nous protège contre certains souvenirs quand ils sont insupportables. Ainsi, je ne me rappelle pas bien la soirée du retour de Branko à la maison. De toute façon, je préfère ne pas essayer. Branko a tout avoué – bien obligé –, sa rencontre avec papa, par laquelle il s'était introduit chez nous, puis surtout les crimes qu'il avait commis en Yougoslavie. Ces horreurs, cependant, sans moi, il ne les aurait pas étalées sur la table du souper, sous les yeux de maman. De toute ma vie, je n'ai jamais vu personne se décomposer comme elle devant moi, en si peu de temps.

Quand Branko a franchi la porte, elle rayonnait de bonheur. L'épisode de papa se confiant à Branko au CHU avait à peine assombri son visage. Mais, une fois qu'il a été question des massacres dans son pays, l'étonnement, l'incrédulité, la révolte, le désespoir, la douleur se sont succédé sur ses traits, comme dans un de ces films en accéléré qui montrent en quelques instants une fleur qui sort de terre, s'épanouit, décline et meurt.

Cet anéantissement, c'est moi qui l'ai provoqué. André, tout aussi conscient des fourberies de Branko, si impatient de les dénoncer, est resté muet comme la tombe. Il m'a laissé le soin de ravager l'être que j'ai le plus aimé au monde. Même si c'était nécessaire, comment me le pardonner ? Aujourd'hui encore, je ne peux y songer sans que la gorge ne me serre.

Je me demande comment s'en tirent les gens qui passent leur vie à mettre à nu les turpitudes des autres. Les juges, par exemple. La femme de l'assassin, assise au premier rang dans le public, lorsqu'ils condamnent l'homme qu'elle aime, est-ce qu'ils lui accordent un regard ? Et la mère, qui ne comprend pas comment son enfant est devenu un monstre ? Dommages collatéraux de la vérité, dira-t-on, mais ces dommages-là ne sont-ils pas les moins excusables ?

On devrait n'atteindre que le coupable. Et encore… Qui sommes-nous pour le juger ? Pour condamner autrui, il faudrait être soi-même sans faute. Il faudrait être Dieu. En admettant, au demeurant, que Dieu n'ait rien à Se reprocher, car, après tout, la nature humaine, n'est-ce pas Lui qui l'a créée ?

Cela, afin de faire comprendre pourquoi, après que Branko a eu terminé sa terrible confession, j'ai éprouvé de la pitié pour lui, que j'aurais volontiers écrabouillé l'instant d'avant.

Je l'ai accompagné dehors, dans la cour. Il a jeté son sac de marin à l'arrière de la Golf. Il allait s'en aller comme ça, quand Zorba s'est approché, la truffe en avant. Alors, il s'est accroupi, il a attiré sa gueule contre sa joue. Le bras dans la fourrure de son cou, il s'est serré longuement contre lui, en se balançant un peu, comme s'ils se berçaient l'un l'autre. Dans la nuit épaisse, de petits gémissements sortaient de leur embrassade obscure, ceux de Zorba sans doute, mais peut-être aussi les siens.

Comment il avait amadoué Zorba le jour de son arrivée, je me le suis souvent demandé. À partir du moment où les chiens ont eu affaire à un vétérinaire, ne fût-ce que pour un vaccin, ils se méfient. Ils décampent dès qu'ils reniflent la présence d'un de ces seringueurs qui, pour leur subtil odorat, empestent le désinfectant à la Bétadine. À l'entrée de la cour, tout jeune encore, Zorba s'était ménagé un refuge au milieu d'un buisson de genévriers. Il avait creusé un terrier dans lequel, en cas d'orage, par exemple, il se précipitait, tête la première, avant de faire un demi-tour sur lui-même pour ramener son museau à l'air libre. J'imagine que Branko l'y avait vu s'éclipser, qu'il était allé jusqu'à lui et l'avait rassuré avec quelques paroles, des câlineries, un morceau de sucre.

Après ce qu'il nous avait avoué comme horreurs, ces effusions canines auxquelles j'assistais avaient quelque chose d'incompréhensible, de choquant. Le même homme, que les supplications d'êtres humains innocents n'avaient pas fléchi, se blottissait dans la toison d'un chien en pleurant, sincèrement, j'en suis persuadé, ému par l'affection aveugle d'une bête. Il lui a donné quelques tapes sur les flancs en murmurant :

« Brave, brave, mon Zorba » et il s'est relevé.

« Qu'est-ce que tu vas faire maintenant ? ai-je demandé.

— Je ne sais pas.

— Ne t'éloigne pas trop. Il vaudrait mieux que tu voies Bulteau demain pour savoir à quoi t'en tenir au point de vue légal. Prends une chambre à L'Embuscade. Je passerai dans la matinée. »

Il a hoché la tête, il s'est engouffré dans sa voiture et s'en est allé.

Quand je suis rentré à la cuisine, maman était partie se coucher. André était occupé à débarrasser la table du plat de résistance, auquel nous avions à peine touché. Il m'a demandé si je voulais garder mon assiette. Comme si je pouvais encore avoir le moindre appétit après ce qui s'était passé !

La moutarde m'est montée au nez. Il m'avait laissé faire le sale boulot tout seul. De toute la soirée, c'était la première fois qu'il ouvrait le bec. Pour quoi ? Pour me poser une question totalement ridicule. Je lui ai rivé son clou, méchamment.

« Tu peux t'occuper de la vaisselle sans moi, je suppose. La lavette, ça te connaît ! »

Je suis monté à ma chambre en passant sur la pointe des pieds devant celle de maman.

Le lendemain matin, je me suis levé très tôt. Toute la nuit, je m'étais viré d'un côté sur l'autre, ne trouvant que quelques minutes de sommeil d'une position à la suivante. J'ai avalé mes deux tasses de café et je suis allé chez Bulteau.

Je l'ai trouvé en pyjama, les traits bouffis de sommeil, les valises sous les yeux plus rembourrées que jamais. Même ses rares cheveux avaient réussi à rebiquer en tout sens. J'ai suivi ses savates qui chuintaient sur le carrelage du corridor. À la cuisine, on a repris quelques tasses de jus ensemble. Je lui ai raconté la soirée. J'ai bien vu que ça le soulageait d'apprendre que maman avait chassé Branko. Il n'avait jamais éprouvé de la sympathie pour son client, il l'avait défendu sans état d'âme. Il semblait même un peu agacé que je m'inquiète de savoir ce qui allait lui arriver maintenant.

« Je peux te dire qu'il sera expulsé du royaume avant la fin de la semaine. C'est Léonard qui m'a averti hier soir. L'Office des étrangers l'a informé.

— Comme ça, d'un coup ?

— Forcément, les révélations de la presse ont attiré l'attention sur son cas. Exercice illégal de la médecine vétérinaire, c'est un délit ! Puis, la guerre est terminée en Bosnie, il ne peut plus prétexter un danger pour sa vie. Les réfugiés rentrent de partout. Mettons d'ailleurs que Léonard a peut-être un rien tuyauté l'Office.

— Le juge Ramont le laissera vraiment partir, avec ce qu'il sait de son passé ?

— Ramont n'était chargé que de l'affaire Suzanne. Pour les crimes de guerre, il faudrait une nouvelle constitution de partie civile.

— Mais il est au courant tout de même !

— D'accord. Le code d'instruction criminelle lui fait obligation de dénoncer ces crimes. Mais, tu comprends, le temps que le procureur du Roi examine ce nouveau dossier en profondeur et qu'il réagisse, Branko aura regagné ses pénates. Puisque tu te fais tant de souci pour lui, conseille-lui de vendre sa Golf au plus tôt. Ça lui fera un pécule pour son retour. Et, après ça, qu'il se débrouille avec ses congénères !

— Ils le jugeront chez lui ?

— Il y a le TPIY, le Tribunal pénal international pour l'ex-Yougoslavie. Mais tu t'imagines l'entreprise après ce qui s'est passé chez eux ? Il n'y a encore eu aucun procès. On jugera peut-être les gros poissons, ceux qui ont ordonné les massacres, si on parvient à les arrêter, mais le menu fretin, les exécutants dociles, forcément ils passeront entre les mailles du filet. Tu penses qu'on a jugé les marines américains qui ont commis des atrocités au Vietnam ? Ces types avaient reçu l'ordre de tuer tout ce qui bougeait, du bébé au grand-père. On a bien cherché quelques poux à un lieutenant qui avait réussi à abattre plus de trois cents villageois en un jour, mais ses hommes, on les a laissés aller. Et cette boucherie, ce n'était qu'une banalité parmi d'autres. C'est ainsi, Tadeusz. La justice se frotte les mains quand elle attrape un bon petit criminel pépère style Kortendik, qui étripe gentiment une femme qui le repousse. Mais dès qu'elle doit s'occuper des crimes de masse, les bras lui tombent. Tu braques un bijoutier, tu es un criminel. Tu rases Hiroshima, tu es un héros. »

Je revois encore l'expression de Bulteau, quand il m'a fait cette sortie inattendue. Il aimait profondément la justice. Il en avait déjà mesuré les limites dans son combat contre l'usine d'engrais chimiques de Neufbourg, qui avait ruiné sa carrière. Il aurait pu retourner sa veste, se faire du fric dans des affaires juteuses, genre divorces, faillites, contentieux avec le fisc. Il n'a jamais voulu. Pour moi, il a toujours été un modèle de parfait honnête homme, quelqu'un qu'on aimerait avoir pour père.

Pour ce qui est de Branko, je suis persuadé que, s'il avait su dès le début ce qu'il avait fait en Yougoslavie, il l'aurait défendu malgré tout dans l'affaire de Suzanne. Aurait-il tué cent personnes, il se serait battu pour le disculper du cent unième crime qu'il n'aurait pas commis. Indépendamment de la demande de maman, à laquelle il ne voulait pas se dérober, et malgré sa répugnance pour le personnage, qui était sûrement supérieure à la mienne.

Moi, ce que Branko avait pu faire m'écœurait, mais la pitié obscure que j'éprouvais pour lui depuis qu'il avait vidé son sac se renforçait à l'idée de son départ, sans doute à cause de notre compagnonnage, quand il était arrivé chez nous et que j'avais éprouvé une sympathie instinctive pour l'homme qu'il était à mes yeux à ce moment-là. Cette idée qu'on est une seule et même personne de la naissance à la mort, est-ce qu'elle tient la route finalement ? On est peut-être plusieurs personnes successives qui sortent l'une de l'autre. Et c'est la dernière – la moins moche bien souvent – qui doit prendre en charge bon gré mal gré les répugnantes chrysalides qui l'ont précédée. Le Branko que j'ai connu aurait été incapable de tuer Suzanne, alors qu'il avait assassiné des femmes à tour de bras, trois ans plus tôt.

J'ai quitté Bulteau, je suis allé à L'Embuscade. Branko était assis à une table, à côté d'une fenêtre par où la lumière chétive de janvier sortait son profil de la pénombre de la salle. Seul, le bar était éclairé. Elsa, de dos, était occupée à la machine à café. Elle s'est retournée, m'a fait un signe de la tête en direction de Branko, sans me dire bonjour, comme on envoie, en s'effaçant, les visiteurs vers les grands malades.

Devant Branko, le petit-déjeuner de rigueur chez Elsa, des tranches de pain plâtrées de rillettes de porc de sa fabrication, à tremper dans un bol de café. J'ai tiré une chaise à ses côtés. Lui non plus ne m'a pas salué. Pour autant, il n'avait pas l'air mal disposé. Absent, plutôt.

« Je sors de chez Bulteau. Tu n'auras pas besoin d'y aller.

— Je dois encore le payer. Combien ? »

Maman s'était engagée à régler les honoraires de Bulteau au début de l'affaire, mais ce n'était plus vraiment de saison.

« Il n'en a pas parlé. Tout ce qu'il m'a dit, c'est que tu serais expulsé d'ici la fin de la semaine. »

Il n'a pas bronché. Elsa lui a apporté un nouveau pot de café, il s'est servi, a bu quelques gorgées.

« De toute façon, je partais.

— Ah... Si tu veux, je peux t'aider à vendre la Golf. Je pense qu'elle pourrait intéresser le comptoir automobile Bouillon. Pour la casse au moins.

— D'accord. On peut faire ça ce matin ? »

On est partis chez Bouillon, lui dans la Golf, et moi, après lui, avec la Volvo. Ils ont donné deux mille francs de sa caisse, officiellement pour les pièces. N'empêche qu'ils ont réussi à la vendre à un jeune perforé de piercings qui l'a achevée contre un marronnier le mois suivant ; après quoi, il a encore été possible de récupérer les accessoires de la voiture et du jeune.

Les deux billets de mille, Branko me les a remis pour Bulteau. Je l'ai ramené à L'Embuscade. En chemin, je lui ai demandé où il comptait partir.

« Chez moi.

— À Medjugorgje ?

— Oui.

— Ah… Tu n'avais pas dit à Léonard qu'on te tuerait si tu rentrais ?

— La guerre est finie, il faut bien qu'on arrête de se tuer.

— Tu as de la famille ?

— Des cousins.

— Personne de plus proche ?

— Mes parents et ma femme sont morts dans un bombardement. Aussi, mes deux sœurs, en 1992. Les Serbes les ont violées et tuées. »

C'était la première fois qu'il mentionnait les morts de sa famille, la première fois aussi qu'il évoquait de lui-même les viols, qui avaient été systématiques pendant la guerre. Suzanne, je m'en souvenais, l'avait accusé d'avoir été, lui aussi, un violeur comme les autres. Ce qu'il en était au juste, je préférais ne pas le lui demander. Évidemment, le fait qu'en exil, il se soit si rigoureusement interdit d'approcher les femmes, comme il me l'avait expliqué, tenait peut-être au dégoût que lui inspirait sa conduite pendant la guerre. Mais j'avais mon compte des horreurs.

Nous étions arrivés devant L'Embuscade. Il avait déjà la main sur la poignée intérieure de la portière.

« Pourquoi n'as-tu jamais parlé de ta famille ?

— C'est trop triste.

— Tu l'as dit à maman ?

— Non. Juste que je n'avais plus de femme. Elle voulait savoir. Des enfants, on n'en avait pas. On aurait voulu mais, heureusement, on n'en avait pas. »

Je n'avais jamais pensé à l'interroger à propos de sa famille. Je suis sûr qu'il n'inventait pas ses propres malheurs. En me remémorant cette époque, je me rends compte que Branko nous avait caché bien des choses, mais que, le moment venu de s'expliquer, il n'avait jamais tourné autour du pot. Il était capable de garder pour lui les noirceurs de sa vie, sachant sans doute que personne ne pourrait supporter de les entendre. S'il le fallait, cependant, il disait toute la vérité.

De nouveau, il a fait un geste pour ouvrir la portière, mais il s'est ravisé, il a posé la main sur mon bras.

« J'aimais vraiment Teresa, Tadeusz. Je pars avec elle, là, dans mon cœur. »

Je ne savais plus que penser, j'étais troublé. J'ai fait dévier la conversation.

« Téléphone-moi quand tu auras l'avis d'expulsion. Léonard devrait te l'apporter. Je te conduirai à l'aéroport. »

Je l'ai emmené à Zaventem deux jours plus tard, le samedi. J'avais prévenu Léonard que je m'en chargerais, que Branko ne ferait pas d'histoires.

Après l'enregistrement de son seul bagage – le sac de marin bleu avec lequel il était arrivé chez nous –, nous sommes allés prendre un dernier verre. Sur la route, on avait à peine échangé deux mots, il ne restait qu'un quart d'heure avant l'embarquement. Brusquement, il s'est penché vers moi, au travers de la table.

« Crois-tu que Teresa pourra me pardonner ? »

Des yeux de suppliant qui implorait une réponse, fût-ce même un mensonge.

« Pas seulement pour ce que je lui ai fait à elle, mais pour ce que j'ai fait pendant la guerre. »

Certainement, il s'était souvent interrogé sur la possibilité du pardon. Il avait dit lui-même qu'il s'était confessé au Père Thomas. Cela m'est revenu à l'esprit.

« Le Père Thomas, est-ce qu'il t'a pardonné, lui ?

— Il m'a délié de mes péchés. C'est ce qu'il m'a dit : "délié". Comme on délie un animal, tu vois ? J'ai bien compris ce qu'il voulait dire. Il m'a délié pour que mes péchés ne m'étouffent pas. Mais les péchés sont toujours là. Dieu n'efface pas les péchés, c'est impossible. Même Dieu ne peut pas faire que ce qui a existé n'ait pas existé. »

Peut-être était-ce cette espèce de pardon divin qui lui avait permis de survivre, mais il en attendait un autre. Ce qu'il aurait voulu, c'était le pardon d'un être humain, un être humain comme maman si possible, qui ne s'était pas compromis avec le mal, un être pur, un cœur simple.

Mais je ne pouvais pas répondre pour maman. Quand Branko a répété sa question, j'ai seulement dit : « Je ne sais pas si maman peut te pardonner, Branko. Excuse-moi. »

Maman était tout à fait au courant que je l'accompagnais à l'aéroport. Elle ne m'avait chargé d'aucun message, elle n'avait même fait aucun commentaire.

Le matin, avant de partir, je lui avais adressé un dernier appel du pied.

« Bon, alors, j'y vais... Branko doit m'attendre. »

Elle était au petit bureau de papa, occupée à régler les factures, comme tous les samedis matin, maintenant que la période des fêtes était passée. Son stylo est resté en suspens quelques instants, puis elle m'a regardé paisiblement.

« Eh bien, à ce soir, Tadeusz. Sois prudent ! »

Je croyais bien, pourtant, qu'elle aurait voulu confier une dernière chose à Branko. C'est ce qu'elle nous avait annoncé la veille à André et à moi, juste après le souper. André se levait pour regagner sa chambre, qu'il ne quittait plus guère que pour les repas. Elle l'a retenu.

« Un instant, s'il te plaît, André. Je dois vous dire quelque chose. Rassieds-toi. »

Elle a enlevé son tablier et a repris place elle-même à table.

« Je suis enceinte. »

C'est tombé sur nous comme la foudre. Déjà, nous avions eu du mal à admettre que maman passait ses nuits avec un autre homme que papa. Pour une mère qui a des enfants adultes, cela nous paraissait pour ainsi dire indécent. De là à ce qu'elle tombe enceinte, il y avait encore une marge ! Nous n'avions jamais réfléchi que, s'étant mariée à dix-huit ans, maman n'en avait encore que trente-neuf et qu'elle pouvait sans problème avoir un enfant.

« Le docteur m'a fait passer le test mardi. Il n'y a pas le moindre doute. La naissance sera pour le mois d'août. »

Demander à maman si elle allait garder le bébé aurait été de la dernière obscénité. Elle ne pouvait seulement pas imaginer qu'on se pose la question. Elle nous a considérés tous les deux avec une sorte de défi ou d'ironie, puis elle nous a souri. Depuis la soirée des aveux de Branko, son visage était fermé. Tout à coup, il s'ouvrait à nouveau.

J'ai dit : « C'est magnifique, maman ! Magnifique ! » Je ne voulais pas lui faire plaisir. Passé la surprise, je sentais avec ce sourire que la vie redémarrait, qu'elle venait d'inventer une de ses solutions inattendues qui balaye le passé et nous projette en avant.

Je ne sais pas si les humains peuvent vraiment se pardonner, mais la vie, elle, peut pardonner, dans le sens où elle accorde sans répit de nouvelles chances, malgré toutes celles qu'on a déjà gaspillées. C'est là notre seule vraie consolation. Si affreuses que soient les fautes de ses parents, un enfant vient au monde parfaitement innocent. L'enfant est le sauveur du monde.

Fallait-il dire à Branko qu'il aurait un enfant de maman ? J'hésitais. L'appel à l'embarquement a retenti. Il s'est levé. Il a dit : « Reste là, je préfère. » Il m'a donné une tape dans le dos et s'est dirigé vers le contrôle des passeports. J'aurais encore pu crier, le rattraper. Je n'ai rien fait. Et lui ne s'est pas retourné.

Voilà, c'est tout. On ne l'a jamais revu.

Appendice

Lettre d'André Broncart à Me Xavier Bulteau
Lettre de Tadeusz Broncart à Me Xavier Bulteau

Lettre d'André Broncart
à Me Xavier Bulteau

Providence, le 1er février 2016

Cher Maître,

J'ai écrit en commençant : « On ne sait jamais ce que la vie nous réserve. » Cela se rapportait évidemment à l'irruption de Branko Hrastov dans la vie de notre famille, avec toutes ses conséquences, mais peut-être tout autant à la demande que vous m'avez adressée de relater ces événements, après tant d'années passées loin de ma patrie.
Ce mémoire, vous m'avez prié de l'écrire de manière totalement impersonnelle, sans souci d'un destinataire quelconque, comme l'aurait fait un écrivain. Vous vouliez un témoignage aussi objectif que possible « afin, m'avez-vous indiqué, que la vérité figure quelque part. » Vous-même, en sorte de garantir ma liberté, vous ne le liriez pas.
Je tenais à vous dire combien je vous suis reconnaissant de m'avoir sollicité. Après tout, vous auriez pu vous adresser à Tadeusz, malgré sa réticence pour les travaux de l'esprit.
Non seulement, j'ai revécu intensément ces moments difficiles mais, avec la distance de vingt années, je les ai mieux compris. Je n'ai pas haï Branko en tant que criminel mais, d'emblée, seulement parce qu'il avait fouillé dans mes

tiroirs, première intrusion qui devait le conduire à une intrusion totalement insupportable, dans le cœur de ma mère. Cet amour, qui témoignait de la simple humanité qui aurait pu être la sienne sans la guerre, je l'ai tenu pour son pire crime.

Bien qu'au cours de ma rédaction, je n'aie pu me résoudre à l'appeler « maman », je mesure mieux que jamais l'affection que j'ai éprouvée pour ma mère. Je la voulais tout entière pour moi. Une prétention vouée à l'échec. D'où mon exil et cette solitude sans doute dans laquelle je me suis réfugié.

Je vous remercie pour tout ce que vous avez fait pour elle jusqu'à sa mort.

Il y a bien sûr une autre personne à qui je pense en vous remettant mon travail. J'imagine que cette jeune fille ne se souvient pas de moi. Depuis mon départ pour l'étranger, on ne s'est guère entrevus qu'aux funérailles de notre mère.

J'ai gardé, de cette occasion, le souvenir de son regard si lumineux. Si jamais, un jour, vous lui confiiez ces pages, qu'elle sache qu'il n'y a pas à s'effrayer des ténèbres, puisque, des ténèbres, une pareille lumière a pu surgir.

André Broncart
Brown University
Providence, Rhode Island 02912, USA

Lettre de Tadeusz Broncart
à Me Xavier Bulteau

Wermont, le 5 février 2016

Cher Xavier,

Vous trouverez dans cette enveloppe le travail que vous m'avez demandé. Je me suis efforcé de respecter vos consignes : une chronique aussi rigoureuse que possible du séjour de Branko Hrastov au moulin en 1995-1996.

Plusieurs fois, au cours de la rédaction, je vous ai maudit de vous être adressé à moi plutôt qu'à André. Je n'ai pas l'habitude d'écrire, j'ai sué sang et eau. L'intellectuel, c'est lui. Mais je suppose que, depuis toutes ces années qu'il est aux États-Unis, vous n'avez avec lui guère plus de contacts que moi.

Vous m'avez prévenu que vous ne liriez pas mon récit, qu'il fallait que je vous y traite comme un étranger, pour préserver ma totale indépendance. C'est ce que j'ai fait, mais c'est aussi la raison de cette lettre.

Vous n'êtes pas un étranger, cher Xavier. Vous avez épousé maman alors qu'elle était enceinte, vous l'avez installée chez vous à Neufbourg, où vos deux filles l'ont choyée comme ses fils n'avaient jamais su le faire, et vous êtes devenu le père adoré d'Agnès.

Vous pouviez rester à jamais son seul et unique père, mais vous avez voulu prendre vos précautions pour qu'elle puisse connaître la vérité sur sa naissance. D'où ce récit : bien deviné ?
La vérité devait venir de témoins directs des événements. N'aurait-il pas mieux valu deux sons de cloche ? Non, André aurait été trop sec. Il n'a jamais compris maman. Finalement, vous avez bien fait de me charger de l'affaire. Et maman, aurait-elle souhaité cette révélation ? De son vivant, elle s'y est toujours refusée, de crainte qu'Agnès ne cherche à rencontrer Branko.
Mais maintenant, Branko, lui aussi, est mort. Quand vous m'avez demandé ce récit, vous veniez d'en être informé par le service international du ministère de la Justice. Sans doute, à vos yeux, les réserves de maman étaient-elles désormais levées.
Par la même occasion, j'ai compris que vous aviez continué à vous soucier discrètement de Branko. Vous suivez toujours vos anciens clients. Si Branko a été finalement poursuivi devant les tribunaux pour crimes de guerre, je n'ai pas voulu vous le demander.
Un jour, en effet, vous m'avez dit qu'au-dessus de la justice, il y a la vérité. Que Branko ait été condamné ou non, la vérité a été son véritable châtiment. Elle ne l'a jamais lâché d'une semelle.
C'est la vérité aussi qui a été insupportable à André. Il l'a fuie de l'autre côté de l'océan, loin de nous.
Maman a regardé sa vérité en face. Elle aurait pu lui brûler les yeux. C'est pourquoi elle les a détournés vers sa petite fille.
Et maintenant, c'est pour elle, Agnieszka, qu'en faveur de la vérité, vous réclamez un dernier refuge, quoi qu'il vous en coûte.

Appendice

Je vous affirme, connaissant ma petite sœur, qu'elle vous prouvera, à vous en premier, qu'au-dessus de la vérité, il y a encore autre chose de bien plus précieux : l'amour.

Tadeusz Broncart

Je remercie M. le professeur Philippe Boxho, M. le professeur Eric David, M. Roland Thomas et Me Damien Vandermeersch pour leurs précieux avis. Bien entendu, les erreurs qui subsisteraient dans ce roman ne sont imputables qu'à moi seul.

A. J.

Imprimé en France par CPI
en janvier 2016

Composition réalisée
par Rosa Beaumont

Dépôt légal : janvier 2016
N° d'édition : 55135/01
N° d'impression : 131803